武田の金、毛利の銀

垣根涼介

角川書店

目次

第一章 策謀 5

第二章 武田の金 55

第三章 毛利の銀 127

第四章 乖離 282

躑躅ヶ崎館（甲府）
湯之奥金山
富士山
富士川
身延道
甲　斐
甲州街道
相　模
早川諸金山
身延山
湯之奥金山
富士（麓）金山
深沢城
信　濃
興国寺城
三　河
駿　河
東海道
興津城
田子の浦
富士川
江尻城
遠　江
駿府城
土肥
伊　豆
天竜川
大井川
永禄12（1569）年当時
湯之奥金山周辺
石見銀山
出雲
山陰道
吉田郡山城
石見城
石　見
鞆ヶ浦
鞆ヶ浦道
代官所
北　海
（日本海）
要害山（山吹城）
沖泊
仙ノ山
矢筈城
温泉津
石見銀山柵内
温泉津沖泊道
矢滝城
永禄12（1569）年当時
石見銀山周辺

武田の金、毛利の銀

第一章　策謀

1

　昨日までの大うつけが、今日は摩利支天となる。

　摩利支天とは戦いの神だ。転じて軍才に秀でた者のことを言う。

　ふん、と信長は鼻で笑う。

　時に永禄十二年（一五六九）、三十六歳のことである。

　昨年、満を持して岐阜城から上洛した。織田軍とそれに従う友軍の計四万五千で、瞬く間に京の地を踏んだ。美濃から奉戴してきた足利義昭を、室町幕府の十五代将軍に据えた。

　途端、自分への評価はがらりと変わった。

　けれど、世間などそんなものだ。

　まったくいい加減極まりない。ほとんどの人間が自らの頭で考えることが出来ず、その眼で人の真贋を見極めることも出来ない。結果だけを見て、いとも簡単に評価を覆す。完全なる馬鹿どもの蠢く世界。それがこの浮世の正体だ。

　が、まあいい。

　他人からどう思われていようとも、信長には屁でもない。そんなことを気にかけているくらいなら、先々での政略戦略を煮詰めていった方が百倍マシだ。

　ともかくも東方のことである。

　信長が上洛した直後の十二月、甲斐の武田信玄は駿河へと侵攻した。

　その報を受けた時、信長はつい笑った。

　今年四十九になるあの老軍神は、どうしても海が欲しいらしい。十年以上も前から越後の上杉輝虎（謙信）と信濃を巡って飽くなき死闘を幾度も繰り広げていたのも、単なる領土欲からではなく、北信を通り越した先の北海（日本海）に出たかったからだ。

　信玄は、難なく駿府を制圧した。蹴鞠をやることしか能のなかった今川氏真は遠江の掛川城に逃亡した。

「かの老公は、それほどまでに塩を欲しているのでしょう」

　などと佐久間信盛や柴田勝家など譜代の家老は言い騒いでいたが、これらの感想にも信長は内心、鼻で笑っていた。

　こと理財に関する限り、物事の見えぬ阿呆は家中にもうんざりするほどいる。確かに甲斐は内陸の国で、塩という生活に欠かせぬ品は産しないが、それでも大金を積み、密かな糧道さえ確保すれば、いずこかから調達することは充分に可能だろう。沿岸部の国々では塩など海水からいくらでも作れる。売りたい者は津々浦々に数多いるのだ。

　交易だ、と信長は思う。

　信玄は交易のための港を欲している。領土拡張以上に海上交易こそが国をさらに肥え太らせる道だということに、昔から気づいて恋い焦がれていた。

ちょうど織田家が親の信秀の代から伊勢湾に臨む津島湊を押さえ、莫大な矢銭を調達し続けていたようにだ。だから信長は跡目を継いで以来、絶え間ない戦を継続することが出来た。

そして信玄の場合、その交易の原資となるのは甲斐国の至る所から産出する甲州金しかない。地味痩せた同地には、他に売る物がないからだ。

少なくとも信長はそう推測していた。

現に西国の毛利家もそうだ。

現在七十三歳の毛利元就は、ほぼ徒手空拳の身からじっくりと時をかけて成り上がった老梟雄である。本拠地の安芸を統一した後、隣国の周防、長門、備後へと勢力圏を伸ばした。

七年前には石見国を支配下に置き、この国最大の銀山を手中にした。

けれど翌年、元就の嫡男で毛利家十三代当主になっていた隆元が急死する。嫡孫の輝元が弱冠十一歳にして家督を継いだ。これで毛利家は衰微するかと思いきや、元就の次男、三男である吉川元春、小早川隆景が甥の輝元をよく支えて現在に至る。

石見から採れた大量の銀で南蛮船や唐船と盛んに交易を行い、ますますその威勢を増した。三年前には山陰の雄であった尼子氏を滅ぼし、出雲一国と伯耆の西部までを手に入れたばかりだ。

かといってこの両家と戦っても、今の織田家が負けることはほぼ考えられない。

武田家は今、甲斐と信濃、そして駿河一国と上野の西部までを征服し、八十万石強を領している。対する毛利家は、安芸、備後、周防、長門、石見、出雲、伯耆の西部、そして友軍である三村家の備中を押さえて百万石ほどである。

しかし織田家の領土は、さらに上を行く。

現在、その封土は尾張、美濃、伊勢東部と南近江を押さえて百九十万石で、信長に協力する徳川家の三河と遠江、浅井の北近江、松永弾正の大和を加えれば、その勢力圏は三百万石を超える。京を中心とする地の利も押さえている。

だから、武田と毛利ともし同時に戦うとしても、織田家の優位はまず揺るがない。

が、これはあくまでも勢力圏から換算した兵力差から言えば、ということである。それに両面作戦は何かと煩雑でもある。

信長は徹頭徹尾、数の信奉者だ。

いわゆる天才など、この世には自分も含めて存在しない。神や仏もいない。少なくとも信長は見たことがない。だから何を信じるか、何を基に行動を起こすかが最も肝要だ。

兵力差も重要だが、その総兵力を長期にわたって動かし続ける財力が武門にあるかどうか。

軍事費――銭の力だ。永遠に戦い続けられる者だけが生き残る。

当然だ。戦など水ものだ。勝つ時もあれば逆に負け込む時もある。だからこそ、敵を殲滅するまで戦い続けられる財力のある者だけが、最終的には勝者となる。

算術。とことんまで数字である。

それ以外の観念はすべて無視する。実績に裏打ちされた算術は、裏切りと謀略が常であるこの乱世の人々と違って、絶対に裏切らない。

幸い信長は地元の津島に加え、上洛後に近江の大津という港、草津という陸路の要衝を押さえた。さらには今、堺をもその支配下に置こうとしている。領土から上がってくる年貢には豊作不作の波があるが、商都からの矢銭は常に安定して徴収出来る。

おそらくは、この銭の威力というものが武田と毛利には分かっている。だからそれぞれが金と銀に拘る。

問題は、どちらを先に潰してやるかということだ。そしてその判断をするための現地調査を、誰にやらせるかということだ。

佐久間信盛や柴田勝家は、以前の発言からして論外だ。他の武官の家老、丹羽長秀、滝川一益も力不足だと感じる。織田家の理財を預かる家老としては林秀貞がいるが、これはもうなにぶんにも年で、そもそもが文官である。他国に忍び入るなどという機敏な動きは出来ないだろう。

となると、家老格より一段下の中級将校から、理財の分かる奴を抜擢せざるを得ない。そして信長が考えているような交易の感覚が分かっている者といえば、木下藤吉郎と、あと一人が思い浮かぶ。

……ふむ。

2

長らく続いた雨が上がった。

藍色の空が洛北の彼方まで抜けきっている。もう梅雨明けだ。

二人が奇妙な共同生活を始めてから、かれこれ十年になる。

「どれ。久しぶりに市中へでも繰り出すか」

本堂の縁側に寝そべっていた愚息が口を開く。

「辻博打か」

うむ、と愚息はうなずき、こちらを見てにたりと笑った。

新九郎は聞いた。

「また懲りもせずに、とでも思っているのか」

つい苦笑した。

「食うには困っておらぬのに、ご苦労なことだ」

すると、この十ばかり年上の破戒僧はさらに相好を崩した。

「いつぞや言った通りだ。誰かの銭で徒食すれば、やがては心までそやつに隷属する」

新九郎はこの瓜生山麓で『三合庵』という剣術道場を開いている。一日の教授料が米三合ということから命名したのだが、田舎道場のわりには、相当に流行っている。その米を銭に換えた貯えが庫裏の中に充分にある。

「わしの銭でなら、別に徒食してもいいではないか」新九郎は言った。「現にこの寺はおぬしのものので、わしもそこに住まわせてもらっている」

境内を青空道場として使わせてもらってもいた。自らの剣技を、近隣の農民や地侍の子息たちに教えているのだ。

しかし愚息は再び笑った。

「寺院など、この荒れ寺に限らず誰のものでもないわい」

「では誰のものだ」

「世のため人のためにある。そもそも仏道とは個の求道のためにある。ましてや托鉢や葬式を行うためではない」

　愚息はかつて肥前松浦党の倭寇だったころ、暹羅のアユタヤという町で原始仏教に触れた。以降、天竺に存在したという仏陀ただ一人を敬うようになり、頭を剃りこぼった。

　むろん正式な得度ではない。単なる聖だが、里の者から頼まれて仕方なく葬儀を行っても、謝礼は一切受け取らない。むろん托鉢もやらない。必然、日々の糧は辻博打で賄うことになる。

　新九郎は以前、わざと聞いてみたことがある。

「されど、賭け事で銭を儲けるは、仏道には反せぬのか」

　すると愚息は、目の端で笑った。

「わしはの、自分への好意や敬意、己の信条を金に換えようとは思わん」

「ほう?」

「そのようなやり方は、釈尊も決してお喜びにはなるまい。ならば双方が欲得ずく、納得ずくの博打で銭を得たほうが、まだましだ。釈尊も笑って許してくれよう」

　と、手前勝手な理屈で締めくくった。

　けれど、これもまたひとつの生き方だろう。


　雨はあがったが、田は満々と水を湛え、農民たちの農繁期は続いている。よって道場はまだ暇だ。結局、新九郎も愚息の洛中行きに付き合うことにした。

　鴨川を越えて大原口まで来た時、愚息が口を開いた。

「ところでおぬし、わしの日銭稼ぎをずっと眺めておるつもりか」

そう言われれば、日がな一日付き合うのもなにやら愚かしいような気もする。

「まあ、飽きたら吉岡にでも顔を出してみる」

吉岡とは、今出川にある吉岡兵法所のことだ。足利将軍家指南役で、日ノ本一の剣術道場である。当主の二代目吉岡憲法こと直光とは、過去に多少の経緯があって昵懇になった。その憲法に請われ、たまに門弟たちに稽古を付けに行く。そしてそれは、自分の剣技をさらに磨くためでもある。


やがて、いつもの三条通りの辻へと着いた。

愚息が路傍に筵を敷き、その上に頭陀袋を逆さにして、明銭を山のように盛り上げる。見せ金だ。その見せ金に惹かれて人々がたむろして来るのを待つ。

ふと思い出し、口を開いた。

「ところで十兵衛は、元気にしておるのかのう」

「あやつにはあやつの生き方があろう。が、今どきお家再興などという志は流行らぬぞ」

「仕方がなかろう。明智家はかつて美濃の名流だったというではないか」

明智十兵衛光秀のことである。

光秀ともまた、十年ほど前に知り合った。つい近年までは妻子持ちでありながら長らく牢人同然の分際で、一条大宮に居を構える和泉細川家、兵部大輔藤孝の掛人――つまり居候に過ぎなかった。その落魄し切っていた頃からの仲だ。

けれど愚息は、ふん、と鼻先で笑った。「明智家など、単なる田舎源氏よ」

光秀は昨年の夏、上洛を目論んでいた織田信長に仕えた。越前に居た足利義昭の伝手を使い、織田家に仕えたのだ。九月、信長はその義昭を奉じて上洛した。

光秀も信長に随行し、織田家の直臣として晴れて再入京を果たした。その際に南近江は長光寺城の攻略で武功を立て、さらには今年の一月、本圀寺を仮御所としていた足利義昭を三好三人衆の総攻撃から守り抜き、再びの華々しい戦功を立てた。

結果、光秀は信長からますます才幹を見込まれた。

今では織田家の重臣、丹羽長秀、木下藤吉郎らと共に、この京の市政官を務めている。昼夜の別もないほどに忙しく立ち働いているようだ。

その市政官を務め出した頃から、愚息は光秀のことを嫌い始めた。時には、

「あの薄禿めが——」

と、かつての友垣を悪しざまに罵ることもあった。

確かに光秀は四十を一つ二つ越えたばかりだというのに、髪がすっかり薄くなってしまっている。そして織田家に仕えて以来、月代がさらに照り輝くようになっている。おそらくは睡眠不足で、ますます毛が細く薄くなってきた。

その粉骨砕身の忠勤ぶりが、愚息にはどうにもやり切れぬらしい。

「最近のあれは牛馬や犬と同じだ。立身という餌を目の前にぶら下げられ、信長にいいように追い使われている。なによりもげんなりするのは、当人に牛馬の自覚がまったくないということだ」

光秀のその自覚の無さは、時に新九郎も感じる。それでも庇いだてするように言ったものだ。

「寄らば大樹の陰、とも言うではないか。十兵衛は織田家で成り上がることを目指しているのだ」

が、この弁護にも愚息は顔をしかめた。

「馬鹿が。信長など、どこに心があるのか分からぬような男だ。そんな信長などが君臨する織田家の、どこが『大樹』かよ。畜生根性丸出しだ。虚仮もほどほどにせい」

　そんなやり取りをしている間にも、山盛りになった銭の前に野次馬たちが集まり始めていた。

　愚息は四つの椀を取り出し、筵の上に並べる。次いで、築地塀の脇に転がっていた小石を一つ、手に取った。

「皆々、世の幸せは銭の多寡に非ず。心の持ちようである。されど、多少の銭で心を潤すことは出来る」愚息の口上が始まった。「そして今ここに、多少の銭がある。わしとの賭け事に勝てば、これを進ぜる」

　二人の前にいた人々たちがざわめく。

「はて。その賭けとはいかなるものか」

「簡単じゃ。この石ころ――」と、石を椀の一つに入れ、筵の上に伏せた。残りの空の椀も次々に伏せる。「これらの椀のどれに石が入っているかを、当てるだけじゃ。では、賭けたい者は背中を見せよ」

　観衆の半ば、五人ほどの足軽と思しき男たちが後ろを向く。愚息の言葉はなおも続く。

「では残りの方々は、わしが偽をしておらぬかどうか、しかと見届けられよ」

　言いつつ、四つの椀の位置を入れ替えた。その上で椀をすべて開け、石がどれに入っているかを野次馬たちに確認させる。そしてもう一度、同じ位置のまま椀を伏せる。

「どの椀に石が入っておるか、これは最後まで変わらぬ。では、わしに挑もうとされる御仁は、こちらを向かれよ」

五人ほどの足軽たちが、改めてこちらに向き直る。

「はて。いずれに石が入っておるか」愚息は言った。「賭ける椀は一つである。皆で話し合われよ」

足軽たちは何やら話し合っていたが、やがて一つの椀の前に、それぞれが出し合った明銭を盛った。

「坊主よ、四つのうちの一つであるから、勝てば銭は四倍になって戻って来るのであろうな」

一人が用心深く確認する。

むろん、と愚息はうなずく。「が、単にそれだけでは芸がなかろう。椀を二つに減らすという手もある」

直後には椀を二つ開けた。空だった。残る椀は二つ。石の入っている椀と、空の椀である。

「これで二つに一つ。どちらかに石が入っておる。半々じゃな。勝てば倍にして返す」一方の椀の前には三十枚ほどの明銭が置かれている。「じゃが、負けてすっからかんになるのも業腹であろう――」

言いつつ、愚息はその明銭の中から一枚を手に取り、最も多く銭を張った足軽に投げ返した。次いで自らの銭の山から、足軽たちの賭け銭に一枚を付け足した。

新九郎は懐手のまま、危うく笑い出しそうになる。愚息の仕掛けが始まった。

「わしからの心付けである。どうじゃな、二つに一つならば、その明銭はやる。それとも四つの椀に戻すか。ならば一枚は返してもらう」

案の定、足軽たちはお互いに騒ぎ始めた。その中の若者が口を開く。

「四つに一つで四倍。二つに一つで倍返し。損得はどちらも変わらぬ。一枚ぐらいの差ならば、大きく張ったほうが勝負というものではないか」

それに年嵩が言い返す。

「違う。二つに一つならば、賭けるごとに一枚は得するのだ。のう坊主、それで良いのじゃな」

「然り。三十枚ほども張ってくれれば、一枚は戻す」

「勝つも負けるも半々である。ならば、やる度に一枚得したほうが、我らは回数を重ねるにつれ、その一枚がどんどん積み重なる。得する、という勘定よ」

さらに別の者がようやく気づいたように大声を上げた。

「なるほど。やればやるほど我らは丸儲けということか」

新九郎は再び腹の中でほくそ笑む。

確かにそうだ。勝つも負けるも半々ならば、やる度に一枚ずつ得られる方が確実に得するだろう。それでも最後には、愚息が圧倒的に勝つ。これは、四つから二つの椀に減った時点でそういう勝負だ。ようは、考え方の問題なのだ。

「さて、どっちかのう」愚息が唄うように言う。「二つのうちのどちらかには入っておる。このままでいくか、もう一つの椀に鞍替えするか。さ、今ひとたび思案しなされ」

足軽たちは再び騒ぎ始めた。

「なんと、今ひとたび選んでいいと申すか」

「じゃが、鞍替えするのは気が進まぬの」

「そうじゃ。初志貫徹とも申すぞ。潔いほうがいい」

結局、足軽たちは最初の椀で勝負に出た。たいがいの人はそうする。最初に自分が決めた選択をなかなか変えたがらない。広く言えば生き方もそうだろう。己の選択への過信——自己愛の変形だ。愚息が二つの椀を同時に開けた。石は足軽たちの賭けたほうに入っていた。愚息の負けだ。

相手の銭は六十枚になった。

「どうじゃ」愚息がのんびりと口を開く。「いま一度やるか」

「やる」

「『四つの椀』か。それとも『二つの椀』か」

「むろん四つじゃ」

言いつつ、賭金をごっそり四つの椀の一つの前に盛る。愚息はまた一枚の明銭を足軽たちに返し、四つの椀のうちの、空の二つを開ける。

足軽たちは再び選択を変えなかった。

残った二つの椀を同時に開ける。今度は愚息の勝ちだった。

そうして足軽たちと勝った負けたを繰り返すうちに、次第に愚息が勝ち始めた。

新九郎は見ているうちに、やや退屈し始めた。

当然だ。彼らはそのうちに、愚息から与えられた小銭も含んで完全に螻蛄(おけら)になる。最初に選んだ椀の選択を変えない限り、四回に三回は愚息が勝つことになる。

そして彼らが文無しになれば、野次馬の中から次に愚息に挑む者が出てくる。そして彼らもまた、勝負するごとに一文得だと思い、二つに一つの椀への賭けを望む。

「わしはちと、吉岡へと行ってくる」

おう、と愚息は気安く応じる。「わしと皆の衆、どちらが勝つにせよ、二刻(ふたとき)(約四時間)もあればおおかたの勝負がついている」

また、このような言い方をする。詭弁（きべん）極まりない。

新九郎は笑ってその場を去った。

今出川にある吉岡兵法所に向かい始める。

道場に到着すると、二代目憲法直光は外出していたが、門弟たちが諸手（もろて）を上げて迎え入れてくれた。

「おぉ、これは『笹の葉』殿、よくぞいらして下さいました」

と、常に下にも置かぬもてなしをしてくれる。

新九郎はかつてまだ兵法者の駆け出しの頃、故郷相州（そうしゅう）の地名を取って玉縄（たまなわ）新九郎時実（ときざね）と名乗っていた。その後、京に出て独自の剣技を編み出した。笹の葉の動き出しから会得したものだ。この吉岡兵法所の門人たちを真剣勝負にて何人も破った。

以降、京洛で新九郎の名は一気に上がった。京童（きょうわらべ）たちは彼を『笹の葉新九郎』と呼ぶようになった。そして徒（いたずら）に致命傷までは負わせぬ新九郎の人柄に吉岡直光が好意を持ち、兵法所とは以来の付き合いとなる。

「さ、ここによくしなう若木を集めておきましたゆえ、早速にも稽古を付けてくだされ」

笹の葉の代わりだ。田舎道場のずぶの素人なら笹の葉の打ち合いの稽古で充分だが、さすがに百戦錬磨の吉岡の門弟たちには物足りないらしい。

新九郎はその求めに応じた。幹が柔らかく、よくしなう若木の枝を持って対峙（たいじ）する。これなら多少打ち合っても、相手に大怪我をさせることはない。

新九郎の剣技は、その初動を相手に察知させぬことに最大の持微がある。真剣の勝負では、ほぼ初太刀で勝負は決する。二ノ太刀まで行くことは滅多にない。だから初動を悟られぬほうが勝つ。分かる。

相手の動き出し。若木の細い先端が打ち込もうとする直前、反動で微かに揺れる。両肩や腕、手などの無駄な力みが、若木の先に伝わる。中央、あるいは右左のどちらから振り下ろしてくるのかも、先端のしないり、しなりの方向で見切ることが出来る。それは真剣の場合でも、若木や笹の葉ほどではないにしても、確実に予兆が出る。

対する新九郎は、全身のどこにも力が入っていない。反動を極力抑え込むことにより、初太刀の起こりとその太刀筋はほぼ読めない。若木を振り下ろす刹那に、枝を握る小指から順に、薬指、中指へと急激に力点を移していく。人差し指と親指は添えるだけだ。この細かい分節の動きを滑らかに、かつ一瞬で行うことにより、静から動への移行が抑えられる。動き出しの終わった若木に、一瞬で勢いを付けていく。

新九郎は相手の動き出しの刹那を狙い、何度か相手の腕や肩口を打った。相手が替わる。今度もまた据え物を斬るように、ぽん、ぽん、ぽんと軽く打ち込んだ。

そうこうして十数人ほどを相手にした。誰も新九郎の四肢にすら触れることが出来ない。

「いや、参りましたな」最後の一人がついに破顔した。「我らとて、昨日今日の駆け出しではないのですがの」

新九郎もまた苦笑した。

「お気になさるな。ようは初太刀の予兆をいかに抑えられるか。要諦はそれだけにござる」

「が、なかなかそううまくはいきませぬよ」

ふむ、と新九郎は最も細い若木を取り上げ、片手に持った。皆に分かりやすいように、敢えてゆっくりと振ってみせる。

「この若木の先がしなわなければ、動き出しは悟られませぬ。故にまずはそろりと振り下ろすことから始め、その動かぬところから徐々に速さを付けていきなされ」

が、吉岡の門人たちは釈然としない顔つきをしていた。

「されど、ゆったりとした動き出しでは、そもそも太刀筋を読まれまする」

これにも新九郎は即答した。

「起こりの刹那は、刀身の自重のみで起動させる。どの指にも力は入れず、添えるのみでござる。未だ両手に力が籠っておらぬからこそ、直後からの太刀行きは自在でござる。故に、初動が心持ち遅くとも、相手には太刀筋が読めませぬ。動けませぬ」

さらに言葉を続けた。

「仮に相手が読めたと勘違いし、構えの変化を見せたら、その裏を突く。そこから真の太刀行きに入る。打つのではなく引くようにして、刀身の重みを活かす。さすればまだ軌道には多少の変化を加えられまする。敵は完全なる後手に陥る。さらに構え直している間に、切っ先は容易に相手の体に届く、という寸法でござる」

言いつつ、宙に漂う蚊が目にとまった。若木の切っ先を近づける。蚊が逃げる。その行く手に先端をひょいと先回りさせる。蚊がふらふらと別方向に逃げる。

「蚊も同様。動き出しが読めぬからこそ、ゆったりとした動きでも捕まえにくきものでござる」

言い終わり、
とん、
と手首だけを震わせて打った。潰れた死骸が道場の床にすとんと落ちた。

気づけば愚息と別れてから、一刻と半ばが過ぎていた。新九郎は東洞院大路を南に下り始めた。

三条の辻へと戻ると、愚息の筵の前には先ほどよりさらに人だかりが出来ていた。

近づくにつれ、その群衆の中心でなにやら怒鳴っている声が聞こえる。人垣をかき分けて前に出ると、先ほどとはまた別の足軽たちが七、八人ほど、愚息の前で息巻いていた。

「うぬは、やはり偽を使っておるっ」一人が唾を飛ばしながら喚いた。「でなくば、これほどおぬしだけが勝ち続けるわけがないっ」

「何の戯言を」愚息がうんざりしたように言う。その前には明銭が堆く積まれている。よほど勝ち越している。「こんな素の賭けにまやかしなどあってたまるかよ。わしが椀の石を動かしておらぬのは、ここの皆々が見ておられる」

途端、それに賛同する声が周囲から湧いた。

「そうじゃ。同じ椀で偽などない」

博労が言えば、鮎売りの行商人も同調する。

「坊さんが入れた最初の椀から、石ころは動いておらぬ」

それらの野次馬たちの感想に、別の足軽が嚙みついた。

「ならば何故、この売僧だけが勝ち続けるっ」

「知れたこと」代わりに愚息が口を開く。「今日はわしの日であり、おぬしらにはつきがなかった。

それだけのことよ」

　嘘だ、と新九郎はおかしくなる。四つから二つの椀の賭けになった時点で、愚息が勝つことは約束されている。まやかしではない。仕組みの問題だと再び感じる。

　が、その仕組みを知らぬ足軽たちは納得出来なかったらしい。

「ならば、我らのつきをそっくり返してもらう」

　一人が言うや否や、筵に飛びついて明銭の三分の一ほどを我が身に引きつけようとした。

「何をするか」

　愚息がその顔を蹴った。相手が尻餅をつくようにしてひっくり返る。他の足軽たちが激昂し、錆槍を一斉に愚息に向けた。愚息もまた傍らの六尺棒を手に取り、八人を相手に大立ち回りを始めた。それら足捌きの土埃がたちまち周囲に舞い始める。

　けれど、
　まあ、大丈夫だろう。

　と、新九郎は依然懐手のまま気楽に傍観していた。かつて愚息は、新九郎が独自の剣技を編み出す以前は、自分と負けず劣らずの腕前だった。倭寇だった頃に唐人や高麗人を撫で殺しにしながら斬り覚えて来た技量だ。そして赤樫の六尺棒も、その気にさえなれば相当な殺傷力を有する。

　反面では、ご苦労なことだと思わないこともない。賭け事でこんな危ない橋を渡らずとも、おとなしく近隣の里の求めに応じ、葬式仏教で素直に小銭でも得ていればよいのだ。

　が、それはこの男の信条には、やはり合わぬらしい。

愚息は足軽たちとの乱闘の中で、するすると足捌きを続ける。外洋の揺れる小舟の舳先で鍛えた足腰だ。どんな体勢になっても腰が浮いてこない。その度に六尺棒が鮮やかに伸び縮みする。足軽たちは腕や頭蓋、脛、肩口などを次々と打たれ、徐々に劣勢になっていく。

「坊さん、気張れよっ」

「面白い。これは中々の見ものじゃ」

そんな掛け声や笑い声が野次馬たちから飛ぶ。

足軽の首領格と思しき男が、ついに業を煮やした。

「皆、この売僧を遠巻きにせよっ。槍衾にて一斉に突けっ」

すると他の者たちは瞬時に周囲をぐるりと取り巻き、その穂先を整然と中心部に向けた。個としての腕は未熟だが、集団としての合戦には相当に手慣れているようだ。

これでは愚息の打つ手がない。

さすがにこれはならじと、新九郎は声を上げた。

「おい。ここにも坊主の味方がおるぞ」

足軽たちの視線が自分に向いてきた。

「われも仲間か」

首領格が言う。

「仲間ではない。十年来の友垣である」馬鹿正直に新九郎は答えた。「嬲り殺されるのをみすみす看過はできぬ」

言いつつ、誘うように敢えて鯉口を切ってみせた。

案の定、その誘いに足軽たちは乗った。新九郎を新たな標的として一斉に襲い掛かってくる。どこからか愚息の呑気な声が聞こえてくる。

「やはり、持つべきものは友であるなぁ」

この馬鹿たれが、と思わず舌打ちしながらも、気づけば抜刀していた。

それでも特に緊張はない。槍と刀。動き出しの予兆に大した違いはない。それに一斉に襲ってきているように見えても、各々の初動にはわずかな時間差がある。その差異の中を新九郎は掻い潜っていく。

見える。八つの槍先の軌道。穂先の動き出し、手足の挙動から容易に槍の行き筋が読める。どの槍が最初に襲って来るのかさえはっきりと分かる。

対して、わしの太刀筋は読めまい——。

一歩、二歩と死地の中に踏み込みながらも、和泉守兼定を一閃させる。手首を斬り落とした感触さえない。二代目兼定作の之定である。返す刀で二人目の肩口を斬った。命まで取ることはない。動けなくすればいいだけだ。力まず、刀身の重みに身を任せる。三人目、四人目の太腿と脹脛を続けざまに斬る。早くも他の者は逃げ腰になり始めている。

が、目の前で唯一蛮勇を奮い、槍を振り上げた男がいる。首領格の足軽だ。

一瞬迷った。けれど、こいつは愚息を槍衾にすることを命じた。明らかに殺す意思を持っていた。直後にはがら空きになった胴を横なぎに払っていた。腹がぱっくりと割れて臓物が飛び出す。

どうせ死ぬ。苦しませる必要はない。

頽れる上半身へ、さらに之定を一振りする。すぽん、と首が飛んだ。

周囲には瞬く間に一人の死骸と血塗(ちまみ)れの四人が転がっていた。

新九郎は残り三人のほうを向いた。彼らはぎょっとした顔をして、咄嗟(とっさ)に踵(きびす)を返そうとした。

「待て」新九郎は声をかけた。「仲間と死体を引き取って去(い)ねい」

「襲わぬのか」

ああ、と淡々と答えた。「既に勝負はついている」

「……名はなんという」

「別に名乗るほどの者でもない」

事実だ。京洛で多少名が知られていても、武家の階級に当てはめれば所詮(しょせん)は埒外(らちがい)の牢人者だ。けれど、今の生き方に満足している。光秀のようにどこかの大名に仕えようとも思わない。人間など、興味のあることでそこそこ食っていけさえすれば充分なのだ。

生き残りの三人は無言でうなずくと、ある者は死体を担ぎ、ある者は足を負傷した者に肩を貸し、その場を立ち去って行った。

両側を築地塀に囲まれた大路の先に、入道雲が湧き立ち始めている。

今年も夏が来たようだ。

3

まったく、なんということだ――。

明智十兵衛光秀は憤懣(ふんまん)を抱えたまま、洛北の瓜生山麓にあせあせと馬を飛ばしている。むろん、愚息と新九郎の荒れ寺に行くためだ。

先ほど、妙覚寺に宿所を構えている信長に急遽呼び出しをくらった。兎にも角にもすぐに来いという。いったい何事かと、市政官の仕事を放り出して二条衣棚の妙覚寺へと向かった。

信長に会うと、昨年から仕え始めたこの主君は怒り狂っていた。

「昨日、市中で権六の配下が手討ちにされた」信長は切り付けるように甲高い声を上げた。権六とは織田家の二番家老、柴田勝家のことである。「足軽大将が腹を掻っ捌かれた挙句、首を飛ばされた。組下の者も傷を受け、廃り者になった奴もいる。権六もかんかんであるっ」

なるほど、とようやく光秀は領解した。

信長は、自らは自儘に振る舞い、激昂すると郎党たちを平然と手討ちにすることさえあるのに、家臣たちがその手の刃傷沙汰を起こすことはひどく嫌う。

そして昨年の上洛後すぐに、『一銭切り』という法令を市中に敷いた。織田軍はいわばこの京洛の征服者だが、自軍の兵に乱暴狼藉を厳しく戒め、たとえ一銭でも京の者から強奪した者は斬刑に処するというものだ。

むろん、自軍に対する狼藉者に対しては、それ以上に苛烈に処断した。

ようは、と光秀は憂鬱になりながらも感じる。

第一に、京の治安を守るべき光秀の職務怠慢を責めている。

次に、その狼藉者たちを草の根分けても捜し出し、おそらくは見せしめとして磔刑にすることまで考えている。けれど洛中洛外は広い。人もそれ以上に多い。捜し出すのは相当な労力を要する。

それでも光秀はすぐに平伏した。

「はっ。さればそれがし、それら賊たちの正体と居場所を直ちに突き止めるべく、探索を開始いたしまする」

「いや――それには及ばぬ」

「は？」

そこでようやく気づいた。

市政官は自分の他に、三番家老の丹羽長秀や出世頭の木下藤吉郎がいる。何故に自分だけが呼び出されたのか。

果たして信長は口を開いた。

「相手は賊たちではない。たった一人である。腕前からして、どうやら兵法者であるらしい」早くも嫌な予感が去来する。「辻博打をやっていた売僧との勝負事で揉めた。槍衾で仕留めようとしたところを、あべこべに連れの兵法者に手討ちにされたらしい」

光秀は額にじんわりと汗を掻き始めた。両脇の下も一気に濡れてくる。

昨年の上洛の際、光秀は近江長光寺城攻略で華々しい武功を立てた。旧友――愚息と新九郎の戦術示唆によるもので、それが縁であの二人は信長に謁見している。信長も二人のことはむろん、生業も覚えているだろう。

信長は冷たい声で言い放った。

「十兵衛よ、いかに」

はっ、と光秀は再び平伏しながらも、必死に頭を回転させる。

「されど、兵法者も破戒僧もこの京には数多おりまするゆえ――」

挙句にはそんなしどろもどろの弁解をしたが、案の定、信長は怒声を発した。

「何の寝言を申すかっ。辻博打の売僧と連れの兵法者と言えば、いかに京広しといえども愚息と新九郎に決まっておるではないかっ」

「……は」

「あの二人はよりにもよって、わしの陪臣を手討ちにした。しかもたった一人に八人もの奴らがいいように嬲られ、すごすごと退散しおった。織田家のいい名折れであるっ。我が家名に泥を塗られた。京童たちもさぞや笑っておるであろう」

光秀は、ますます言葉もない。さらに信長の言葉は続く。

「権六に命じ、戦わずに逃げた者たち三人は処分した。あとはそちの二人である」

おっ、と思わず上ずった声が出た。「お待ちくだされっ。それがしが去る南近江の陣で戦果を得られましたのも、あの二人のおかげでござりますっ。ひいては織田家の役にも立っておりましたっ」

すると、相手は今度こそ額に青筋をくっきりと浮き上がらせた。

「おのれ、この金柑頭——」信長は一声唸り声を上げると、上段から一足飛びに光秀の前に立った。「言うに事欠き、昨日今日仕えたおのれが織田家のことまで引き合いに出すかっ。たいした増上慢になったものよっ」

言うなり、腕を振り下ろした。頭頂部に痛みが走る。扇子でしたたかに頭を打たれた。が、藤吉郎のように足蹴にされぬだけまだましだ。それに、おれもつい言い過ぎた。

だからその後は再三再四、額を床に擦り付けながら二人の助命を求めた。

曰く、これは死人が出たとはいえ、所詮は喧嘩が発端である。そして喧嘩は双方の言い分を聞いてこそ、公平に裁定が出来るものでありましょう、と。

ややあって信長も興奮から覚めてきた。

「そこまで言うならば、まずはあの二人をわしの前に引き連れてこい。言い分を聞いてから処断は決める」

そのようなわけで、光秀は今、瓜生山麓へと向かっている。

やがて見慣れた風景が目前に広がってきた。一面の棚田の中に小川が流れ、その川の流れに沿って坂道が続いている。その傾斜の先に相変わらずの荒れ寺がある。

「………」

実はこの数か月ほど、この瓜生の里に来ることは絶えてなかった。

一つには市政官の仕事に忙殺されていたこともあったが、もう一つは昨年の末頃から、愚息の自分への当たりが次第にきつくなっていたこともある。

例えば「上様が――」と信長のことを言う時、決まって愚息は顔をしかめた。

「わしらの前で『上様』呼ばわりはよせ。胸糞が悪くなる。世の埒外で生きる我らが、何が悲しくてそのような物言いを聞かせられねばならぬ」

確かにそうだろう。上様とは、本来は将軍や天皇に対してしか使わない敬称である。それを織田家では信長に使う。初めにそう呼び出したのは、追従者で有名な木下藤吉郎であったという。それが家中で広まっていった。

だから光秀としても、そう呼ぶより仕方がない。それ以上に恩義もある。

信長に仕えた途端、生まれ故郷の美濃は安八郡に広大な知行地を貰った。かつて準幕臣として越前朝倉家に仕えた時の十倍弱の所領だ。これだけでも信長への恩義は海よりも深いというのに、さらには二度の武功によって、再び大幅な加増を受けている。

世間では、織田家は家臣に対して薄くしか恩賞を与えないということで有名である。

「信長という男は吝嗇である」

そうしばしば評される。

例えば佐久間信盛、林秀貞、柴田勝家、丹羽長秀、という譜代の家老でさえ、呆れるほどにその知行地は少ない。

信長は、天下への明確な野心がある。そのあまりに『天下布武』という印形まで鼻息荒く作っている始末だ。天下統一のために織田家の直轄領を温存し、信長直属の兵を増やし、機動性に富んだ軍団を維持することに腐心している。逆に言えば、だからこそ譜代の家老たちは、

「もし上様が天下をお取りになれば、我らはいかほどの国持ち大名になれようか」

との期待で、今の薄禄にも我慢し続けて来ている。

けれど信長は、新参者の光秀に対してだけは例外的に大盤振る舞いを続けている。職務もそうだ。丹羽、木下らと肩を並べて京の市政官に抜擢された。そのあまりの気前の良さに、

「上様は明智殿を偏愛なされておる」

という家中の噂さえ立つほどだ。光秀はそれら家中での噂を気に病みながらも、一方では自分の器量をこれほどまでに高く買ってくれている信長という男に、やはり感動の念を覚えざるを得ない。

士は己を知る者のために死す、との故事もある。多少の乱暴を働かれようと、かように自分を篤

く遇してくれる信長を、たとえ本人がおらぬからといって、陰で違う呼び方をすることなど到底出来ない。

それらのことを縷々説明すると、愚息はうんざりしたようにこう言った。

「十兵衛よ、それを畜生根性だとわしは言うのだ。おのれの才覚と粉骨砕身ぶりに、信長は相応の対価を与えている。貸し借りはそれで無しというもので、男児というものは厚遇には感謝しながらも、個の精神としては主君からも独立した、乾いた存在であるべきだ。『士』とは本来、そういうものである。少なくともわしらの前ではそうであれ」

新九郎ものんびりと相槌を打った。

「十兵衛よ、おぬしは少し織田家に入れ込み過ぎておる。本来おぬしは明智家再興のために東奔西走していたはずだ。信長の許で立身するためではあるまい」

「では、なんと呼べばいいのだ」

「わしらの前では昔のように、『信長』でいいではないか」平然と愚息は答えた。「それが不敬だと思うなら、『我が殿』とでも『織田殿』とでも呼べばいい」

それでも光秀としては釈然としない。

そのようなやり取りが何度か続き、次第に足を向けづらくなった。

あるいはこんなこともあった。

去る一月、将軍足利義昭が仮御所としていた本圀寺が、三好三人衆の一万の兵に襲われた。護衛として義昭に付いていた光秀は、わずか二千の手勢で三好勢としばし互角に戦い抜き、夜明けに現れた織田家の援軍と共に見事に追い払ったことがある。

春にその逸話を話した時、つい往時の高揚感が蘇（よみがえ）り、やや自慢めいた言い方になった。

直後、盃（さかずき）が飛んできて光秀の額（ひたい）に当たった。残っていた酒で、顔もべとべとになった。愚息が投げつけて来たのだ。直後には、
おのれはっ、と大喝した。「昔からの付き合いである我らに、そのような埒（らち）もなき高ぶりを見せるかっ」

これが決定的だった。おれの言い方も悪かったが、いくら何でもモノを投げつけるとは酷（ひど）かろう、と憮然（ぶぜん）とした。

以来、この瓜生の里には来なくなった。


光秀は寺の境内に入ると、隅の桜の木に馬を繋（つな）いだ。周囲の集落には夕霞（ゆうがすみ）が漂い始めている。煮物の旨（うま）そうな匂いもした。

捜すまでもなく二人は庫裏（くり）の縁側にいた。向かい合って呑気に夕餉（ゆうげ）を取っている。ふと胸がしめつけられるような感慨を覚える。以前は三人で良く酒を酌（く）み交わし、共に笑い合ったものだ。

が、今日は私用で来ているのではない。

二人の許に真っ直ぐに進んでいくと、初めに新九郎が、次いで愚息がこちらを向いた。

「お、久しいの」

新九郎が笑った。光秀も危うく笑みかけたが、すぐに気を引き締める。さらに近づいていく。

愚息が沢庵（たくあん）を歯切れよく齧（かじ）った。

「今、夕餉の最中である。つまらぬ話なら後にせい。それと、抹香（まっこう）臭い顔つきをわしらの前にさら

すな。飯が不味くなる」

一瞬、むっとした。

けれどそれもそうだと思い、残りの食事を二人が食べ終わるまで縁側に腰かけ、大人しくしていた。彼ら二人には牢人の時もずいぶんと助けられたものだ。それくらいの義理はある。

茶で白飯を流し込みながら、新九郎が聞いてきた。

「時に熙子殿は健勝か」

光秀がこの二十数年、愛して止まない妻の名だ。落魄の最中でも子供が三人も出来た。むろん浮気などしたことはない。これには素直にうなずいた。

「逆に熙子も、おぬしらが元気か心配しておった」

これには愚息も少し微笑んだ。

「変わらず良き女性であられる」と、熙子に対してだけは丁寧な言葉遣いをした。「どこぞの馬鹿と違って多少立身したからと、上ずったところが少しもない」

その上ずった馬鹿とはおれのことか、と言い返したいところを、またしてもぐっと堪える。

愚息は飯を一通り平らげた後、口を開いた。

「で、用があるのであろう。何ぞ」

うん、と光秀はうなずきながら縁側に正座した。

「時に二日前、三条の辻で足軽たちと喧嘩になったか」

あぁ、と気楽そうに新九郎がうなずいた。「相手は博打で負けが込み、愚息を槍で田楽刺しにしかけた。仕方なくわしが首領格だけは成敗した。他の者には加減してやったがの」

やはり、と思わず溜息をつく。

「それは織田家の二番家老、柴田修理亮殿の組下の者たちであったわ」

「だから何ぞ」愚息が早くも低い声を上げる。「誰の組下であろうが、非はあの者たちにある」

「それは分かる」光秀もつい言い返す。「が、その件で上様は非常にお怒りであら――」

言い終わる前に腰に衝撃が来た。あっ、と思った瞬間には体が真横から『くの字』に曲がり、縁側から地べたに転がり落ちていた。愚息がしたたかに蹴り飛ばしたのだ。

「何をするかっ」

これには光秀もつい大声を上げた。いつの間にか仁王立ちになった愚息も負けずに言い返す。

「じゃから、わしらの前でその上様呼ばわりはよせと、何度も言うておろうがっ。いつの間におぬしは信長の幇間同然になり下がった。まったく情けない奴じゃ」

まあまあ、と新九郎が間に割って入る。光秀に片手を差し伸べ、縁側へと軽々と引き上げる。

「愚息よ、おぬし少しやり過ぎである」

「ふむ」

「十兵衛よ、おぬしもおぬしだ。いい加減わしらの前で、その呼び方は改めよ」

「……分かった」

答えながらもふと情けなくなる。

光秀と愚息はほぼ同年の四十過ぎだが、新九郎は二人より一回りも下のまだ三十前後だ。知り合った頃は坂東から出て来たばかりの兵法者で、二十歳そこそこの血気盛んな若者に過ぎなかった。

それが五、六年前に独自の剣技に開眼してからというもの、内的な境地も急速に深まってきた。

何気ない所作や物言いが柔らかく、それでいて周囲を鎮めるような圧がごく自然に滲んでいる。むろん光秀も時に気圧されるものを感じる。

ともかくも光秀は再び縁側に座り直した。落ち着きを取り戻した愚息が口を開いた。

「言え」

用件の続きを、ということだろう。ふと、こういう言葉の激しい省略や短気な部分は信長にそっくりだと感じる。

「我が殿が申されるには――」光秀はそういう言い方をした。「ともかくも一度、わしの前で申し開きをせよ。その上で是非を判断する、ということであった」

「わしらは何も悪いことをしておらぬ。故に行かぬ」あっさりと愚息は即答した。「むしろ日銭稼ぎを邪魔され、いかい迷惑であった。そのこと、加えて信長に伝えよ」

やはり。

しかし、それでは自分の立場がない。

が、直後には我が身の身勝手さにはたと気づいた。

…………。

そうなのだ。刃傷沙汰を聞いた当初から、二人が悪かっただろうとは一瞬たりとも考えたことがない。まして愚息と新九郎の人柄からして、好んで諍いを起こすようなことは絶対にない。そんな二人を信長の許になんとか連れていこうとしているのは、単に自分の都合でしかない。おれは、おれの保身のためにしか動いていない……。

そう改めて自らの料簡を自覚した直後、

「頼む」光秀は声を上げながら、頭を下げた。縁側の板の間に額を擦りつけながら本音を吐露した。「おぬしらが悪いとは思っておらぬ。されど、おぬしらを連れて参らねば、家中でわしの立つ瀬がない」

さらに懸命に説得の言葉を続けた。

「おぬしらは我が殿の前で存分に申し開きをしてくれればよい。その上で殿が怒るようであれば、わしがその場にて盾となる。いざとなれば腹を掻っ捌いて詫びる。だから一緒に来てくれ。頼むっ」

むろん本気だった。いよいよの時は自分が詰め腹を切る。それで事を収める。この二人のように自らの生き方にも節義を通す。

この心底からの平身低頭には、さすがに二人も黙り込んだ。

光秀は、半ば事が成ったのを感じた。

案の定、

「しかたがないのう」新九郎が溜息交じりに呟いた。「事の是非は是非としても、大の男がここまでの覚悟で頭を下げておる。愚息よ、此度だけは光秀に折れてやってもいいのではないか」

ややあって愚息が答えた。

「……分かった。ただし信長の前に出ても、敬称などは付けぬぞ。わしらは既に世外の者ゆえな」

世外の者とは、この世の仕組みに取り込まれていない人、ということだ。事実、二人は浮世のどの階級にも属さない。

しかし、それではさすがにまずい。

少し考えた後でこう答えた。これまた正直な気持ちを伝えた。

「愚息、新九郎よ、おぬしらがこの世の縛りの埒外で生きているのは知っておる。その生き方も、わしなりに尊重しておる」その上で切々と説得し始めた。「だがこれは、人と人との礼儀というものである。我が殿とてそこは人である。これまで一度しか会っていない相手から呼び捨てにされれば、誰しもいい気分はせぬだろう。ましてや殿は生まれてこの方、誰からも呼び捨てにされたことがないお方である。その部分だけは、さすがに気遣ってはくれまいか」

すると二人は、再び黙り込んだ。

光秀はこの時、ありていな正論よりも腹の底から出た本音が人を動かすことをしみじみと悟った。

4

柴田勝家は、事前に信長から怒り狂うように言い含められていた。

「よいか。おのれが怒れば怒るほど、あやつらの立場は悪くなる。わしの言うことを聞かざるを得なくなるのだ」

そう、意中も明かさずに命じてきた。いつものことだ。

けれど、いくら配下がやられたからといって、それを出しに明智十兵衛光秀を脅すのは気が乗らない。

第一、先に手を出したのはこちらだ。しかも八対一の刃傷沙汰で、さらには完敗だった。忌々(いまいま)しいがこの事実は変えられない。

それでも主君の言葉に従ったのは、明智光秀の長年の連れである二人とやらに、以前から興味があったからだ。

昨年の長光寺城の攻略で光秀が華々しく武功を上げたのは、これら朋友（ほうゆう）が光秀に示唆を与えたからだという。単なる坊主と兵法者ではないのだ。

そもそも信長も本来、神仏の脅しで徒食する神官僧侶（そうりょ）や、己の技量を誇るだけで、鎧兜（よろいかぶと）を纏（まと）った戦場では何の役にも立たぬ兵法者などは毛嫌いしていた。

それでも信長は一年前、引見時にからからと笑ったという。

「わしに利をもたらす者であれば、たとえ閻魔（えんま）とでも添い寝してやるわ」

そして実際に光秀の朋友に接見した後は、二人の才華を大いに気に入り、褒美として黄金を三十枚も与えた。吝嗇な主君にしては滅多にない大盤振る舞いだ。

つまり、光秀の朋友をそれほどまでに気に入ったのだろう。

現に、光秀にも後でこう告げたらしい。

「あの者ども、只者（ただもの）ではない。十兵衛よ、今後もおのれにとっても有用である。大切にせよ」

だから此度の密（ひそ）かな指示は、単にけじめをつけさせるというだけでなく、何か他の目的があってのことだと踏んだ。

勝家は、光秀と友垣の二人が妙覚寺の謁見の間に姿を現した時、言われた通りに信長の下座で怒り狂った。

「いったい、わしの組下になんということをしてくれたのだっ」

「そちらは博打でまやかしを働いたというではないか。じゃから喧嘩になった」

「我ら柴田の旗の者は、今では市中のいい笑いものになっておる」

なおもねちねちと言葉を重ねた。

「殺された足軽大将は、中々に指揮の得手であった。わしは得難き者を失くした」

「だいたい辻博打は、市中では今春より上様の命で禁止されていたはずだっ」

反面では、そんな自分にややげんなりもしていた。

明智光秀は、勝家と信長の前で米搗き飛蝗のように何度も頭を下げ続けている。照り輝く頭頂部には、びっしりと細かい汗が浮かび上がっている。

勝家はこの新参者のことは、以前から妙に利口ぶる印象もあってあまり好きではなかった。なかったが、それでもやはり気の毒には感じる。

が、一方の聖と兵法者はといえば、そんな勝家の怒気の連続にも、どこ吹く風といった顔つきだった。聖は今にも鼻でもほじり出しそうな気配だし、兵法者に至っては、さっきから何度も欠伸をかみ殺している。

勝家と信長の左右には、織田家直臣の荒小姓たちが十名ほど居並んでいる。いずれも信長が選りすぐりの自慢の若武者たちである。

ようは、と勝家は思う。

この光秀の朋友とやらは、万が一これら荒小姓たちと事を構えることになっても、充分にこの場で制圧できる自信があるのだろう。そしてその自信は、この二人の気楽に構えながらも微塵も隙の無い佇まいから、あながち自惚れでもなかろうとも感じる。

しばし勝家が文句を続けた後、ようやく信長が口を開いた。

「かように権六は怒っておる。愚息よ、なんぞ弁明があるか」

　すると愚息と呼ばれた聖は、信長に柔らかい笑みを向けた。が、その口にすることは失礼千万だった。

「申し訳ありませぬが、修理亮殿のかような戯言など、一向に我が耳には届きませぬなあ」

　これには小姓たちが一斉に色めき立った。

「聖風情が上様や修理亮殿に対し、何たる非礼っ」

「おのれ、この場で斬り殺してくれるわっ」

　そう口々に怒声を発し、中には早くも刀に手をかけ、腰を浮かしている者までいる。

　が、愚息は相変わらず落ち着き払ったものだ。

「まあ、待たれよ。織田殿の申される通り、まずはわしの言い分を聞かれよ」愚息は再び信長に微笑みながら片手を上げ、次いで闘犬のような目つきで小姓たちを睨め回した。「やりたいのであれば後で存分に相手になろう。が、おのれらのような飯粒どもなぞ、わしら二人にまた叩き殺されるのが関の山ぞ」

　束の間の気合のようなものだ。小姓たちはその気魄に一瞬、動きを制された。

「挙句、おのれらは修理亮殿の手の者と同様、織田家に対して恥の上塗りをする羽目になる……それでも良いのかっ」

　ふむ、と勝家は変に感心する。そのよどみない啖呵、一瞬で醸し出された殺気。この男、これまで相当な場数を踏んできている。単なる虚喝ではない。だからこそ気圧される。

　気づけば隣の兵法者も仕方なさそうに笑っていた。この男もまた、容易にそれが出来ると思っているのだろう。現にこの兵法者一人に、勝家の配下八人は手もなくやられている。

「待て。静まれ」信長は静かに言った。「わしはまだこの者らの言い分を聞いておらぬ。それまでは手出し無用ぞ」

　すると、愚息は弁じ始めた。

「わしは、博打でまやかしなどは使っておりませぬ。四つの椀から二つの椀に転じ、さらに一つを選ぶというあの仕組みにてやっておっただけで、しかも二つの椀になった時の選択は、修理亮殿の手の者に委(ゆだ)ねておりました。故に偽(まがい)などはありませぬ。その仕組みに気づかなかった彼らが負ける。当然でござる」

　ふむ、と信長はここで初めて笑みを洩(も)らした。「長光寺城のあの手か」

「然(しか)り」

「からくりに気づかず、そちに文句を付けて来た側が悪いと申すのか」

　愚息は、この信長の言葉を微妙に言い直した。

「その仕組みが分からず、言いがかりをつけて来たほうが無体であると申したいわけでござる。挙句には滅多刺しにされかけ、仕方なく反撃し申した」

「自業自得と申すか」

　愚息はうなずいた。

　しかし、信長はうなずき返さなかった。

「されど、わしは市中での辻博打を禁じておる。それをおぬしらは破った」

　と、ここで初めて兵法者が口を開いた。

「あいや、織田殿。それがしにも多少モノを言わせてもらってもよろしゅうございますか」

「なんぞ、新九郎」

すると新九郎と呼ばれた三十前後の男は、ゆったりとした口調で言った。

「我らは洛外の北に住む者にて、未だその市中の禁制を知り申さず。故に、破ろうとして破ったわけではありませぬ。さらにはこの愚息、自ら聖になりながらも神仏の威を借りて日々の糧を得たことは一度もなく、この点もご勘案頂ければ幸いにて候（そうろう）」

ふむ、と信長は再び含み笑いを洩らした。

「じゃが、禁制は禁制であるぞ」

勝家は、主君の意図が未だ読めない。

言葉とは裏腹のその表情から、愚息と新九郎には未だに好意を持っている様子だ。一方では、勝家にしつこく難癖を付けさせて嬲（なぶ）っている。いったい何を考えているのか。そして、このやり取りの行き着く先はどこなのか。

しばし思案顔だった愚息が軽く溜息をついた。

「禁制とあらば、仕方ありませぬな。それがし、この京を退転いたしまする」

光秀が急に慌て、隣の男の袖（そで）を引いた。

「これ愚息っ、早まるなっ」そして信長を見上げ、再び額を畳に擦り付けた。「上様っ、何卒（なにとぞ）この二人をお許し頂けるようお願いいたしまするっ」

が、信長は光秀の言葉など聞いていなかった。

「愚息よ。退転して、いずこへ参ると申すか」

「織田殿の未だ力の及ばぬ殷賑の町でござる。相州の小田原でも良し、あるいは山陽筋の果ての赤間関でも良し」

そう、東国と西国にある陸海の要衝を挙げた。

光秀が悲痛な叫び声を上げた。よほど長年の友を近場から失いたくないと見える。

「上様っ」

その光秀に対し、信長が冷然と答えた。

「十兵衛よ、うぬも市政官ならば分かるであろう。愚息だけを別扱いするわけにはいかぬ」

その反応を受け、新九郎も口を開いた。

「相模ならばわしの故郷ゆえ、多少の知り合いもある。共にこの京を去るか」

「ふむ」

が、ここで信長が言った。

「それだけでは足りぬ。おぬしら二人は我が織田軍の兵を殺した。そのけじめだけはつけさせてもらう」

愚息がついた溜息は、一度目よりさらに大きくなった。

「では、どうなさると言われるか。今ここで手討ちになさるおつもりならば、我らも黙ってやられるは業腹にてござる」次いで、小姓たちを再び眺めながら淡々と続けた。「そこに居並ぶ若侍くらいは、冥土への道連れにし申す所存」

この事態に、光秀はますます顔を蒼褪めさせた。

「お待ちくだされっ。嫌がるこの二人を連れて参ったのはそれがしでござる。ならば、代わりに拙者を処分してくださりませっ」言うや否や脇差を腰から抜き、震える声で言上した。「もし御所望とあらば、今ここで詫び腹を掻っ捌いてみせまするっ」

　ほう、とこんな場合ながら勝家は妙に感心した。

　この四十がらみの男、小利口で何事もそつなくこなせるだけが能かと思っていたら、いざとなれば一文にもならぬ友誼に命を張ることも心得ている。少なくとも、恐怖に慄きつつもその覚悟がある。主従という縦の関係だけではなく、横に繋がる関係もこの浮世には必要だということが分かっている。

　そしてそれは、勝家が未だ気にかけつつもなおざりにし続けてきたものだ。

　目の前の薄禿は、命ある限りは今後も家中で立身するだろう、と何故かぼんやりと感じた。

「待て、十兵衛。そのような意味ではない」信長は落ち着いた声を出した。「わしが今から申すことを呑んでくれれば、愚息と新九郎よ、おぬしらに今後、辻博打などせずとも当分は遊んで暮らせる銭を進ぜよう。むろん処分も不問とする」

「はて？」

　愚息が首を捻ると、信長は言った。

「今、東国と西国の話が出たな。ちょうどわしの念頭にも、昨今そのことがあった――」

　続けて、小姓たちのすべてに謁見の間を去るように命じた。あとに残ったのは勝家と主君、そして光秀ら三人だけだった。

　やはり、はなから処罰する気はなかったのだ。

「まずまず、近う寄れ」

信長は一声上げ、光秀たち三人に膝元(ひざもと)へと来るように言った。愚息と新九郎はすんなりと勝家の脇まで膝を詰めてきたが、光秀は遠慮して、二人のやや後方までしかその身を進めなかった。

途端に信長は顔をしかめた。

「十兵衛よ、何をしておる。寄れと言ったら近う寄れっ。それでは密(みそ)か事が話せぬ」

そう言われ、ようやく光秀も信長のすぐ下座までやってきた。

信長は勝家たち四人を前に、まずはこう言った。

「今より申すこと、構えて他言無用ぞ」

「はっ」

いよいよ本題だと感じ、勝家は平伏した。光秀も同様である。

ややあって信長の言葉は続いた。

「……わしは思うのだ。武門の戦いとは、所詮は銭で決まる」上座に座る徹底した現実主義者は、低い声で言った。「戦費を賄(まかな)い続けられる者だけが最後には勝つ。この一事を分かっているであろう武門が、日ノ本に少なくとも二つある」

光秀が未だ恐縮しつつも、すぐにうなずいた。

「とはいえ年貢の米や麦など、この国のどこでも穫(と)れる。珍しくもない。買い叩かれ、戦費に換えるには見返りが薄い。申している意味が、分かるか。世の人々は希少なモノに高値をつけるものぞ。さらに年月が経っても腐らず、嵩張らねば、なお遠路での交易に向く」

信長は不意に微笑んだ。

「愚息よ、ここまで言えばおぬしには分かろう。倭寇とはそもそも、海洋交易が生業(なりわい)ゆえ」

左様、と相手もうなずく。「我らは、非常の折にしか戦はしませなんだ。そして常は、銀子にて商取引をしておった次第」

「それである」信長は扇子で片膝を叩いた。「我が国の銀の産地と言えば、まず石見銀山である。宣教師らの話によれば、石見ほどの銀を産する場所は明や朝鮮、天竺にもなく、暹羅や呂宋にもない。遠い南蛮以東から見ても最大であるという。そこを、西国の毛利が押さえている」

愚息が苦笑した。

「むしろ、かつての我ら以上にお詳しゅうござるな」

「当然である」信長は即答した。「わしは物事を調べる時も常に本気だ。武門に生まれた以上、周りはすべて敵である。生半可な気持ちでいたことなど一時もない」

さもあろう、と勝家も感じる。これほど苛烈な覚悟をもって生きる男など、まず滅多にいない。だからこそこの主君は、尾張半国の分限からわずか十数年で日ノ本最大の大名に成り上がった。

「銀とくれば、次は金である。これもまた南蛮より東の宇内では、我が国以上に金を産するところはない。その金は主に、甲州で採れる。武田信玄が領国内の鉱脈を今も至る所で開発している。近年で産出量が多く、富士川から下って田子の浦で使われている金は、身延山の川向かいにある湯之奥金山の産であるという」

なるほど。ようやく話の帰結がおぼろげながら見えてきた。

案の定、信長はこう続けた。

「問題は、この毛利の銀と武田の金が、今いかばかりの採れ高があり、先々でどれほどの採掘量を有しているかということだ。また、それぞれの積み出し港――駿河の田子の浦と、石見の温泉津沖泊が、いかほど交易に向く場所かという件だ。それでほぼ、両家の地力が分かる。我が織田家と事を構えた場合、いかほどの年月、戦闘を継続出来るかを見切ることが出来る」

ふむ、と言うような表情で愚息が首を傾げた。「それを、詫びの代わりに我ら二人に調べよ、と？」

「むろん只でとは言わぬ。これは仕事の依頼でもある。報酬はたんまりと弾む」信長は急に早口になった。「先年と同じ金子三十枚でどうか。計六十枚である。これでおぬしら二人は、十年や十五年は辻博打に精を出さずとも充分に暮らすことが出来るはずだ」

「されど、そこまでお詳しければ、既に間諜にも命じて散々に調べ上げられた後ではありますまいか」愚息は疑問を呈した。「今さら我ら如きが赴いたとしても、新たな見聞には限りがありましょうぞ」

「それは違う。草たちは、敵地へと忍び込むことはできる。されど採掘場の代官所に忍び込んで台帳を見たとしても、その数字の変遷から毛利と武田の先途を読み取ることは出来ぬ——」

話の途中だったが、これには勝家もたまげた。なんとこの二人を敵地の中枢にまで忍び込ませ、さらには台帳にまで目を通させるつもりのようだ。道理で法外な謝礼を弾むわけだ。

そう感じている間にも、信長の言葉は続く。

「あるいは積み出しの湊を眺めても、町の賑わいや沖の潮の流れ、船の集まり具合などから、地場の商人たちがいかばかりの先々を見込んでいるのかの目利きも、彼らには出来ぬ。所詮、忍びは忍びである。その点、愚息と新九郎よ、おぬしらであれば、むしろ彼ら以上に腕が立つ。さらには愚息よ、そちはそれらの台帳を読み取ることが出来るとわしは踏んでいる。どうか？」

愚息は束の間考え込んだ後、意外にもすんなりと快諾した。

「分かり申した。そのような次第でありますれば、このご依頼、お受けしましょうぞ」

これには隣の新九郎がやや慌てた。

「おいおい、愚息よ。子供の遊びではないのだぞ。下手をしたら死ぬるかもしれぬ。たかが金のために命を張るなど、わしは気が進まぬ」

「いや……わしにはわしなりの料簡があってのことだ。気が進まぬならおぬしは京に残れ。一人でも行く」

「一人には及ばず」信長は即座に口を開いた。「十兵衛よ、おぬしも同伴せよ。愚息と共に参れ。わい、わしの目で彼の地それぞれを検分せよ」

光秀のほうはすぐに平伏した。

「はっ」

「甲州と石州、二つ合わせて、一月か長くとも二月で帰京せよ。信玄は用心深い。自国を他国人には容易に踏ませぬゆえ、富士川沿いの金山までは自力で行くしかない。身延山への参詣者に化けて、出来うるところまで調べよ。毛利には当主の輝元宛てに挨拶状を書いておく。それを持って瀬戸内から入り、安芸郡山城に赴き、帰路は石見へと抜け、銀山に潜入して北海へと逃れよ。北回りで京へ戻れ」

「承知いたしてござりまする」

そんな光秀と愚息の様子を見て、新九郎も軽い吐息を洩らした。

「仕方がない。京に残ってもおぬしらが気がかりである。わしも付き合おう」

こうして三人とも、武田と毛利の領内へと赴くことが決まった。

最後に信長は言った。

「堺の今井宗久に船便の手配はさせる。そちらの指示に従ってどの泊にも船を動かせるようにしておく。遠慮なく使え」


三人が去った後、勝家は信長と二人きりになった。やはり気になり、こう聞いた。

「ですが、危険極まりない任務でござりまするな」

「ふむ」

「下手をすれば捕えられ、最悪は殺されまするぞ」

「分かっている」信長は答えた。「だからこそ、当家には埒外の愚息と新九郎を使うのだ。それならば後日、両家から苦情が持ち込まれても、しらを切り通すことが出来る」

「されど、明智殿はどうなるのでござりまするか」これは歴とした織田家の家臣になっている。

「十兵衛もろとも捕まった場合は、申し開きが出来ませぬぞ」

これにも信長はたちどころに答えた。

「十兵衛は、昨夏に我が家門へと仕えたばかりだ。以前は長らく将軍家の準幕臣で、今もその二重の籍は続いている。むしろ武田と毛利から見れば、十兵衛は未だ将軍家から織田家に遣わされた連絡将校という認識であろう。両家は古き家柄ゆえ、源氏の棟梁たる足利家に対する敬慕は今もある。拷問はむろん、無下に殺されるということもあるまい。その時は公方を動かし、なんとか十兵衛を救い出す」

が、それは逆に言えば、浮世では立場を持たぬ愚息と新九郎はどうなっても構わないということではないのか……。

そのことを遠慮がちに問うと、

「当たり前だ」と、信長は笑い出した。「いざとなれば捨て殺しにするからこそ、成功したあかつきには二人に過大な報酬を払う。そのことは、あやつらにも充分に分かっているはずだ」

そう、からりと酷薄なことを言ってのけた。

5

十日後、三人は夏の伊勢路を進んでいた。

「まったく、なんでこのようなことに駆り出されなければならぬのだ」

額の汗をふきふきしながら、新九郎がぼやく。

「まあ良いではないか。またも信長から金子をせしめた」珍しく愚息は乗り気であった。「以前の金子と合わせて黄金六十枚。これだけあれば当分は辻博打などせずともすむ」

けれど、光秀も月代(さかやき)を手拭(てぬぐ)いで拭いながら聞いた。

「それだけが受けた理由ではなかろう」懐には信長から預かった毛利家への挨拶状がある。「あれだけ気が進まぬと言っておきながら、どうして殿の、かようにも危険極まりない申し出をすんなりと受けたのか」

うん、と愚息はうなずいた。「武田と毛利の金銀のこと、以前から多少は気になっていた。それにわしら二人は以前から農繁期には京を離れ、しばしば諸国を漫遊している。じゃからまあ、ついでじゃ」

が、愚息はまだ問いの核心に答えていない。光秀が黙っていると、ややあって相手は言葉を続けた。

「――わしにはの、もうずいぶんと帰っておらぬとはいえ、肥前の松浦に一族や縁者がいる。今も明や呂宋、暹羅へと海を渡り、せっせと小商いをしておる。その元手になる金銀を、毛利や武田がいかほど持っているかということ、これは興味のあるところである」

さらに愚息は語った。

松浦党は今、平戸に常駐している博多や堺の商人と、海の向こうから持ち帰った品々と銀子を交換して、それで生計を立てている。が、これがもし温泉津沖泊から以前にも増して膨大な銀が運び出されているのであれば、そこに乗り込んで直に取引してもいい。仲買に入っている商人たちの儲けも肥前松浦党のものとなる。

「駿河から運び出される武田の金も同様である。その量によっては、寧波（中国浙江省にある港湾都市）や琉球、呂宋などから黒潮に一気に乗り、田子の浦にて取引をすれば、その分だけ儲けは大きくなる。それらのことを故郷の一族に伝える」

光秀は、思う。

この男、長らく故郷を離れて生きていても、今も心の一部は肥前松浦の同胞と共にあるようだ。

そしてそれは、土岐氏という美濃源氏宗家が滅んだ後も、明智氏を中心とした桔梗紋の再興を図る自分の気持ちに相通じるものがある。

しかし、光秀にはまだ疑問が残る。

今、その商取引の大なる者と言えば、なんといっても南蛮船である。堺は言うに及ばず、薩摩の坊津や豊後の沖ノ浜などで盛んに交易を行っていると聞く。さらに時代が進んだ後には、その圧倒的な輸送能力にはやはり敵わないのではないか。

そのことを口にすると、愚息はこう答えた。

「わしらが扱って、南蛮人が扱わぬ品がある。呂宋壺や安南皿、明の茶壺といった陶磁器である。あやつらにはそれらへの審美眼がない。華美なるものばかりを好み、侘び寂びが分からぬ者どもである。それゆえ、どのようなものを運べばこの国で驚くべき高値で扱われるかを知らぬ。時代が進んだとしても、これればかりは我ら同国人にしか扱えぬし、そこに我ら肥前松浦党の生き残りの策がある」

なるほど、と光秀は感心した。愚息の言葉は続く。

「さらには、おぬしが仕えている織田家のこともある。先だって信長が言った『武門の戦いとは、所詮は銭で決まる』とは、まさにその通りである。過日に堺の会合衆に二万貫もの矢銭をかけたこともそうだ。単なる強欲ではなく、はっきりと分かってそうしている。気に入らぬ男だが、やはりあの癇癪持ちは物事の本質が分かっている。それが良いとか悪いとかではなく、この世は節義や道理ではなく、所詮は銭で回っておることをだ。その上で目前の敵はおろか、十手先の相手まで見据えている。そこらあたりの凡下の大名とは頭の出来が違う。武田と毛利の金銀を調べて、その信長の先々を占うことは、十兵衛よ、すなわちおぬしの今後を占うことでもある」

この言葉には、光秀も感動した。この男、おれの織田家での先々を見越すためにもこうして依頼を受けてくれていたのか……。

けれど、それを黙って聞いていた新九郎の思うところは、また別にあるようだった。

「なにやら、悲しいのう」

「何がだ」

「わしらも回りまわって、その銭の世の流れに突き動かされている。汗を流しながらこうして伊勢路を延々と歩いている」

「それは違うぞよ、新九郎」愚息は苦笑して言った。「わしらにとっての銭とは、野心や富貴のためならず」

光秀はつい問うた。

「では、何のためか」

「嫌いなものは嫌いと、やりたくないことはやりたくないと、常に言える立場を手に入れるためである。明日は明日の気分で、何をしてもいい。そのような出処進退の自在を、自らが保つためにある」そしてこう付け加えた。「銭の世であるからこそ、その銭で浮世から俯瞰(ふかん)する立場を買うのだ。これは悲しき現実(うつつ)である。あるが、先々で銭なんぞに追い使われたくないからこそ、今はこうして歩いておる」

翌日、三人は伊勢の桑名(くわな)に着いた。

桑名は、木曽(きそ)三川(木曽川、長良(ながら)川、揖斐(いび)川)が伊勢湾に注ぎ込む、その河口に位置する港である。堺や博多と並ぶ日ノ本有数の港湾都市で、古来、商人の自治によって港と町が運営されてきた。

別名は、十楽の津。

楽とはこの時代、自由を意味する言葉である。桑名はこれまで、関や渡しの通行税の撤廃、地子銭の免除、守護などの外敵権力の不入権などを堅持する無税の自由都市として栄えてきた。信長が今も推し進めている楽市楽座の発祥の地でもある。

「が、それも今は昔である」愚息は溜息交じりに言った。「この一帯の長島は、一昨年から昨年にかけて信長の手に落ちた。その中にある桑名も昨今の堺と同様になりつつある。滝川左近将監の許で矢銭を吸い上げられながら、辛うじて自治を許されているに過ぎない。やがては二つの町ともあやつの直轄地になろう」

滝川左近将監とは、織田家の四番家老、滝川一益のことだ。光秀が織田家に仕える十年近く前から、滝川はこの北伊勢一帯への侵攻を開始していた。

「信長は、ありとあらゆるものを自分に従わせようとする。人々の暮らしから有無を言わさずに『楽』を奪う」愚息の言葉は続いた。「わしが信長という男を気に入らぬのは、まずはこの一点にある」

光秀は、何も言い返せなかった。あの新しい君主が自領以外で行っている政策は、まさしくその通りだからだ。

信長の世界には二つしか色分けがない。味方ならば許すが、敵ならば容赦なく圧殺していく。これからもそうだろう。その苛烈さを思えば、この君主に仕えたことが果たして正しかったのか、分からなくなる時がある……。

三人は今井宗久の手配していた船に乗り込み、伊勢湾を南下した。その後、遠州灘へと出て駿河に向かうべく黒潮に乗った。

第二章　武田の金

1

新九郎たちが田子の浦に着いたのは、夕刻だった。

広大な砂浜が続く駿河湾の、東部に面する港だ。

船首の真正面には、この国随一の霊峰、富士が広大な裾野を拡げ、新九郎たち一行を北方から包み込むように鎮座している。

湾のはるか東方には伊豆半島が横たわり、天城山が西陽の当たる中に遠望できる。半島の付け根には蓬萊山、越前岳、位牌岳などが緩やかな山麓を形成しており、転じて西を見遣ると、日暮れの海岸沿いに薩埵峠や三保の松原などが夕霞の中にかすかに見えた。

それらの手前、この田子の浦より一里（約四キロメートル）ほど先で、富士川が滔々と駿河湾に注ぎ込んでいる。

「ふむ」光秀がいかにも感に堪えぬというようにつぶやいた。「万葉集にもある通り、まことに風光明媚な場所柄であるわ、なあ愚息よ」

「天気にも恵まれたからじゃ」湾内の海面を覗き込んだまま、愚息はそっけなく和する。「それよりも十兵衛よ、これを見よ」

「海面の濃さである」愚息はなおも舷側から身を乗り出している。「遠浅と見えるこの浜辺で、この浦だけ奥まで深くなっておる」

これには光秀も、束の間の物見遊山気分から一気に我に返ったようだ。愚息と同じように熱心に覗き込み始める。

つられて新九郎も身を舷から乗り出した。

……確かに愚息の指摘通り、この田子の浦は奥の船溜まりまで、ほぼ一様に海の色が濃い。均等に水深があるのだ、と感じて口を開いた。

「だからここは昔から浦として栄えてきたのじゃな。でかい船でも不自由なく出入りができる」

すると愚息は顔をしかめた。

「新九郎、それじゃからおぬしはいつまで経っても単なる剣術使いなのだ」

これには苦笑した。

「単なる剣術使いでも構わぬではないか。わしはそのような生き方に、別段の生きづらさは覚えておらぬぞ」

「京での日々ならそれで良かろう」あっさりと愚息は答えた。「が、陸を踏めばこれよりは武田の領土である。そのようなふやけた目利きでは、先の旅路で苦労するかも知れぬ」

「どういうことだ」

愚息は光秀を振り返った。

「武田がこの浦を中心とした駿東を今川から奪い、完全に掌握下に置いたのはいつか」

「長くても二月ほどか。まだそんなに時は経っておらぬ」

愚息はいったんうなずき、それから奥の船溜まりを指さした。

「あれを見よ、新九郎。あの船溜まりと船着き場との境を」

見遣ると、船の密集した岸辺と陸地の境に沿って、太く幅広の杭が隙間なくびっしりと打ち込まれている。それら真新しい杭の連なりは、湾の奥から左右に回り込んで、田子の浦の中央部まで進んできた新九郎たちの船の両側まで迫っていた。

愚息の言葉は続く。

「あのような杭をまんべんなく海底まで打ち込み、湾内に塀を作る。次に塀と陸地との間を土砂で埋め立てる。これにより遠浅の港ではなくなる。海底の砂は、寄せては返す波の動きでも塀に阻まれ、それより先に進むことは叶わぬ。引き波だけに反応し、湾内の奥から順に外洋へと吐き出される」

そして、こう結論付けた。

「結果として、さらに深い湾が出来上がる。最も短い日取りで深掘りの港を造る普請の手法である。おそらくだが、武田はこの地を支配してからすぐに取り掛かった」

ほう、と新九郎は思わず感心した。さすがに元倭寇だけあって、港湾の造り方にも造詣が深い。

しかし光秀は首を捻った。

「されど逆に深掘りすることによって、砂が海底に以前より溜まるということもあるのではないのか」

この疑問にも愚息は即答した。

「武田の普請奉行はあれらの杭を打ち込む前に、湾内の潮の流れを入念に観察したのであろうな。その上で深掘りをしても砂は溜まらぬ、逆に吸い出されると踏んだ。そして今のところ、そやつの推測は見事に当たっておる。今後もそうだろう」

これには光秀も、感服したような唸り声を上げた。

「すぐに作事を命じた武田の信玄公も相当に敏捷いが、その信玄公が遣わした普請奉行も負けず劣らず手抜かりなき郎党である、ということであろうな」

愚息は苦笑した。

「甲斐のような地味瘦せた地に、人の材と金以外、信玄に何の得る物があるというのか」

すると光秀は、ますます感心したようであった。

「だからこそ、いよいよ信玄公は凄い」

新九郎はなんとなくおかしくなった。

「今からその敵地へと忍び入るというのに、やけに信玄の肩を持つではないか」

「当たり前だ」光秀は答えた。「信玄公は人材こそが武門の命だと分かっている。それは、我が殿にも通じる考え方だ。敵ながら好意は持つ」


ともかくも三人は、陸地へと下り立った。

新九郎たちは、既に船内で法華信徒の参詣時の恰好になっていた。

目指すべき甲斐巨摩郡の湯之奥金山は、富士川を挟んで身延山の対岸に位置する。そして身延山の頂には、日蓮宗の総本山・久遠寺がある。

菅笠を被り、白衣に身を包んで「南無妙法蓮華経」の文字を縫い込んだ半袈裟を首から掛け、右手には念珠と持鈴、左手には金剛杖を持ちながら歩き始めた。脛に着けた白脚絆が、土を踏むたびに脹ら脛に心地好い。

つい新九郎は言った。

「このようなものを着けたのは、生まれて初めてじゃ」

愚息は笑った。

「なにやらその身まで引き締まるか」

「そんなことはない」

「わしにとってはこの金剛杖が、いつもの六尺棒の代わりとなる」

そんな物騒なことを言い、光秀の眉を顰めさせた。

「これこれ。我らは他人から見れば、既に参詣者そのものである。滅多なことは口走らぬものぞ」

そんな会話を交わしながらも、奥へと続く家並みを進んでいった。今夜の宿を探すためだ。

古くから栄えている浦だけあって、飯屋や商家、船宿などが、通りの奥まで両側にずらりと軒を連ねている。船大工の作事場や漁具屋の数も多く、果ては女郎屋まであった。

その女郎屋の前まで差し掛かった時のことだ。

「十兵衛殿、十兵衛殿――」

と、不意に声がかかった。

光秀がぎょっとした顔をして女郎屋を見遣る。

「十兵衛殿、さあおいでまし」

軒先に出ていた厚化粧の遊女たちが、こちらに向かって盛んに手招きしている。

「十兵衛よ、おぬしもなかなか隅に置けぬな」

愚息がからかい気味に言う。

馬鹿な、と光秀は半ばむきになった。「わしは生まれてこの方、熙子以外の女子とは肌を合わせたことがない。ましてや来たこともない土地の遊女などとは無縁である。第一、何故わしの名を知っている」

そう言わずもがなの言葉を口にした。

当然、人違いだった。遊女たちは新九郎たちの後方に向かって、盛んに手を振っていた。

「十兵衛殿、今宵もいかがですか」

「昨晩は若狭でありましたろう。越中もいとう肌が白う、肌理も細やかにてござりまするよ」

そう女郎の源氏名を挙げて、さらに声をかけ続ける。

背後を見遣ると、そこに小柄な若者が突っ立っていた。年のころはまだ二十五、六といった様子だ。その肩口に比して、妙に顔が大きい。歴とした侍――士分の恰好をしているわりには、腰元には脇差を帯びているだけだ。太刀は差していない。

さらに新九郎が唖然としたことには、若者は別の遊女と思しき娘を、二人引き連れていた。その両手に、女たちの手を片方ずつ握っている。しかも、この人通りの多い殷賑な界隈でだ。とんだ放蕩武士もあったものだと呆れ返った。

その放蕩者が口を開いた。

「おぬしら、わしの尻の毛まで抜くつもりか」男にしては甲高い声だった。「毎度そうそうは金を使えぬわい。知行地からの上がりにも限りがあるゆえな」

「御冗談を」女郎の一人が笑った。「十兵衛殿に年貢とは別の実入りがたんとあることは、この浦でもはや知らぬ者はおりませぬぞ」

それを聞き、新九郎はますます度肝を抜かれた。放蕩者はこの若さで、どうやら相当に袖の下を貰っているようだ。

ふと横を見遣ると、光秀の顔も引きつっていた。

「ふん……」果たしてもう一人の十兵衛は、鼻を鳴らした。「わしは明日、朝が早い。所用にて、しばしここを離れねばならぬ」

その返事を無視して、また別の女郎が誘い文句を口にする。

「そうそう。今日は、新しき娘が入ったばかりでもありまするぞ」

「ふむ?」

「石州の産で、まだ生娘にござりまする」

途端、若者はうろたえた。

「ま、まことか」

すると女郎たちは今度こそ、一斉に口を開き始めた。

「懇意の十兵衛殿に、いったい何ゆえ嘘をつきましょうや」

「春霞さながらの哀しき目元をしておりまするぞ」

「無念でござりまするな。おそらく今宵を過ぎれば、石見は生娘ではなくなってしまいましょう」

すると若者は、娘たちの手を引いたまま新九郎たちの目の前を横切り、蛾が灯に誘われるかのようにふらふらと女郎屋に近づいていった。

「行こう」光秀が小さな声でつぶやいた。「あのような者、見遣るも聞くも耳目の穢れである」

新九郎たちが再び歩き始めた背後で、若者のよく通る声がまだ続いている。

「されど、まことに石州の出であろうな」

「十兵衛殿も、またなんともいやらしい」

「阿呆。同じ生娘でも石州の産というのが大事なのだ。出自は石見のいずこか」

「そのようなこと、当人から直に聞けばよろしゅうございます。ささ、どうぞおあがりなさりませ」

「言っておくが、わしはいつものようにここでは女を取らぬぞ」

「むろんでございます」

そんな愚にもつかぬ会話から次第に遠ざかりながら、愚息も呆れ声で吐き捨てた。

「十兵衛は十兵衛でも、まだおぬしのほうが百倍ましであるな」

「言うな」光秀も珍しく怒った声を上げた。「同じ通り名と思うだけで虫唾が走る。およそ武士の風上にも置けぬ」

2

光秀たち三人は、通りの奥にあった大きい船宿に入った。南伊勢は松ヶ島の地侍という触れ込みで、宿帳に名を連ねた。

この松ヶ島の辺りには、侍にも法華信徒が多い。それぞれが浅田十兵衛光秀、七保愚息、小坂新九郎時実と偽の苗字で、宿帳に名を連ねた。いずれの苗字も、松ヶ島にはよくある。

二階の客間のうち、最も手前の部屋を取った。階上の部屋は三間あったが、そこしか空いていないと言われたからだ。

光秀たちはいったん外に出て夕餉を済ませた後、部屋へと戻ってきた。その後、部屋で酒を飲みながら今後の行程を確認した。

身延山久遠寺へと至る道は、富士川の西岸にある山中を抜ける甲駿往還と、富士川に沿って抜けていく道がある。川沿いの道のほうが近いが、途中で何度も富士川の瀬を渡り、断崖をわずかに穿った足幅ほどの難所も進むことになる。

「飯屋の客たちもそう言っておったな」愚息が言った。地元の土地勘を養うために宿主からも話を聞き、飯屋にも行った。「川が増水すれば数日は渡河できず、断崖の険路からは滑落する者もよく出る、と」

「が、山中の身延道は越境したあたりから甲駿往還に繋がっている」今度は新九郎が口を開いた。「信玄が作った道であるぞ。武田兵の往来が多いのではないか」

「しかし、我らのような参詣者の姿をした者も多かろう」光秀は答えた。「されば、あまり怪しまれぬのではないか。かえって人の使わぬ険路を進めば、対岸の往還を進む者の目には奇異に映るかも知れぬ」

結果、山中の甲駿往還を進むことに決まった。

気づけば既に夜も更けていた。

「そろそろ寝るか。明日の出立は早い」

襖で仕切られた隣室は、未だ無人のようだ。

「おかしいのう」新九郎が布団に転がりながら言った。「隣室も人がおる、ということではなかったか、十兵衛よ」

うむ、と何の気なしにうなずいた。「何用かあって、出かけたままなのかも知れぬな。むしろ幸いだ。帰って来ぬうちにさっさと眠りに就こう」

そう答えて行燈を消した。障子にほんのりと月光が差している。目が慣れてきて、うっすらと室内が見えてくる。

そうこうするうちにまどろみ始めた頃、
うっ。

そんな声が、まだ濃厚に暑さの残る薄闇のどこからか、かすかに聞こえてきた。

さらにややあって、
あっ――。

う……うぅ。

あうっ。

女の喘ぎ声のようなものが、今度ははっきりと聞こえてくる。

どうやら一間空けた奥の部屋からの声だ。誰かがこの夜更けになって房事を始めている。光秀はつい舌打ちしそうになった。

けれど他の泊まり客がやっていることだ。文句は言えない。

が、直後にはまさかと思った。

――わしはいつものようにここでは女を取らぬぞ。

確か、あの放蕩者はそう言っていた。

そう思っている間にも、喘ぎ声は執拗に続いている。

さらにしばらくすると案の定、

「これ、梢よ。もそっと扇子を大きく動かさぬか」と、聞き覚えのある甲高い声が聞こえた。「背中が汗にまみれる」

いかぬとは思いながらも、つい妄想を膨らませてしまった。

あの男が、哀しき目元とやらの生娘を組み敷いて、さかんに腰を動かしている。さらには、あろうことか連れていた女の一人に脇から扇子で煽がせている。当然もう一人いた女も、脇からその地獄絵図を傍観しているのだろう。なんという淫らで酷いことをする男だと、夕刻以上に腸が煮えくり返ってくる。

ぎっ、ぎしっ、ぎっ……。

今度は床のたわむ音までわずかに響き始めた。女の喘ぎ声もさらに明瞭になる。

「ひっ」

「うっ、あっ」

床の軋む音がさらに繋がり始め、大きく激しくなってくる。

ギシ、ギシギシ、ギシギシギシギシッ――。

もう光秀は完全に平静を失っていた。

やがて、

「あうぃぃ――」

女が悲鳴のような大声を上げた。

光秀は堪らず、上掛けを引き上げて頭まで被った。直後、

「うっ」

男の唸り声が聞こえ、床の音も女の喘ぎ声も止んだ。

薄闇に再び静寂が戻る。

未だ腸が煮えくり返りながらも、思わずほっとした。

終わった……。これでようやく静かになる。

けれど、その後もしばらく神経が昂り、なかなか寝付けなかった。

四半刻（約三十分）ほど経った時、再び奥の間からよく通る声が聞こえてきた。

「では、次は楓よ、おぬしの番である」

女の笑い声が続いた。

「立て続けとは、また十兵衛殿もなんとも好色な」

「よいではないか。明日からは旅路ゆえ、しばらく出来ぬかも知れぬ」

直後、隣の愚息ががばりと起きた。

「くそっ。もう我慢ならぬ」

……やはり起きていた。

立ち上がって廊下に出ようとする愚息の袖を、新九郎が摑んだ。

「待て、愚息よ」

「なんじゃ」

「おぬし、文句を言いに行くのであろう」

「当然じゃ」愚息は口汚く罵った。「あの巨顔めは、破廉恥にもほどがある」

「そういきり立っては、成るものも成らぬ」新九郎は落ち着き払った声で言った。「代わりにわしが行く」

そう言い置いて、新九郎は廊下へと出た。足音を立て、奥の間へと歩いていく。気づかせるため
に、わざとそうしているのだろう。

「もうし——」

奥から新九郎の声が響いてくる。

「もうし。奥の間のお方」

ややあって、

「なんぞ」

と、例の良く通る声が聞こえてきた。新九郎が答える。

「それがしは階段脇の部屋に投宿する者でござる。卒爾ながら、先ほどから密か事の物音が洩れ出
ておられるのは御存じか」

束の間、相手は押し黙ったようだ。

「……されど、わしはそうならぬよう隣室まで借りておったのじゃが」

やや困惑したような相手の声が聞こえる。

光秀は一瞬その意味が分からなかったが、すぐに理解した。あの巨顔も、房事にはそれなりに気を遣っていたつもりのようだ。

「また、今までそのようなことを言われたこともなかった」

「それは、これまでのお方々がご遠慮されていたからにござりましょう」新九郎の声はあくまでも丁重、かつ落ち着いている。「まことに言いにくきことでもありまするゆえ」

途端、がらりと障子の開く音が聞こえた。

光秀は咄嗟に枕元の太刀を摑んだ。なにせ複数の女人の前でも平気で房事をこなすような男だ。どこにどう血が巡って逆上したかも知れぬと感じた。世に最も恐ろしきは愚息のような短気者ではなく、乱人である。

が――、

「これは、御迷惑をおかけした」と、ごくまともな返答があった。「こうして平に謝させて頂く所存」

「そこまで頭を低くされることはない。どうか頭を上げられよ」新九郎が答える。「仔細お含みいただければ、充分にてござるからの」

おっ、と相手の意外そうな声がさらに続いた。「ひょっとして夕刻、娼家の前ですれ違い申したお方ではござらぬか」

これに対する新九郎の答えは、束の間遅れた。

「……どうやら、そのようでござるな」

光秀は思わず顔をしかめた。ぬけぬけと聞くほうも聞くほうなら、馬鹿正直に答えるほうも答えるほうだ。やはり新九郎、根は坂東の田舎者だ。

「それはいかぬ」と、男の声はさらに大きくなる。「たしかあと二人、お連れ様がござったな。そのお方々も御同宿であられるか」

「……そうでござる」

「では拙者、これより御二方にも謝罪に参る所存」

「あ、そこまでのお気遣いはどうか御無用にて」

面食らったような新九郎の口調に対して、

「そういうわけには参らぬ。袖振り合うも多生の縁、とも申します。お一人にだけ謝して他のお方に謝らぬは、まさに片落ちというもの。ささ、早う早うご案内下され」

と、相手はさらにあく強く、手前勝手な言い分を押し付けてくる。

「梢よ、酒と灯火をこれへ」

光秀はますます苦り切った。自らのあられもない房事が既に知られているにもかかわらず、なんと神経の図太い男か。

そうこうする間にも二人の足音が近づいてきて、障子が開いたままの廊下に放蕩男が姿を現した。慌てて浴衣を身に着けたのだろう、大きく胸元がはだけている。灯火の下、その肌にぬめる汗の生々しさといったらない。

「お二方、この度は大変申し訳ない」巨顔は、再びがばりと平伏した。「詫びのしるしに、これに酒をお持ち致した」

もう光秀と愚息は、この状況の馬鹿馬鹿しさに言葉もない。けれど相手は、平然と言葉を重ねてくる。

「甲州の地酒でござる」と瓶子を片手に掲げ、いかにも得意そうに笑った。「女子は駿河のほうがよろしいが、酒はなんといっても甲斐のものでござる。ここらあたりの仕込み水とは、ものが違いまするゆえな」

　そう言って強引に押し付けてくる瓶子を、仕方なく受け取った。

「……これは、お気遣い痛み入ります」

　すると相手は、さらに満面の笑みを浮かべた。

「されば、それにて今宵の気持ちをお治めいただきたい。では、拙者はこれにて」

　と言い終わるや否や、さっさと自室に戻っていった。

　ややあって愚息が、

「あやつ、ひょっとして甲斐の者か。武田の家臣か」

　そう声を潜めて言った。光秀は即座に首を振った。

「あのような風狂かつ間抜けな男を、信玄公が家臣に持つとは到底思えぬ」

「されど、いかにもかの地の者であるというような物言いであったぞ」そして新九郎を振り向いた。

「奥の部屋に、何か武田家を思わせるような物はなかったか」

　すると新九郎は答えた。

「すまぬが、そこまでの余裕はなかった。なにせ障子を開けられた途端、二人の女子とも丸裸であったのだ」

　――ん？

いかぬとは思いつつも、つい聞いてしまった。

「部屋にいた女子は、三人であろう」

「違う」新九郎は即座に答えた。「あやつが引き連れていた女二人だけだ」

「するとあの男は、娼家の娘は連れ出さなかったということか」

言い終えて初めて、自分の愚劣さに気づいた。男が宿に娘を連れ出そうが連れ出すまいが、どうでもいいことではないか。

が、今度も新九郎は別段の不快感も見せずに答えた。

「気配からして、隣室は間違いなく無人である。連れ出したということはない」

これには愚息も堪らずに口を開いた。

「娼妓のことなど、どちらでもよい。もう、さっさと寝よう」

3

翌朝、新九郎たちは宿を出立した。

光秀は早朝、瓶子を返しに奥の部屋まで行った。

「ご厚意だけ、ありがたく頂戴仕る。旅路のご多幸をお祈り申し上げる」

そう、わざわざ懐紙を付けて、そっと部屋の前に置いてきたらしい。こういうところは明らかに相手を厭いながらも、いかにも謹直な光秀らしい。

「やれやれ」愚息が東海道を歩き続けながらもぼやく。「昨夜はえらい目に遭った。おかげで寝不足である」

まったくだ、と光秀も同意する。「世にあれほど性根がふやけ切った男がおるとは、夢にも思わなんだ。なあ、新九郎よ」

まあ、そうだな、と適当に相槌を打ちながらも、内心では物思いに耽っている。

昨夜も今朝も口にはしなかったが、実はあの放蕩者には、隣を歩く二人とは若干違う印象を抱いていた。

ここ四、五年ほどの新九郎は、何事かで人に気圧されるということがほぼ皆無だった。先に信長の前に出た時もそうだ。愚息と同様、のんびりと構えていた。

というのも、兵法というものは研鑽を積めば積むほど、太刀使いの技術と反射の他に、相手の先を取る気構えと、咄嗟に拍子を外す感覚が磨かれてくるからだ。

けれど昨夜は、知らぬうちにあの男の言動の拍子に、うかうかと乗せられている自分がいた。その熱意とも誠意ともつかないぬるぬるとした言動に、気が付けば押し切られてしまっていた。

かといって、相手の節度のない身のこなしからしても、とても刀槍の扱いに熟練した者とは思えない。

それが、どうも気になる。

そんなことをぼんやり考えながら西に進んで行き、やがて富士川のほとりまで来た。船着き場まで進むと、すぐに渡河が出来ると思っていたが、当てが外れた。

つい先ほど、渡し舟が浅瀬で底を擦り、船底に亀裂が出来てしまっているという。修理にはまだ半刻ほどかかるらしい。

「仕方ない。そこの茶屋にて待つか」

光秀に誘われ、川岸に一軒だけあった掘立小屋のような店へと入った。

握り飯を注文してゆっくりと食べ終わったが、さりとてまだ充分に時間が余っている。どうしたものかと思っていた時、川辺から声が聞こえてきた。

「なんと、船底を割ったと申すか」

「申し訳ございませぬ、土屋様」

「なんぞ無理をしたのか」

……例の甲高い声だった。途端、光秀と愚息は顔をしかめた。その間にも船頭の言い訳が聞こえてくる。

「先の増水時に瀬の場所が変わってしまったようで、この渇水にて打ちましたる次第でございます。重ね重ね、申し訳ございませぬ」

と、丁寧に理由を口にした。

が、その説明は新九郎たち一行にはなかったものだ。土屋様、と相手を呼んだことといい、船頭はあの男とは、ごくごく近しい間柄らしい。

「そう謝らずとも良い。間違いは誰にでもあるものだ」土屋と呼ばれたあの男は、昨夜と同じ馬鹿に陽気な声で返した。「では梢、楓よ、茶屋にて団子でも食いながら待つか」

「楓は、団子より茶菓子がようございます」

「うん。ではそうせよ。梢はどうか」

「私は、香の物だけ摘まめれば充分にて」

そんな愚にもつかぬ会話が、どんどん近づいてくる。が、まさか一軒しかないこの茶屋から逃げ出すわけにもいかない。

果たして男女三人は、茶屋に入って来るなり新九郎たちを認めた。

「おっ、これは昨夜の――」

言いつつ、こちらへそそくさと近づいてきた。

「昨夜は失礼仕った。今朝もかえってお手間を取らせてしまったようで、恐縮至極でござる」

いえ、そのような、とまずは光秀が言葉少なに答えた。すると相手は、新九郎たちの姿(なり)を見てこう口を開いた。

「身延山に参られまするのか。参詣者であられるか」

「左様」今度は愚息が尋常に答えた。「他の二人と共に、伊勢の松ヶ島より参りました」

「それはまた、はるばる」

さらに土屋の声が大きくなる。それからふと、思い付いたような顔つきになった。

「そうそう、昨夜は名乗りもせず、これまた礼を失しておりました。それがしは、土屋十兵衛長安(ながやす)と申すもの」

仕方なく、新九郎たちも順に名乗りを上げた。

「拙者、小坂新九郎時実と申します」

「わしは、七保愚息でござる」

果たして相手が反応した。

「ぐそく?」

「沙弥の身にて、法体名でござる」愚息はわずかに笑みながら答えた。「愚かな息子と書いて、煩悩への戒めに愚息と呼ぶ次第」

これには土屋も破顔して、背後の女二人を振り返った。

「まるでわしの陽物のようではありませぬか。なあ、梢、楓よ」

そう、あっけらかんと恥晒しな事実を口にした。女たちも仕方なさそうに笑みを浮かべている。

次いで、光秀が口を開いた。

「それがしは、浅田十兵衛光秀と申す者でござる」

なんと、と土屋はまたしても大声を上げた。「わしと同じ通り名ではござらぬか」

「はい……奇しくも」

「愚息殿といい、同じ十兵衛殿といい、とても他人とは思えませぬな」土屋は燥いだように言った。

「それに、実は拙者も甲斐に向かう身でござって、途中までは同伴でござる」

これには内心、新九郎もやや慌てた。他の二人も、さぞや肝を冷やしていることだろう。それに今の言葉は、昨夜に引き続いてさらに重大な可能性を示唆している。

案の定、愚息が躊躇いながらもその疑念を口にした。

「失礼ながら、世に名高い武田信玄殿のご家臣であられるか」

なんと土屋は、あっさりとうなずいた。

「まあ、左様でござる」

直後、光秀は手拭いで口元を拭った。本当は狼狽のあまり額の汗を拭きたかったのであろうが、途中で気づき、慌ててその動作を止めた。

ともあれ、と新九郎は感じる。このように奇天烈な男を、よくもまあ信玄ともあろう名将が召し抱えているものだ。かといって光秀のように「性根がふやけ切った男」だとは思わなかった。

その間にも土屋は饒舌に喋り続けている。

「昨夜は娼家と船宿で二度会い、今またこのように茶屋にて出会い申した。まさに三度目の正直で、これもやはり何かのご縁。もしご迷惑でなければ川舟の修理を待つ間、こちらに御同席させてもらっても構いませぬか」

「あ――」

「むろんわし一人でござる。あの者たちには別席にて勝手に暇をつぶさせまする故」さらに後方を向き、声を出した。「梢、楓よ、そなたたちはそちらにて、先ほど申した物でも食しておれ」

言い終わった時には、もう愚息の隣にちゃっかりと腰を下ろしていた。続けざまに茶屋の主を見遣る。

「亭主よ、わしは湯漬けを所望したい」

これだ、と新九郎は半ばげんなりしながらも感じる。このごく自然な押しとあくの強さだ。切所を幾度もくぐり抜けてきた自分たち三人ですら、今回もまんまと相手の拍子に乗せられてしまっている。ただのふやけた男ではない。

「されど土屋殿――」光秀も呆れながら口を開いた。「土屋殿は武田家御家中のお方だとお伺い申したが、このように、常に女人をお連れであられるのか」

相手は、再びすんなりとうなずいた。

「あれら二人は、扶持米にて常傭してござる。拙者の郎党にてござる故な」

途端、愚息が茶を吹き出しかけた。光秀も仰天して、鸚鵡返しに口を開く。

「ろ、郎党でござるか」

「左様」

「さ、されど何故にまた女人を郎党に」

卓に湯漬けが運ばれてきた。その碗をしみじみと眺めながら土屋は口を開いた。

「それがしは、武田家では蔵前衆の一人でござりましてな、戦場に出るわけではありませぬ。然るに郎党には、武張った男どもは不要にてござる」そう、自らの立場を説明した。「あの者たちはあ見えて、算術には相当に明るく、作事の手伝いも出来まする。また、夜は無聊も慰めてくれまする。拙者にとっては刀槍自慢の荒くれ男などより、よほど頼もしき者にてござる」

この厚顔な言いようにも相当に呆れたが、直後にはたと気づいた。

……今、この男は作事と言わなかったか？

さらには田子の浦でもこの川辺でも、以前からよく知られているようだ。

まさか、と感じる。

その土屋は、早くも湯漬けを掻き込み始めている。

相手が半ば食べ終わった頃を見計らって、今度は愚息が口を開いた。

「先ほど、作事と申されましたな」

「はい」

「ひょっとして土屋殿は、あの田子の浦の普請を行われましたのか」

するとと相手は顔をしかめた。

「そうでござる。我が主君から二月足らずで粗々に仕上げよと命じられ、いかい大変でござった」

やはり、そうか――。

「しかし、見事な作事でござった」

そう愚息が正直な感想を洩らすと、土屋は横目で微笑んだ。

「お詳しゅうござるな」

「それがしは南伊勢の生まれにて、海辺で育ちましたる故、多少は……」

「なるほど。そうでござりましたな」

と、その危ういやり取りをこれ以上続けさせまいと思ったのか、今度は光秀が言った。

「されば、その作事の報告に甲斐へと出向かれまするか」

「左様でござる。甲府――甲斐の府中へと参ります。あとの細かな仕上げは、それがしがおらなんでも、もう出来まする故な」

光秀から聞いて、既に知っていた。

信玄の居館である躑躅ヶ崎館は、甲斐盆地の北寄りにある。その居館と周囲の武家屋敷の地域を含めた甲斐国の府中を、信玄は直臣たちに甲府と呼ばせているという。

となると、この男は間違いなく信玄直属の家臣であるようだ。

しかし、いくら有能とはいえこのような汚吏の存在を、よく信玄が許しているものだ……何か事情があるのかも知れぬ。

ややあって、茶屋の中に先ほどの船頭が姿を現した。新九郎たち四人に向かって、船底の修理が終わったと告げた。

川辺に戻る途中、土屋は新九郎の横を歩きながら口を開いた。

「昨夜は、あられもなき姿をお見せ申した。改めて詫びを申します」

この際だ、と思い、多少失礼かとは感じながらも、昨日から感じていた最後の疑問を口にした。

「されど、あれでござりますな。土屋殿は結局、娼家の娘は買われなかったのですな」

相手は苦笑を浮かべた。

「あれは、気に入りませなんだ」

ほう、と新九郎はごく自然にその話題の先へと水を向けたが、土屋はそれ以上の理由を言わなかった。すたすたと川辺まで先に歩いていった。

4

光秀たち一行と、土屋ら男女三人組の計六名は富士川を越えて、興津宿まで駿河湾沿いに南下した。四里ほどの道程であった。

その興津の茶屋で、昼飯のために休憩を再び取った。昼時ということもあって、幸いにも茶屋は混んでいた。土屋たちとは別席になった。

ここからはいよいよ、駿河山中の身延道へと本格的に分け入っていく。

先に茶屋を発ったのは、土屋たちであった。

「ではお方々よ、こちらは足弱の郎党もおりまする故、一旦は先に参ります」

三人の後ろ姿がある程度まで小さくなった時、愚息が吐息と共に呟いた。

「いやはや、女子の郎党とは恐れ入ったの」

「まったくだ」

新九郎も相槌を打つ。

が、光秀はそれどころではない。なにせあの放蕩者が武田の、しかもそれなりに重要な地位を占める郎党だということが確実になったのだ。

先ほどその事実をあっさりと土屋が認めた時は、光秀は狼狽のあまり、両脇に嫌な汗が一気に噴き出したものだ。

「ともかくも、あやつらを出来るだけ先に行かせよう。今後、出来るだけ関わり合いになりたくない。あまりにも剣呑である」そう、二人に早口で言った。「わしらの湯之奥金山での調べは、別に一刻を争うわけでもない。なるべく出発を遅らせよう」

けれど、この意見には愚息が首を振った。

「ここまで同行しておいて、それではかえって怪しまれるかも知れぬ。やはり、少しの間を置いて後を追うのが無難である」

確かにそう言われれば、そのような気もする。

つい、この十歳ほど年下の兵法者にも問うた。

「新九郎は、どう思う」

うむ、と相手は小首をかしげた。「ま、わしは愚息の申すことに賛成であるな。あやつは意外に勘が鋭いと見た」

「だからこそ、途中で再び一緒になるのは危険ではなかろうか」
「そこは互いに道中にある身で、しかも少し先からは山中である。後になり先になりを繰り返すであろうし、相手は息が上がって、そう会話をする余裕もあるまい」

そのようなわけで、しばし間を置いた後、光秀たち三人も身延道を北へと進み始めた。が、一里ほど進んで興津川の畔へと出ると、運の悪いことに橋が流されていた。先の増水時に壊れたのだろう。

その川の中を、土屋が郎党を背負って進んでいた。腰まで水に浸かりつつ、慎重に瀬を見極めながら渡っている様子だ。

対岸にもう一人の郎党がいる。裾をからげたままの姿で、こちらを向いている。おそらくは先にあの女を運び終えていた。

愚息が再び溜息をついた。
「やれやれ、女子の郎党を持つということも、必ずしも良きことばかりではなさそうじゃの」

これには少し笑い出しそうになった。

ともかくも、自分たちも渡河しなければならない。白脚絆を取って下服も脱ぎ、背中の行李へと入れた。三人とも下半身は褌一枚の恰好となった。

光秀たちが川へ足を踏み入れた時、ちょうど土屋が川を渡り終えた。こちらを振り向いて声を上げた。
「おぉい。半ばを過ぎた辺りに、急に深くなる場所がござる。杖で底を突きながら、左手へと進まれよ」

性癖に難はあるが、それなりに親切な男ではあるようだった。

そろそろと川を渡り終えた時には、土屋たちの姿はなかった。既に山道へと分け入っている。濡れた脚を拭い、元の恰好に戻って歩き始めようとした時、新九郎がひょいと河原に指先を伸ばした。五寸ほどの棒のようなものを、石ころの間から拾い上げた。

「扇子であるな」愚息が言った。「しかも、女ものの」

新九郎がその扇子を拡げた。

扇面が竹で作られており、全体に透かしも入っている。古そうではあるが、いかにも職人の細かな手間がかけられたものである。

「土屋の郎党の、どちらかが落としたのであろう」新九郎が言った。「あの男はここで女を下ろす時、深くしゃがみ込んでいた」

その際に、女の懐から落ちたのだろうと言葉を付け足した。

ふと光秀は、昨夜のことを思い出した。土屋を煽いでいた扇子かも知れない。


二刻ほど山道を登り続けて、ようやく山間部の宍原という集落へ出た。

その集落の手前で休憩していた土屋たちに、再び出会った。女たちはまだ軽く息が上がっている様子だが、そのうちの小柄なほうが、何やら浮かない顔をしている。

新九郎がその女に近づき、黙って扇子を差し出した。

「あっ――」果たして相手は、ひどく嬉しそうな声を上げた。「ありがとうございまするっ。先ほどから懐や行李の中を必死に捜しておりました」

「良かったの、梢よ」土屋はそう女に声をかけ、それからこちらを向いてきた。「これは、この者の母の、大事な形見でござりました」

「はいっ」相手は半泣きになりながらも、扇子を胸に抱いた。「まことに、おありがとうござりまするっ」

いやいや、と新九郎は鷹揚にうなずいた。「今後は懐から落とさぬように気を付けられよ」

既に周囲の稜線にも、薄闇が近づきつつあった。

「どうなさる」土屋が問いかけてきた。「ここに、一軒の小さな宿があり申す。我らはそこで泊まりまする。田子の浦から身延山までの、ちょうど中間でもありまする。お手前らも如何か」

なるほど。扇子を拾ってやったことへの返礼なのだろうが、やはり親切な男だ。こちらの身になって考えてもくれている。

が、だからこそ困る。

やや躊躇った後、光秀は聞いた。

「その先の集落までは、いかほどでござりましょう」

「この先には甲斐へと山越えするまで、集落はありませぬ。山越えして万沢なる集落に至るまでには、二里半はありまするな」

それでは着く頃には夜半で、どこの宿も受け入れてくれずに野宿する羽目になる。夜の山越えの道も、違った意味で足元が危険だろう。

結局は土屋の勧め通り、この宿に泊まった。

とはいえ、同じ屋根の下に泊まったのではない。宿に一つしかない大部屋は、久遠寺帰りの参詣者でほぼ埋まっているという。農民も兼ねる宿主は、さすがに女連れの土屋たちは強引にその中に押し込んだが、光秀たち男三人は建物の裏にある納屋の二階に案内された。

「申し訳ありませぬが、こちらの方がよほど静かに眠れまする。寝具と灯り、それに夕食は運んできまするゆえ、何卒ご勘弁くださりませ」

そう言って、代わりに宿代を半額に負けてくれた。

が、むろん光秀たちはかえってほっとした。


翌日、朝靄のまだ濃厚に残る集落を、光秀たちは出立した。

宿の主人に身延山までの距離を聞いたら、ここから約八里であるという。土屋の言っていた通り、なんとか夕方までには身延山に辿り着くだろう。

ところでその土屋であるが、なんと夜明けと共に宿を出立していた。また先を越された。

愚息は感心したように言った。

「あの男は見かけによらず、なかなかの働き者のようである」

光秀もまったくの同感だった。早起きが出来ぬ者に、仕事を迅速に捌ける奴はあまりいない。少なくとも光秀はそう思って、自らも早起きを心掛けていた。

土屋は昨日は大部屋で、そこまでぐっすりとは眠れなかったはずだが、それでもこのように一足先に宿を出ている。

峻険な峠を越えて二里半ほど進み、富士川を望む万沢の集落まで出ても、土屋の一行にはまだ追いつかなかった。

ふと思いついて、こう言った。

「あの土屋という者も相当な体力だが、女二人もたいした健脚であるな」

すると新九郎が口を開いた。

「女は昨日から手ぶらで歩いていた。あの男が、郎党二人分の荷物も背負って歩いている。だからでもあろう」

迂闊にも、そう言われるまで気づかなかった。けれど、これでは主と郎党があべこべになっている。昨日の興津川でもそうだった。光秀に分かるのは、土屋はああみえて存外に女子には優しいという現実であった。

さらにそこから富士川沿いの山麓の道を、三里弱ほど進んだ。陽が中天を過ぎ、三人の影がほんの少し東へと傾き始めた。南部宿という集落の先で、ようやく前方に男女三人の姿を見つけた。

「追いつかれましたな」

岩陰に腰を下ろしていた土屋は、そう言って笑いかけてきた。ふと見ると、その岩陰から湧水が流れ出していた。

「もしよろしければ、どうぞ」

楓とかいう背の高いほうの女が、水の入った竹筒を差し出してきた。

「これは、かたじけない」

勧められるままに飲んでから、気づいた。おれは、この女の竹筒に直に口を付けてしまった……。

少し慌て、その飲み口を懐紙で丁寧に拭いてから返した。

相手は少し笑った。が、何も言わなかった。

代わりに土屋が口を開いた。

「ここまで来れば、身延山まではもうすぐでござる」

さらに相手が語るには、久遠寺の登山口まではあと三里もないという。

「宿坊に、どこぞ心当たりはござりまするか」

正直、そこまでは考えていなかった。

「されば、恵光院という宿坊に泊まられよ。境内のすぐ真下にあり、小部屋も多数ござる」

最初の印象とは違い、どこまでも親切な男であった。

と、愚息が口を開いた。

「土屋殿も御同宿なされまするか」

相手は首を振った。

「我らは穴山殿というお方の陣屋へと赴き、そこに泊まりまする」

ふむ……。

その名前は既に、武田家のことを事前に調べ上げた時に知っていた。

武田家の最重臣の一人に、穴山信君という武将がいる。

その実母は武田信玄の姉で、自らの正室にも信玄の次女を貰っている。その意味で信玄とは二重の血縁関係でもある。

朝に抜けて来た万沢の辺りから今いる南部宿、さらに先にある身延山から対岸の湯之奥金山にかけての河内一帯は、穴山信君の所領であった。そして、この男が金山衆という山師（採掘業者兼、土木業者）を使って金を掘らせている。

つまり、信玄は他に数多ある直轄地の金山――黒川金山、牛王院平金山、竜喰金山、丹波山金山、金鶏金山――などとは違い、この湯之奥金山のことは、甥であり娘婿でもある穴山信君を介して、間接的に仕切っているに過ぎない。

主君である信長は、信玄のことは以前から、その武門の制度や懐具合なども含めて熱心に調べ続けていたから、これら直轄地の金山のことも、ある程度は把握しているようだ。

しかしこの穴山氏の支配下にある湯之奥金山の実情だけは、よく分からなかったという。以前より『武田の隠し金山』と、世間で言われ続けてきた所以である。

だからこそ信長は、自分たち三人に、この金山のことを調べるように命じてきたのだ――。

ともあれ、この武田家の直臣が一緒に泊まらぬのならば、なお幸いであった。勧められた宿坊に行こうと素直に感じた。宿を探す手間が省けるぶん、まだ陽が充分に残っていれば、今日のうちに身延山に登って、対岸の蝙蝠山にある湯之奥金山の全容を拝むことも可能かも知れない。

光秀は改めてその宿坊の名を繰り返し、土屋にこう聞いた。

「されば、そのお言葉に甘えてもよろしいですか」

「むろんですとも」

「叶うならば今日のうちに、久遠寺の奥之院まで参詣したいと思っておりましたのでな」

我ながら、うまいことを言ったものだと思った。

これにも相手はすんなりとうなずいた。

「善行は、早ければ早いほど良いとも申しまする。是非そうなされ」

光秀もまた大きくうなずいた。

「では失礼ながら、拙者らはこれより先に参らせて頂きまする。土屋殿、これまでのご厚意、まことにありがとうござりました」

そう丁寧に頭を下げると、相手もまた笑った。

「こちらこそ扇子のことではいたく助かり申した」

光秀たち三人は、やや急ぎ足で歩き始めた。

背後の土屋たちの姿が見えなくなったところで、愚息が口を開いた。

「おぬし、珍しく機転の利いたことを言うたのう」

まことじゃ、と新九郎もすかさず嬉しそうに同意した。「十兵衛も宮仕えをして、なかなかに口が頼もしくなったものだ」

彼らのその言い方には多少引っかかるものも感じたが、それでもこう言った。

「先ほど申したとおりである。とりあえず、急ごう。今日のうちに金山の全容を見ておくに、越したことはない」

5

それなりに道中を急いだせいもあって、まだ陽が充分に残っている間に久遠寺には着いた。

……………。

新九郎は行く手に久遠寺の総門が見え始めた頃から、どことなく釈然としなかった。何かが気になっている。

けれど、その引っかかりの正体がいまいち摑めない。

そんなこともあり、宿坊の部屋でぐずぐず荷を解き始めていると、光秀がせかせかと言った。

「荷解きなど、改めて戻ってきた後でもよいではないか。先に山へと登ろう」

「なあ、山頂に行くのは明日にせぬか」

「何を言うか。そのために急いで来たのではないか」

見ると、愚息もすっかり登る気のようだ。

三人で宿坊を出て、まずは大伽藍が建ち並ぶ境内へと入った。自分たちと同じような白ずくめの参詣者が本堂や祖師堂、仏殿の前にごった返している。

先頭の光秀は当然、それら伽藍には目もくれずに境内を斜めに横切った。御真骨堂の裏手へと出て、そこから延びている東参道を登り始めた。身延山の頂にある奥之院へと続く道だ。

「山頂までいかほどかの」

右手の丈六堂を過ぎた時、愚息が言った。登り出しから恐ろしく勾配がきつい。

「通常だと、一刻はかかるらしい」

光秀が答えた。周囲には峻険な山襞が続いている。木々にまだ濃厚に残る陽だまりを見ながら、さらに言った。

「いま少し足を速めれば、日暮れ前には着こう」

その言葉通り、陽が沈む前にはなんとか山頂に着いた。

新九郎たち三人は、もう汗だくだ。日蓮聖人（しょうにん）が植えたという大杉の木立を過ぎて、奥之院思親閣（ししんかく）の境内へと入った。

さすがに山頂まで来ると、人影もまばらだった。夕刻ということもあり、参詣者のほとんどは、眼下に小さく見える門前町の宿坊群へと下り始めた後のようだ。

「むしろ幸いだ」光秀が小さな声で言った。「まずはこの思親閣の裏手へと回ってみよう」

裏手へと出ると、そこは既に無人だった。下草の生えた狭い平地の周囲を、杉の木立が取り巻いている。

光秀が東側の林を眺めながら呟いた。

「木々で対岸の蝙蝠山が見えぬな」

「森に分け入ってみるか」愚息が提案した。「どこぞの斜面で目の前が開けるかも知れぬ」

その言葉通り、今度は右手の森の中を進んでいった。夕刻の風に木々が揺れ、わさわさと梢が鳴っている。

落ち葉の堆積（たいせき）した斜面をしばらく下っていくと、愚息が言っていたように急に視界の開けた場所に出た。

「見えたぞ。あれが蝙蝠山である」

光秀が、上ずった声で対岸の山麓を指さした。西陽が照らし出している山肌に、地表の夥（おびただ）しく露出した場所が、大きく分けて三カ所あった。

「山頂近くの奥に見えるのが、中山金山である」光秀が説明を始めた。「手前にあるのが内山金山、下の中腹にあるのが茅小屋金山で、この三つの金山を総称して、湯之奥金山と言う」

ふと、その茅小屋金山の真下にある谷あいを見遣ると、湯気のようなものがもうもうと立ち上っている。

「あれはなんぞ」

ついそう訊ねると、これにも光秀はたちどころに答えた。

「下部温泉という湯治場である。だからその奥にある採掘場は、『湯之奥』と呼ばれるようになったらしい」

なるほど。こういう下調べの入念なところは、いかにも生真面目な光秀らしい。

それら対岸の景色を眺めながらしばらく佇んでいると、やがて陽が陰った。まずは麓にある下部温泉に、ぽつぽつと灯りが点り始めた。

次いで山頂近くの二カ所と中腹の採掘場にも、小さな灯りが点った。

「ふむ。あれら採掘場には、夜も人が住み着いておるものと見える」

そう愚息が言い、光秀も一旦は同意した。

「ここから見る限りは、そうであるな。が、我らはあそこまで行かずとも良いと思う。三つの採掘場からの金を集積する場所が、おそらくは下部温泉の付近にある。同じところに、穴山氏の詰め所のような陣屋もあるはずだ」

「そして採れ高を記した台帳も、むろんそこにある、と?」

光秀はうなずいた。

「問題は、どうやってその陣屋に忍び込むかということだ。警守の目も昼夜を問わず、相当に厳しいであろう」

そう言い終わった直後だった。

「……なるほどの。やはりそういうことか」

そんな高い声が、突如として背後から湧いた。ぎょっとして後方を振り向くと、南部宿で別れたはずの土屋が、ゆっくりと林の中から出て来た。

「おぬしらは、どこの密偵か」

くそ——道理で親切だったわけだ。

ようやく先ほどの引っかかりの正体が掴めた。おそらくはあの宿坊も、自分が良く見知ったところを敢えて紹介した。その上で自分たちが再び出ていくのを見張っていた。やはりこの武田の直臣には、もう少し用心すべきだった。

そこまでを一瞬で感じた後、咄嗟に杖を振り上げ、襲い掛かろうとした。

——が、

「待てっ」

予想に反して今度は土屋のほうが大いに慌てた。

「待て。待て待てっ」そう同じ言葉を繰り返し、盛んに両手を広げてきた。「わしは相変わらずの丸腰ぞ。しかも一人でやってきた。道中では扇子の礼もあるが、宿坊を教える以外にも親切にしてやった。穴山殿に報じるかもまだ決めておらぬ。そんなわしを、まさか叩き殺すとでも言うかぁ？」

またこれだ、と新九郎はげんなりする。土屋の、この拍子と口調とその話す内容だ。これでは、とても殺す気になどなれぬではないか……。

気づけば金剛杖を、力なく下ろしていた。

「そう。ひとまずはそれで良い。小坂殿とやら、どうせ偽名ではあろうが、やはりおぬしは風貌（ふうぼう）通り、良き奴のようである」

そう土屋は、何故か上から褒めてきた。当然、少しも嬉しくない。

「いつから、疑っていた」

光秀がかすれ声で尋ねた。すると土屋は小首をかしげた。

「富士川の辺りからじゃ。おぬしらは川船でも先ほどの道中でも『身延山に行く、久遠寺へと参る』などと言っておったが、遠路はるばるやって来るような法華信徒は、そのような言い方はせぬ。『日蓮様の御本尊を拝みに』や『聖人のお山へ』などと申すはずである。この山や寺を、もっと敬った言い方をする」

これは抜かった、と感じた。信心の欠片（かけら）もない者が、不用意に信徒の恰好などするものではない。

「さて。教えてくれぬかな」土屋は言った。「おぬしらは一体、どこの武門の手の者か」

すると愚息が、低い声で答えた。

「それに、答えられるわけがないであろう」

そう、そこである、と土屋はまたしても予想外の反応をした。「そのように否定をせぬ間抜けな答えようといい、おぬしらのいかにも仲の良さそうな感じからして、草（忍者）同士とは到底思えぬ」

横を見ると案の定、光秀と愚息は顔をしかめていた。確かにおれたちは相手の言う通り、間諜（かんちょう）というにはあまりにも間抜けな三人組のようだ。

「思うに、十兵衛とやらよ、おぬしが主で、他の二人が郎党か組下の者であろう」

「違う」

意外にも光秀がはっきりと答えた。が、さらに続けた言葉でその理由が分かった。

「確かにわしは、さる武門に仕える者である。が、この二人——愚息と新九郎は、わしの昔からの友垣で、故あってわしに付き合ってくれたに過ぎぬ」

「ほう？」

「だから、わしだけは捕まっても構わぬ。が、この二人のことはどうか見逃してくれぬか」

これには新九郎も危うく感動しそうになった。光秀には優柔不断なところもあるが、やはりいざとなれば信用するに足る男だ。

けれど、土屋は苦笑した。

「おぬしらを捕まえるつもりなら、最初から穴山殿の手の者を引き連れて来ている」

それはそうだ。背後を窺(うかが)っても、相変わらず他の者が出てくる気配は一向にない。

つい口を開いた。

「おぬし、一体どういうつもりだ」

「実は、わしも決めかねている」土屋は、ぽりぽりと片頬を掻いた。「最初はおぬしらを胡乱(うろん)な者として陣屋に通報するつもりだった。が、楓と梢がの、反対した」

「は？」

「あやつらは、こうのたまいおった。『あのお方たちは、どうやら根は良きお人のように思われまする。どうか穏便に事を収めてはくれませぬか』とな……特に梢のほうが散々にごねた。大事な郎党の言い分である。そう言われれば、わしもそういう気がせんでもなかった。だからまずは、一人で正体を確かめに来た」

なんだか、話がどんどん思わぬ方向に転がっているような気がする。

「つくづく女子には親切に、そして気を遣っておくものであるな」土屋は再び笑った。「……よし、分かった。今ここで決めてやろう。おぬしら三人の命は助けてやる。どうせその無腰の恰好では、穴山殿の詰め所には到底忍び込めぬ。それどころか対岸に渡った途端、山野に隠れている無数の草に取り囲まれ、膾に叩かれるのが落ちぞ。明日には駿河へと戻れ。二度とこの国には来るな」

「……………」

「その代わりと言ってはなんだが、このまま手ぶらで帰るのも業腹である。だいたいわしは、先の富士川で『土屋十兵衛長安』という本名を名乗っておる。だからおぬしらも、まことの名ぐらいは名乗って帰れ。それが、人への礼儀というものである」

そう言われてみれば、もっともな気がしないでもない。

「わしだけで良ければ名乗ってやろう」まずは愚息が言った。「七保という苗字は嘘じゃが、愚息という法名は本当である。また、実際に聖でもある故、それ以前の名はとうに捨てておる」

「左様か。で、沙弥になる前は」

愚息は小さく、溜息をついた。

「元は、肥前松浦党の倭寇である」

「ほう。なかなかに勇ましいの」土屋は、今度はこちらを向いた。「おぬしはどうじゃ」

「玉縄新九郎時実」別に正直に答えても、織田家に害はなかろうと感じた。「出自は相州の兵法者である」

「二人とも、苗字だけが偽名であったのじゃな」相手は再び光秀のほうを見た。「おぬしもそうか。わしと同じで、通り名は十兵衛か」

「………」

「命を助けてやるのだ。まことの通り名くらいは、教えよ」

「そうである」いかにも仕方なさそうに、光秀は答えた。「わしも、奇しくも同じ十兵衛であるわ」

「となると、そこの兵法者と同じく、諱の『光秀』も本当であるな」

あ、と感じる。この男はなかなかに聞き出し上手である。

けれど、これにはさすがに光秀は答えなかった。光り秀でる——こんなにお目出度い文字面の諱は滅多にないから、万が一ということも危惧しているのだろう。

しかし土屋は、それ以上問い詰めることをしなかった。代わりに、またしても妙なことを話し始めた。

「わしはの、今でこそ武田家の家臣として世を渡っているが、元は猿楽師の息子であった。大和の春日大社に仕える金春流の家系である。その頃の姓を大蔵と言う。本姓は、秦」

いったい何を言い出すのかと、思わず光秀たちと顔を見合わせた。その間にも、土屋の意外過ぎる出自話は続いた。

「その昔、大和猿楽の使い手として、父と共に武田家からこの甲斐へと招聘された。が、今の殿は我ら兄弟の素養を見込んで、十分に取り立てて下さった。譜代家老の土屋右衛門尉殿から、新しい姓を賜った。兄の新之丞は身動きが機敏で度胸もあったゆえ、武田家の前線へ出る侍となった。わしは、身のこなしは不得手であるが、代わりにここ――」

と、自らの頭を指し示し、

「ここの出来の良さを買われた。故に蔵前衆の一人となった。今は右衛門尉殿の許で、武田家の出納や河川の普請、それと、黒川金山の採掘なども手掛けている」

その最後の言葉に、新九郎たち三人は危うく肝を潰しそうになった。

なんと、武田家の懐具合を知るという意味においては最重要と目される人物が、自分たちの前に突如として現れたようなものだ。

が、そう感じている間に、土屋の話は再び振り出しに戻った。

「さあ、わしはここまで腹を割って、出自や武田家でのお役目まで語ったのだ。おぬしの諱は、何と言う」

そう再び光秀に面を向けた。相手の妙な圧に押され、ついに光秀は白状した。

「そう……諱も偽名ではない。十兵衛光秀という」

左様か、と土屋はようやく満足した様子であった。

「わしはの、畿内の生まれゆえ、子供の頃によく公家や大名に招聘され、京へと行った。むろん猿楽を披露するためである。京はの、実に良きところであった」

また何か、妙なことを言い始めた。

そして何故か、この脈絡のない話が進むにつれ、じわじわと真綿で首を締められているような息苦しさを覚える。

「何が良いと言って、京はこの国随一の都である。故に、様々な者たちの出会いが生まれる」なおも得々として、相手は言葉を続ける。「例えば、坂東の兵法者と西から来た元倭寇が出会う町としては、これほどうってつけの場所はあるまい。なあ、新九郎とやら、どう思うか」

この問いかけには、ますます言葉を失った。

「では愚息よ、おぬしはどう思うか」

途端、愚息は舌打ちした。この男のいつもの短気が始まった。

「分かった分かった」そう、吐き捨てるように言った。「確かにわしと新九郎は、京で出会ったわい。何か文句でもあるのか」

「むろん、文句などない」土屋はにたにたと笑った。「じゃがそうなると、これなる十兵衛光秀とも、京で出会ったと考えるほうが自然である」

あぁ、と新九郎は思わず溜息をつきそうになる。語るに落ちるとはこのことだ。土屋の粘り気を含んだ言葉は、さらに続く。

「わしが居た頃は、よく三好(みよし)家に招聘されたものである。事実上の京の支配者であったからの。じゃが、今の猿楽師たちは、昨年に颯爽(さっそう)と上洛(じょうらく)して来た織田上総介(かずさのすけ)とかいう御仁に、さぞや数多く招聘されているのであろうな」

今度こそ本当に危うい、と新九郎は感じた。

「十兵衛光秀よ、おぬしも京の者なら、当然このことは知っていよう」

かろうじて光秀は答えた。

「……むろん、知っている」

「わしも知っている」間を置かず、土屋がその言葉に乗っかった。「織田上総介が上洛した前後に、この男に仕えた新参者がいる。甲斐でも事情通にはそこそこ知られている話だ。瞬く間に随一の出頭人に躍り出て、今では京の市政官の一人を務めている。名を、明智十兵衛光秀という。この名も、知っているか」

あっ、と新九郎は愕然とした。こいつはそれも知っていた。だからこそ光秀の名だけは慎重に暴いていくような真似をした。

いよいよ詰んだ、と今度こそ観念した。途端、愚息が金剛杖を振りかざして襲い掛かった。

「待てっ」土屋は再び慌てた。「わしが陣屋に戻らねば、楓と梢が――」

直後には愚息の杖が、土屋の脛をしたたかに打ち据えていた。当初は頭でも潰すつもりだったのだろうが、相手の言葉を聞き、咄嗟に打つ場所を変えた。

気づいた時には愚息が叢の上に土屋を捻じ伏せていた。

「無体なことをするな」相手が口を尖らせた。「痛いではないか」

しかし、愚息はその言葉を無視した。

「この男、どうするか」

「無情にも、ここまで親切なわしを殺すか」光秀より早く、愚息の下の土屋がまたしても喚いた。「じゃが、殺さば大変なことになるぞ。一刻内にわしが戻らねば、楓と梢が穴山殿の許に駆け込む手筈になっておる。おぬしらはすぐに追われる身となろう」

「…………」

「それでもよければ殺せ」さらに、思いついたように付け足した。「あ、そうじゃ。どうせなら痛みを感じぬようにやってくれ。ならば良い」

くそ、と愚息は毒づいた。「どこまでも面倒くさいことを言う男である。まったく忌々しい」

けれど新九郎が思うに、そんなことを言い出す時点で、愚息は既に殺す気を失くしていた。自分もそうだ。むろん光秀も同様だろう。

土屋も、なんとなくそれを察したらしい。

「殺さぬなら、もう立たせてくれ。いい加減苦しいわい」

愚息がしぶしぶと相手を立たせると、土屋は手首を揉みながら軽く溜息をついた。

「愚息とやら、おぬしは沙弥の身でありながら、解脱にはほど遠い男であるな」

「この馬鹿めが」愚息も負けずに言い返した。「解脱なんぞを目指して仏道に入る奴など、ろくなものではないわい」

ほう、という顔つきを相手はした。「ならば、何のために仏道はある」

「愚は愚なりに、己を知るためだ。その己と、この浮世との見切りを判じるためだ」

すると土屋は、さらに感心したような表情になった。

「おぬし、なかなかの慧眼であるな。なにやらわしの胸にも、ずんと響くものがある」

ふん、と愚息は鼻を鳴らした。「ぬしのような放蕩者に褒められても、少しも嬉しくはない」

ともかくもこのようなやり取りで、新九郎は土屋に対して、これ以上事を荒立てる気すら失くしてしまった。

気づけば、ごく自然に口を開いていた。

「なあ、土屋殿。このようにわしらが織田の手の者だと知っても、まだ見逃すつもりか」

「むろんである」相手は平然と答えた。「わしはの、世の約束事はあまり守らぬが、自分が申した言葉だけには律義な男である」

そう、妙な己の誇り方をした。

「それにの、今の時勢からして、たいがいはそこら辺りの手の者だとも思っていた。おぬしらが何も知らぬまま帰れば、当家にも実害はない。だから構わぬ。むろん我が殿にも報じはせぬ」

「されど、それでは武田家への忠誠というか、おぬしの赤心のようなものはどうなるのだ」

すると相手は、思い切り顔をしかめた。

「武門への赤心など、それ以外に何の取り柄もなき者が主君に売りつける代物である。が、憚りながらこの土屋十兵衛、我が多才をもって武田家に用いられておる。故にそのような生爛苦駄は、わしには不要である。我が殿も、わしの如き者に好んでそれを求めまい」

考え方の是非はさておき、これには目の覚めるような鮮やかさを覚えた。

おれの兵法と同じだ、と感じる。

徹頭徹尾、自分の才や技能だけで世に立とうとしている。

だが、このような考え方をする輩が、時代の沸騰と共に、いよいよ武家に属する者にも現れ始めている――。

新九郎が新鮮な驚きをもって土屋を見ていると、しばらく黙り込んでいた光秀が、ようやく躊躇いがちに口を開いた。

「しかしながら、わしは殿からこの湯之奥金山を調べるよう命じられてきた」

「その殿とは当然、織田上総介のことであるな」

光秀は溜息と共にうなずいた。

「今さら隠し立てをしても仕方がない。そうである。これでは片落ちじゃ」あ……。

果たして土屋は、その最後のつぶやきを聞き逃さなかった。

「その片落ちとは、なんのことぞ」

直後、光秀は狼狽した表情をありありと浮かべた。むろん新九郎も危うく舌打ちしそうになった。まったくこういう部分、あくまでもこの薄禿は根が生真面目なだけに脇が甘い――。

「湯之奥とは別に、他の金山も調べて来いとでも命じられてきたのか」土屋はさらに言った。「あるいはおぬしらとは別の者が、そちらへと向かっているのか。ならばわしも考えを改めねばならぬ。穴山殿だけならまだしも、当家の直轄地に行くことだけは、絶対にならぬ。必ずや我が殿の耳に入る。そうなれば今の一件は、なかったことには出来ぬ」

「違う」光秀はさらに慌てたように言い返した。「ここだけを調べるように命じられてきたのだ。他の者も来てはおらぬ」

「すると他国か」すかさず土屋は矢継ぎ早に聞いた。「伊豆の土肥金山か。あるいは奥州の玉山金山、はたまた佐渡に出ずる砂金か。甲斐と共に、そこも調べるように命じられたのか」

と、ここで愚息が口を開いた。

「おぬし、やけに金山に詳しいのう」

あるいは土屋の関心を逸らし、光秀に助け舟を出すつもりだったのかも知れないが、意外にも土屋はこれに食いついてきた。

「むろんじゃ。わしはの、金銀が女子(おなご)と同じくらい大好きじゃ。その光り輝く姿を眺め、冷たき地肌に触れるだけでうっとりする。ぞくぞくする。世に、これらほど男心を惑わすものはあるまい」

　そう断言した。

　が、陶酔したような顔つきを見せたのも一瞬だった。土屋は再び光秀を見た。

「さあ、申せ。どこの国であるか。わしは知りたい」

「……何のためにそのようなこと、知る必要がある」光秀は言った。「おぬしには、一文の得にもならぬではないか」

「損得などどうでもよい。ただ、知りたいのだ」相手はなおも熱心に言った。「金銭にはいかい執着する御仁であると、専ら評判の織田上総介である。今は武田以外に、どこの山に目を付けているのか。これは、いたく興味のあるところぞ」

「武田家のためにもか」

「違う」土屋は首を振った。「あくまでも、わし一個の関心に過ぎぬ」

　しかし光秀は、なおも答えを渋り続けた。織田家に仕える立場からすれば当然だろうが、この煮え切らない態度には、とうとう土屋が怒り出した。

「わしも、おぬし同様に武門に仕える者である。それでも当家に実害がない限りは見逃そうとしておる。人から情けをかけられれば、それに報いる。当然のことではないか。我らは侍である前に、一個の人である。それも奇(く)しくも同じ『十兵衛』というのに、なんじゃ、おぬしはっ」

　相変わらずあくが強く、しかも恩着せがましい口ぶりだが、それでも言うことの芯(しん)は通っている。

　つい新九郎は口を開いた。

「十兵衛よ」

すると、光秀と土屋が同時にこちらを向いた。

「明智の十兵衛よ」と、言い直した。「教えても良いのではないか。どのみちこの土屋十兵衛は、それを聞いても我らを見逃す限り、信玄公には報告できぬ。であれば、まずはここから逃れることを考えよう」

「新九郎の申すこと、正しい」愚息もそれに賛同した。「見逃してもらう礼を、確かにまだわしらはしておらぬ。十兵衛光秀よ、そろそろ料簡(りょうけん)してはどうか」

光秀は、思い切り顔をしかめた。

が、最後にはとうとう毛利の名を口に出した。

6

まったく、なんということだ――。

光秀はもう、泣きたいくらいの焦燥に駆られている。

先ほど、身延山の頂で、ついに石見銀山のことを口に出した。

すると土屋は、

「そうか……信長が目を付けたは、他国の金山ではなかったか。しかも、石見銀山か」

と、一人で騒ぎ始めた。さらには光秀たち三人にとってはあまりにも重大なことを、あっさりと口にした。

「正直に申すが、あの銀山は、我らが武田家の金山すべてを合わせたよりも、はるかに価値がある。少なくともわしはそう見ておる」

するとと愚息が聞いた。

「それは、金と銀の引き換え率を措いてもか」

「むろんである」土屋は即答した。「今、京での金銀の兌換の割合は、幅を見てもおおよそ一対九から一対十一の間に収まっておろう」

なんと、と光秀は密かに驚愕した。この男は武田の一家臣に過ぎぬ身分ながら、このように畿内の兌換率にも目配りをしている。

「その率を考慮しても、毛利の石見銀山は銭換算でいえば、武田家の金山をはるかに凌駕すると感じておる。かといって我ら武田家が持つ金山が、日ノ本一の金山であるということに変わりはない」そして、光秀を感心したように見てきた。「その一番の金山と、毛利の銀山を調べるよう命じられたとは、おぬしも信長から随分と見込まれているようであるな」

しかし当然だが、この状況で褒められても、光秀は少しも嬉しくない。

土屋は、光秀たちと下山している時も、熱で浮かされたように石見銀山のことを喋り続けた。

「風聞にしか聞いたことがないが、あれほどの銀山は、この宇内にもそうはあるまい」

宇内とは、日ノ本や唐天竺、南蛮までをも含んだこの世界すべて、という意味である。

「毛利が、新たに海まで拓いた銀山街道がある。その積み出し港である温泉津沖泊には女郎屋も数多あり、大層な賑わいであるという。わしがようやく仕上げた田子の浦とは、えらい違いじゃ」

「金銀のみで言えば、毛利は我が武田家と違って何かと有利である。温泉津沖泊の他に、赤間関という日ノ本有数の港もある。唐や南蛮との交易も思うがままである。まったく羨ましいものじゃ」

と、ここで新九郎が口を開いた。

「おぬし、以前から石見銀山にはずいぶんと執心であったようじゃな」

「ま、そうじゃな。わしは興が湧くことには、利害抜きでとことんまで調べ尽くす性分である故な」

「じゃから、あの女郎屋の前ではうろたえていたのか」

土屋は、当然だ、という顔でうなずいた。

「聞けば、石州の娘であるというではないか。もしや銀山の生まれかも知れぬと思っての。山の周辺に住み着いた者には、食い詰めた貧民が多い。だから娘を売りに出したりもする」

新九郎は笑った。

「が、違ったか」

相手は顔をしかめ、うなずいた。

「石州は石州でも、益田の生まれであったわい。そんな女子に用はない。かといって店に上がった以上、金を払わねば娘が不憫ぞ」

「だから、銭だけ払って帰ってきたというか」

「そうじゃ。まったくの無駄金である」

なるほど、と光秀はようやく納得した。

この男、単なる放蕩者ではない。自分の職務柄もあるのだろうが、おそろしく仕事熱心で、そこから派生したらしき好奇心は、たとえ身銭を切ってもそれを満たそうとするくらい旺盛でもある。が、自らの興味に振り回されるあまり、主家に対する忠誠心が希薄なのは——助けられて確かにありがたいとは感じているが——ちょっとどうかとも感じる。

また、そのような特異な精神構造だからこそ、次に何を言い出すか分かったものではない。

……案の定だった。

久遠寺の宿坊に戻ってきてからも、土屋は穴山氏の陣屋にすぐには帰ろうとせず、誘われてもおらぬのに、三人の部屋まで上がり込んで来た。

光秀はそわそわしながら言った。

「もう、戻ったほうが良いのではないか」

なにも親切心からではない。

先ほどの山頂で、土屋は二刻以内に陣屋に戻らねば、二人の郎党が穴山信君の許に駆け込むと言っていた。山頂へはかなり急いで登り、下山にもそんなに時はかからなかったはずだが、肝心の山頂では随分と話し込んでいた。そろそろ刻限近くだと、内心は相当に焦っていた。

すぐに愚息も、そのことに気づいた。

「土屋の十兵衛よ、おぬしはもう、陣屋に戻るべき刻限ではないのか」

「大丈夫だ」土屋は何事かを熱心に考えているらしく、素っ気なく答えた。「わしも付いていったから分かるが、おぬしらは山頂までをわずか半刻ほどで登り切った。下山に要した時も、それくらいであった。で、山頂で話し込んだのが、おそらく四半刻ほどだ。だからまだ半刻以上は充分に残っている」

今度は新九郎が口を開いた。

「何故、そのような時の経過が正確に分かる」

「とにかく、分かるのだ」土屋は再び、いかにも小うるさそうに応じた。「わしは今、ちと思いを巡らしている。しばし黙っていてくれ」

おのれは、と愚息がやや怒り出した。「所詮は他人の命じゃと思うて、軽く見ておるな」

「別にそんなことはない」土屋が即答した。「ともかくも、黙れ。さもないと、ますます徒に時が経つぞ」

半ば脅しだった。これには光秀たち三人も、不承不承黙り込んだ。

ややあって顔を上げた土屋の両頰は、何故か上気していた。

「この部屋は、奥の間か」

「そうだ」光秀は咄嗟にその意味を察した。「隣室も、今しがた廊下を通った時にはまだ無人であった」

そうか、とうなずいた後、やはり土屋はとんでもないことを言い出した。

「なあ、わしを石見へと連れてはいかぬか」さらには光秀が口を開く間も与えず、こう急いで付け足した。「その代わりと言っては何だが、ここの金山の採れ高については、わしが知り得る限りのことを教えてやろう」

これには思わず絶句した。

光秀たちが呆然としている間にも、さらに相手の言葉は続いた。

「実はわしはの、時おり穴山殿の手助けもしておる。湯之奥金山自体はむろん、この身延山にも対岸からの検分のために随分と登った。特に夕刻には、西陽を受けて山肌の新しき鉱脈が光る場合がある。故に穴山殿とは楓、梢を含めて懇意でもある」

　ははあ、と新九郎が間の抜けた声を出した。「じゃからおぬしには、刻限が正確に分かったのであるな」

「まあ、そうだ」土屋はうなずき、光秀を見てきた。「どうか。これならおぬしも信長への顔が立ち、わしも自らの興を満たすことが出来る」

　けれど、当然だが光秀はまだ呆気に取られていた。

　こいつ――。

　直後には愚息が、その気持ちを代弁してくれた。

「おのれは……」そう軽蔑と嫌悪をありありと滲ませた声で、口を開いた。「ぬしは仮にも武田家の直臣であろう。武田家の禄を食みながら、いったい忠義や信義という心根は微塵もないのかっ」

　しかし、これにも相手は平然と答えたものだった。

「が、そのおかげで、今回はおのれらも命拾いするわけであろう。なのに何故、そのような文句を垂れるのだ」

　これには愚息もぐっと言葉に詰まった。ようやく光秀も口を開いた。

「確かに見逃してもらえるのは、有難い。が、あの山頂での話は、武田家に実害が及ぶものではなかった――」

　言いながらも、なんともいえぬ馬鹿馬鹿しさを感じる。何故織田家の者であるおれが、あべこべに信玄の肩を持たねばならぬのか……。

「されど、今回の件は明らかに土屋十兵衛よ、おぬしの主家に迷惑がかかる話であるぞ。それでもおぬしは平気なのか」

「まあ、平気であるな」土屋は小首をかしげた。「直に我が殿を裏切るわけではない。信玄様の直轄地の話でもない。それに穴山殿に対しては、わしは厚意から随分と骨折りをしてきた。新しき鉱床もこのわしが見つけた。その貸しを考えれば、別に採れ高が減るわけでもあるまいし、これくらい良かろう。わしは穴山殿の家臣でもないしの」

穴山信君とはある意味で直臣同士の同列だから、貸し借りの関係だと割り切っているようだ。だからその貸しを今、相手には無断で取り立てようとしている。

そんなことを考えていると、不意に土屋は溜息をついた。

「ま、気乗りせぬというならば、わしも是非にとは言わぬ」そう言って胡坐(あぐら)を解き、両足を投げ出した。「それでも先ほどの約束は守る。おぬしらはあの金山の採れ高を知らぬまま、京へと帰ればよい。不首尾となった信長への言い訳は、自分たちで考えよ。残念ではあるが、それでもわしは構わぬ」

この半ば開き直ったような態度には、かえって光秀もどう判断していいか分からなくなった。

たしかに湯之奥金山の内実は知りたい。

が、そのためにはこの男を石見まで同行させねばならないし、むろん銀山に共に潜入することも込みの、「連れていけ」ということなのだろう。

けれどその場合も、必ずしも我らにとっては不利益ばかりではない。手間は相当にかかるし剣呑極まりないが、うまく行けばむしろ利の方が多い。

この男は、おそらく愚息以上に台帳も読み込むことが出来る。さらには鉱床の目利きも出来る。これは光秀にも、当然他の二人にも到底為し得ぬことである。

その点を考えれば、またとない戦力ではある。

しかしこの男と同様、ある意味で織田家と信長に対する背信行為にもなる。これを、どうするか……。

つい救いを求めるように、愚息と新九郎を見た。まずは愚息が口を開いた。

「この仕事の主務者はおぬしだ。だから十兵衛よ、おぬしが決めよ」

新九郎も急かした。

「今度こそそろそろ刻限だろう。これ以上ぐずぐず迷っていると、あの二人が駆け込む」

これに、土屋がのんびりと応じた。

「確かに、そろそろ頃合いではあるなあ」

それでも光秀は、しばし迷い続けていた。

「しかとせよっ」とうとう愚息が一喝した。「いずれを取るにせよ、あとのことはあとのこと。なんとかその場その場で絵を描き、凌いでいくしかないのだ。さっさと腹を括れっ」

「分かった。連れていく」

光秀は反射的に声を上げた。利に転んだ。そうした自分も充分に自覚していた。そして土屋を向き、念を押した。

「その代わり、湯之奥金山の採れ高を教えよ」

7

翌々日、新九郎たち一行は興津の宿まで戻ってきていた。

同行者は二人いる。楓と梢である。土屋自身はいない。


昨日の早朝、土屋は再び宿坊へとやってきて、新九郎たちに言ったものだ。

「まずはおぬしら、この甲斐を去れ。最初にわしとの取り決めを守るのだ。興津で待っておれ」そして郎党二人を振り返り、「楓と梢を、おぬしらへの目付役として随行させる」

と、言葉を締めくくった。

ようは、と新九郎は相手の心持ちを推測する。

あのまま身延山で待たせると、我らがまたぞろ欲心を出して、湯之奥金山に忍び込もうとせぬとも限らぬ。少なくとも土屋はそう危惧し、こうして郎党二人を付け、ひとまず駿河の沿岸部まで追いやった。

「しかし、おぬしはどうするのだ」

直後に光秀が問うた。

「わしは当初の通り、甲府へと戻る。信玄公に、田子の浦の作事が成ったことを報告に上がる」土屋は答えた。「そして、久しぶりに郷里の大和に顔を出すと言って、半月ほどは休みを頂く」

光秀はいったんうなずき、それからなおも聞いた。

「金山のことは、いつ話してくれる」

「それは、船に乗ってからだ」土屋は答えた。「話すだけ話して、おぬしらに置いてけぼりをくってはかなわぬ」

「そんなことはせぬ」

「ともかくも、わしらを連れていく今井宗久とやらの船への言い訳は、昨夜、この楓と梢に言い含めておいた。あとでこの二人から聞けばよい」

が、光秀はそれを聞き、顔をしかめた。

「おぬしはともかく、さすがにこれら御郎党までは連れていけぬと思うぞ」

「誰が、楓と梢まで船に乗せてくれと言った」土屋も負けずに心外そうに言った。「二人は、興津までの目付役である。わしが甲斐におらぬ間は、それぞれ郷里へと暇をやる」

それらのやり取りを聞いた時、なんとなく新九郎は可笑しくなったものだ。土屋は土屋なりに、あれこれと旅路の算段を考えているようだ。

ともかくも土屋は、五日ばかりで甲府から興津へ戻ってくると言い残し、甲駿往還を単身北へと向かった。


興津の宿に着いてから、さらに二日が経った。その間、新九郎たちには土屋を待つ以外に、何もやることがない。

三日目に光秀と愚息は、興津のすぐ東方にあるかつての古戦場、薩埵峠に行ってくると言った。その昔、今の室町幕府を作った足利尊氏・直義の兄弟が敵味方に分かれて戦った場所だ。そして今年の初めには、駿河に攻め入った武田信玄と西へ逃げた今川氏真、そして氏真を応援した北条氏政との戦いが繰り広げられた場所でもあった。

それら戦場の物見をしながら、今後のことを話し合うという。

しかし新九郎は、武士団同士の戦いになど別に興味はない。自分はあくまでも兵法者として世に立っている。そして兵法と、合戦での槍働きはまったく別のものだ。

だから宿に残った。目付役の二人の手前、一人くらいは宿に残っていたほうが良かろうとも感じた。

が、一人でつくねんと部屋に居るのも、いかにも暇である。

だから隣室の女子二人に声をかけ、宿の裏手で多少汗を流してくると言い残し、屋外へと出た。

宿の裏手に立てかけてあった、適当な長さの天秤棒を手に取る。

筋肉の限界から二割ほどの力で、天秤棒を動かし始めた。一人での稽古の時は、ゆっくりと太刀筋を確かめながら動くほうが、むしろ新九郎にとっては良き鍛錬になった。

それに伴い、足の捌きよう、腰の捻り方にもほんの少しずつ改良を加えていく。天秤棒の動きが、さらにじわじわと滑らかになる。

ふむ……つい一人、笑みが零れる。

三十になっても自らが日々成長しているこの感覚こそ、新九郎にとっては何物にも代えがたい喜び。周囲の蟬の鳴き声も心地良く響く。

そのようにして、一刻ほど体を動かし続けた。

「お見事でござりますな」

振り返ると、そこに楓と梢が立っていた。小柄なほうの女、梢がさらに声を上げた。

「まるで、舞を見ているような美しさにござりまする」

これにはさすがに照れた。

「それがしは一度も嗜んだことはござらぬが、すべての動きは舞に通じるとも申しますな」

直後にふと気づいた。

光秀はこの興津に来るまでの道中、命を助けてもらった礼をしきりと二人に言っていた。けれど、自分はその時々に軽くうなずいただけで、まだちゃんと言ったことがない。

「我らが助かったのは、貴殿らのおかげでござる。改めて御礼申し上げます」

楓は、うっすらと笑った。梢のほうは弾んだ声でこう言った。

「どうか、私どもには構わずに稽古をお続け下さい」

「いや……しかし」

「どうかお気になさらず。こうして拝見しているだけで、なにやら気分がすっきりと致しまする」

仕方なく、再び天秤棒を振り始めた。初めは二人の視線が気になっていた。

が、棒先の動きに集中するにつれ、気にならなくなった。身のこなしも次第に軽くなっていく。

やがて、完全に忘れた。蟬の声も聞こえなくなった。無我の境地へと入った。

気づいた時には、さらに一刻ほどが経っていたようだ。

ふと傍らを見遣ると、二人はいつの間にか丸太に腰かけていた。飽きることもなく、自分の棒振りの様子をずっと見続けていたようだ。

と、楓がしみじみとした口調で言った。

「新九郎さまは、こうして傍(はた)から見ておりましても、いかにも楽しげな日々を送っておいでのように映りまする」

「はて。何故にそう思われるのか」

「夢中になるものがありますれば、そこに没入し、世の縛りからも自在に舞うことが出来るように思われまする。少なくとも私には、彼岸を舞うような気持ち良さに感じられました」

相手は何気なく言ったのだろうが、新九郎はそれを聞いた時、つい言葉を失った。

そうか——。

おれは浮世にとりわけの立場などない男だが、それでも内的には相当に恵まれているのだと、改めて感じ入った。

逆にこの二人には、自らの気持ちを満たしてくれる何かは、今の生活にはないということなのだろう。だからこそ『彼岸』と言った。そして、おそらくは今後もだ……。


三人で連れ立って屋内に戻る時、梢が改めてこう頭を下げた。

「何卒、これより我が殿のこと、よろしくお願いいたしまする」

周囲には、いつの間にか蜩(ひぐらし)の鳴き声が聞こえるようになっていた。


約束から五日後の夜、その殿が甲斐から興津にやってきた。

8

土屋は光秀に会うなり、こう言った。

「信玄公から、半月ほどの休みを頂いた」

「そうか」

「今より富士川を渡って田子の浦まで行ってくれ。明日の未明に船を出し、この興津まで迎えに来て欲しい」

そう、二人の郎党から予め聞いていたことを口にした。

この興津の宿に土屋の知り合いはいないが、田子の浦には多い。富士川の船頭にも、光秀たちと一緒のところを見られたくはないのだという。

これは、武田家への用心のためらしい。


翌日の未明、田子の浦から今井宗久の持ち船に乗り込んだ光秀たちは、言われた通りに駿河湾を海岸沿いに進み、興津の沖へと出た。

明けゆく岸辺から、すぐに小舟が出てきた。近づいてくるにつれ、分かった。白装束の参詣者の姿に変わった土屋が乗っている。これまた事前の打ち合わせ通りだ。

船頭には、興津から男一人を船に乗せると告げてあった。そしてその湯之奥金山の元金山衆を安芸まで連れていく、と。

船頭は、光秀たちをいかなる理由で駿河まで連れてゆき、またその後に安芸まで送っていくか、その理由を織田家からは知らされていない。

少なくとも信長からはそう聞いていたが、それでも土屋を乗せたことは、船頭から今井宗久を通じて、やがて信長に報告が上がるだろう。

だからその後日の信長への対応のために、久能(くのう)山にて元金山衆を拾ったという話をでっち上げた。

信長や今井宗久が聞けば、やや出来過ぎの話だと思うかも知れないが、それでもまさか、武田の直臣が自分たちに付いてきたとは思うまい。

ま、あとのことはあとのことだ。

いみじくも愚息が言ったとおり、なんとかその場その場で絵を描き、随時、話の辻褄(つじつま)を合わせていくしかないのだ。大きく見れば、人の生き方もそうだろう。

それに、結果としてこの元金山衆のおかげで武田の湯之奥金山の内実も分かり、石見銀山の調べもうまく行ったとなったら、信長も多少の疑念は抱いても、満足するに違いない。

結果、土屋を乗船させたことは、ほぼ不問に付されると踏んだ。

そんなことを考えながら、次第に近づいてくる小舟を見ていた。約束通り、土屋は一人だ。二人の郎党は興津の宿に置いてきた。

ふと、あの竹筒を差し出した楓とかいう女のことを思い出す。雰囲気のいい女だったと一瞬思い、慌ててその感慨を脳裏から消し去る。

たとえそう思うだけでも、妻・熙子への裏切りに当たる。少なくとも光秀はそう感じる。

ともあれ、小舟は光秀の立っている舷側まで辿り着いた。

「久兵衛(きゅうべえ)殿、さあ、ござれ」

そう言って土屋に手を差し出した。

この偽名もまた、土屋が言い出してきた。本名の通り名、十兵衛に近い韻であるから、呼ばれても咄嗟に反応できるはずだという。かつ、これまでの光秀の通り名とも区別できる。

だから今後は、周囲に人が居ても居なくても、この久兵衛で自分を呼ぶようにと伝えてきた。安芸に着くまでに、新しい呼び名に慣れておきたいのだという。

船上での光秀たちの居場所は、帆柱の前にある小屋形だ。船頭や水夫(かこ)たちは、船尾近くの艫(とも)屋形
で寝起きしている。だから、彼らに話を聞かれることはない。

光秀はその屋形の中に土屋を招き入れ、ひとまずは船が、さらに沖に出るのを待った。

やがて、苫(とま)の壁に海風が絶えず吹き付けるようになった。駿河湾から完全に外洋に出たのだ。も
し水夫たちが外に立っていたとしても、自分たちの会話は聞き取れない。

既に手元には念のため、算盤(そろばん)も用意してある。

そこまでを確認して、光秀は口を開いた。

どうか、と。

「久兵衛よ、これでわしらはおぬしとの約定を守った。次はおぬしの番ぞ」

その言葉に、愚息と新九郎もうなずく。

「分かった」

土屋はいったんはそう答え、しばし思案していたが、やがて口を開いた。

「では、湯之奥金山のことだ。あの山から採れる金は、まずは全体の二割を、実際に採掘した金山衆が貰うことになっている」
「ふむ」
「次に、穴山殿の取り分である。これは残りの半分を、かのお方が取られる。そして最後の半分、つまりは初めの採れ高の四割が、武田家に入る。わしは、この量を知っている」
「して、その量とは？」
するとと土屋は懐から折り畳んだ紙を取り出し、光秀へと渡してきた。
「永禄九、十、十一年の、三年分の台帳の記録である。書き写してきた」土屋は言った。「それ以前の記録は既にどこかへと移された後であったし、また、わしもまだその頃は蔵前衆ではなかったから、わからぬ」
光秀はその紙片を開いた。
なるほど土屋の言った通り、
永禄九年、四貫八百五十六匁、
永禄十年、五貫百七十八匁、
永禄十一年、五貫五百三十二匁、
と書いてある。
さらに各年度の下には、月ごとの甲府への搬入量が細かく記してあったが、まあ、それは後で仔細に見ればいい。
ともかくも毎年、平均して約五貫（約十八・八キログラム）の金が、武田家への運上として納められている。

が、この量がいかほどの意味を成す数字なのか、光秀にはよく分からない。

その紙片を愚息にも見せ、感想を求めた。

うむ、と愚息は一声唸り、土屋にこう問うた。

「まず聞こう。この紙片に記された量が、本物であるという証拠は」

すると土屋は顔をしかめた。

「そこは、わしを信用してもらうしかない」

「ふむ？」

「が、おぬしも元倭寇ならば、信長が案じているように、田子の浦で交易に使える量かどうかはおおよそ見当が付こう」

「そうかも知れぬ」

「その武田家の数年後をもって、この紙片の量が正しいということが分かるはずだ」

愚息はうなずいた。

「ちなみに今、甲斐やこの駿河では、金と一文銭の兌換率はいかほどか」

土屋は、これには即答した。

「教えられぬ」

「は？」

「甲斐でのその都度の兌換率は、武田家と穴山家の主君と、それぞれの蔵前衆しか把握しておらぬ。故に、これは教えられぬ。駿河のことも同様。そもそもおぬしらは、あの金山の採れ高さえ分かれば充分だったはずだ」

愚息は、もの問いたげにこちらを見てきた。

「……仕方ない」光秀は、つい溜息をついた。「確かに、そういう約定だった」

「分かった」愚息はうなずき、再び土屋を向いて言った。「では、わしの推し量るところを述べるぞ」

土屋は、やや首を傾げた。

「わしに、どうせよと言うか」

「大きく間違っていない限りは、おぬしは黙って聞いておればよい」

少し迷ったような表情の後、土屋は答えた。

「ま、それくらいであれば、譲ってやろう」

愚息はしばらく考え込んだのち、こう言い始めた。

「あくまでも私見である。私見ではあるが、金一匁につき、一文銭六百枚から九百枚ほどが相場であろう。むろんこれは良銭の場合で、悪銭ならば、その質にもよるが、千枚から千五百枚ほどが必要となる」

土屋は黙っている。愚息の言葉は続く。

「今の京であれば、金一匁は良銭の千枚、つまりは千匁——一貫に相当する。悪銭ならば、千六百枚くらいとみておく方が安心であろうな」

そこまでの話を聞いて、ようやく光秀にもおぼろげに相場感覚がつかめてきた。

現在の京では、米一石の値段は、年によっても違うが、良銭で八百文から千二百五十文の間である。

切りが良く、米一石が千文とすれば、金一匁には一石相当の値が付くことになる。

ということは五貫、つまり五千匁の金は、五千石の米に相当する――。

その推論を思わず愚息に伝えると、

「そうだ。その算術で行けば、武田家は、京の時価では五千石相当の運上を湯之奥金山から毎年納められている。ただし、甲斐では三千石から四千五百石の間であろう。それが、武田家の取り分となる運上である」

と結論づけ、それから土屋をまじまじと見た。

「そう、大きくは外れておらぬ」

土屋は、いかにも仕方なさそうに答えた。

「いずれにせよ、これはおぬしらが判断する問題ではなく、信長が判じることであろう」

その後、土屋が小屋形の外に用を足しに行った時、光秀は愚息に聞いた。

「仮に間（あいだ）の高めを取って、武田家の四千石相当の金というのは、果たして田子の浦の交易で、使うに足るものであろうか」

すると愚息は、まずこう言った。

「武田の今の版図は、八十三万石ほどである。信玄は民政にも長（た）けていると聞く。とはいえ、小田原（おだわら）北条氏の五公五民には及ばぬだろう」

ここで久しぶりに、新九郎が口を開いた。この男は相州小田原の東に位置する、鎌倉（かまくら）郡の玉縄荘の出身である。

「確かにわしの郷里は、五公五民であった。この日ノ本で、どこよりも年貢が安いというのが農民たちの自慢であった。隣国の甲斐が、それに次ぐ六公四民の年貢の安さだという話も聞いたことがある」

愚息はうなずき、さっそく光秀の脇にあった算盤を、ぱちぱちと弾き始めた。

「武田家の年貢が六公四民だとすれば、ええ、と——こうだ。およそ五十万石が毎年の歳入となる。となると、湯之奥金山からの四千石分の金の上がりは、全体の八厘（〇・八パーセント）ほどであるな」

「なるほど」

「穴山氏の金と合わせて八千石、さらに金山衆の上がりも合わせて、ええ……くそ。逆算が面倒じゃな——うん、一万石分の金を取引するとしても、あの金山から海まで運ぶには、相当な手間も運び賃もかかる。さらにはその金と交換した武具や刀槍をはるばる甲府まで運ぶには、手間も運び賃も倍である。ようは、その分だけ利も薄くなる。じゃから、武田家の石高規模にしては、あまり間尺には合わぬのではないか」

ふと気づく。

しかしそれは、湯之奥金山から採れる金だけでの話である。仮に黒川金山や牛王院平金山など他山の金も合わせれば、さらに武田家の歳入の多くを占めるのではないか。

そのことを二人に問うと、新九郎が再び口を開いた。

「武田家の直轄する金山は、甲府よりさらに北部の山岳部にあると聞いたことがある。海まで運び出すには、もっと手間暇がかかろう」

「じゃが、それでも採れ高が多ければ、田子の浦まで運んでも、そこそこの利になるのではないか」

しかし、愚息もこう言った。

「身延山で、久兵衛はこう言っておったぞ。『正直に申すが、あの銀山は、我らが武田家の金山すべてを合わせたよりも、はるかに価値があるとわしは見ておる』と。これをもってしても、信玄にそこまでの旨味（うまみ）はないのではないかの」

確かに、そう言われればそういう気もする。

さらに愚息は続けた。

「もうひとつ思い出したが、久兵衛はこうも話しておった。『温泉津沖泊には女郎屋も数多あり、大層な賑わいであるという。わしがようやく仕上げた田子の浦とは、えらい違いじゃ』と――」

が、光秀には、今度はその意味が分からなかった。

「……それが、どうかしたのか」

すると、愚息は顔をしかめた。

「あの色欲の強い男のことだ。もし今後、田子の浦が金取引で繁栄するならば、わしも負けずに女郎屋が数多建つほどの湊（みなと）にしてやる、ぐらいのことは言ったはずではないかの」

光秀は、ようやく納得した。

そして、さらに思い出したことがある。

たしか過日、信長もこう言っていた。

「近年で産出量が多く、富士川から下って田子の浦で使われている金は、身延山の対岸にある湯之奥金山の産であるという」と……。

その湯之奥金山の総産出量がこれくらい――つまり一万石相当の金では、他の直轄地からの金を合わせても、田子の浦までわざわざ運んで交易をするほどの量ではないのかも知れない。

すると最後に、新九郎が放り出すように言った。

「いずれにしても、これらはわしらの臆測に過ぎぬ。しかも臆測の上に臆測を重ねた、曖昧極まる数字である」

これには愚息も苦笑した。

「たしかに」

さらに新九郎は続けた。

「それに久兵衛の言う通り、我らが頭を悩ますことでもなかろう。京の信長が推し量ることである。わしらは、この採れ高さえ知れておれば、そして田子の浦の仔細さえ分かれば、それにて務めは終わっている」

言われてみれば、まったくそのとおりだった。

好奇心に任せてあれこれと武田家の内実に思いを馳せる点では、自分たちも土屋とそう変わらぬ、と感じた。

第三章　毛利の銀

1

一年前、織田信長が突如大軍を率いて上洛した。そして瞬く間に山城の周辺国を支配下に置いた。これにより、織田家の勢力圏は毛利の版図を一気に大きく凌いだ。しかも毛利のような地方の山河ではなく、日ノ本の中原である。

が、隆景はこの織田家という武門に対しては、自分なりに多少含むところがある。

小早川隆景、三十七歳の初夏のことである。

……毛利家の系譜は、はるかなる鎌倉幕府の創業期から始まっている。

初代の征夷大将軍であった源頼朝の最側近に、大江広元という元公卿がいた。

頼朝の資質を見込んで京から鎌倉に下った、隆景の祖先である。この男が、日本史上に初めて生まれた武家政権の統治機構である幕府の、ほぼすべての制度を実質的に作り上げた。

その功績で、大江広元の四男は相模国毛利荘に領地を拝領し、以降、この子孫が毛利と名乗るようになった。その後、毛利一族は相模を離れ、越後と安芸にそれぞれ大挙して移り住んだ。

だから毛利家の本姓は、正式には大江氏である。この安芸の毛利家中では、改まって自家の名を口にする時には、自分たちの系譜に誇りをもって今でも「江家」という。

おれたちの祖先は鎌倉幕府以降、今日までおよそ四百年も続く武家政治の基盤を作ったのだ。

少なくとも織田信長の家門である弾正忠家などとは、その由緒正しさにおいて、天と地ほどの開きがある。

織田弾正忠家は、その出自からして胡散臭い家系である。応仁の乱の頃のどさくさに紛れ、越前織田荘の神官らしき分限から尾張へと流れて行った。そして尾張の守護、斯波氏の家臣である織田大和守家に、かつての同族の誼をもって仕えたのがその始まりとの、専らの世評であった。

むろん隆景もそのような目で、京に君臨する今の織田家を見ている。

隆景は、そもそもが毛利元就の三男として生まれた。

十二歳で毛利家傘下の国人である竹原小早川家の名跡を継いだ。そして十八歳の時、さらに竹原小早川家の本家である沼田小早川家当主の妹と縁組みを行い、この本家をも統合した。これにて安芸の山陽道周辺を毛利家の掌中に収めた。

その点、隆景の三つ年上の兄である元春も似たようなものだ。十八歳の時に北方の有力国人・吉川氏の養子となり、二十一歳で当主となった。吉川元春と名乗りを変えて、石見沿いの山岳地帯を毛利家の監督下に置いた。

これにより、毛利本家は安芸一国をほぼ掌握した。

すべては父による深謀遠慮によるもので、毛利本家を継いでいた長兄・隆元を盛り立てていくための外交戦略だった。

弘治元（一五五五）年、厳島の戦いが勃発し、隆景も小早川水軍を率いて圧倒的劣勢の中で奮戦した。

この海戦での僥倖に等しい圧勝を機に、毛利家は一気に身代を大きくした。それから八年ほどの間に、周防、長門、備後、石見の四ヶ国を支配下に置いた。むろん、この期間に以前から垂涎の的であった石見銀山も手中に収めた。

が、長兄である肝心の隆元が、六年前にあっけなく急死した。

当時、父の元就は既に六十七になっていた。結果、隆元の嫡子である輝元がわずか十一歳で十四代目の毛利家当主となった。

小早川隆景と吉川元春の兄弟は、この甥っ子が継いだ本家を、引き続き盛り立てていくこととなった。父である元就のたっての希望でもあった。

そして、いつしか小早川家と吉川家は、毛利本家を支える『両川』と呼ばれるようになった。

兄の元春は山陰の雄・尼子氏との戦いを長年にわたって繰り広げ、ついには敵の本拠地であった月山富田城を攻め落とした。出雲と伯耆の西部を、その支配下に置いた。

三年前のことだ。

これにて毛利家の勢力圏は、安芸、備後、周防、長門、石見、出雲、伯耆の半ば、そして友軍である三村家の備中を加えると百万石ほどになった。

兄が山陰で奮戦している間、隆景は海の向こうにある伊予や筑前に出兵しながらも、安芸に居る時は小早川家の本拠である新高山城と毛利家代々の居城である吉田郡山城を行き来していた。

隆元が死んだ直後から、毛利家の外交と輝元の後見役を任されたからだ。むろん元就からの依頼だった。

隆景は六年が経った今でも、その時の元就の言葉を鮮明に覚えている。

父は、この時ばかりは溜息をつきながら、はっきりと口にした。

「少輔太郎（輝元）は亡き隆元に似て、どこか性根が甘い」

「少輔太郎は苦労知らずに育ってきたせいか、人だけは底抜けに好いが、まだ子供ということを差し引いても、そのモノの見方も感じ方もやや浅薄に過ぎるようだ」

そう、実の嫡孫に向かってかなり酷いことを言ってのけた。

けれど、それはそうかも知れない、と隆景も内心では思う。

輝元は、自分たち兄弟が子供だった頃とは違って、物心が付いた時には、既に毛利家は安定した膨張期にあった。命の危機など身近に一度も感じることなく、ぬくぬくとした幼少期を送ってきた。

そのせいで、物事や人に対する反応が、良くも悪くも鷹揚に過ぎるところが早くも見受けられる。

何と答えていいか分からず黙っていると、さらに元就は言葉を続けた。

「市井の者なら、それでもいいだろう。周囲の人々に愛されて一生を送る。幸せでもある。されど武門の棟梁ともなれば、それでは駄目だ。一門や郎党には篤く接しながらも、他家に対しては、古井戸の底のような暗き知恵と血塗れの修羅道を生きていく覚悟を、常に併せ持っておく必要がある」

確かに、この意見にはまったくの同感だった。だからうなずいた。

「……はい」

元就もまた、うなずき返した。

「故に又四郎（隆景の通称）よ、今後はおぬしに少輔太郎の守役を任せる。場合によってはきつく折檻しても構わぬ。あの性根を今のうちに叩き直すのだ。さもなくば我が家門は、ゆくゆくは破滅かも知れぬ」

以降、隆景は輝元の養育係を、時間の許す限り一心に務めてきた。

輝元が家臣の前で思慮足らずな言葉を洩らしたりすると、密かに後で別室に呼び、手の甲や脛を鉄扇で打ち据えた。

「何故、あのような物言いをなさりました。武門の棟梁たる者は、いついかなる時でも家臣たちから言動を見られておりまする。周囲から信を得るためには日々、自らの内面を磨くことが必要と相成ります。この一事を、常にお忘れなさるな」

当時まだほんの子供だった輝元は、この折檻に泣いた。

やや長じると漢籍の思想書や兵書を読ませたが、その感想を問うた時も同様だった。輝元は文字の表面上の意味を述べるだけで、そこから一段掘り下げて自分なりの解釈、意見を加えるということが一切ない。

この時も、口頭ながらも激しく叱責した。

「そのような通り一遍の感想なら、多少学のある武士であれば、誰にでも申せまする。されど、およそ人の上に立つ者は、その者らと同じ地平に居てはならぬのです。さらに高所からの視点にて家臣や国人たちを導いてこそ、人々は初めて『頼うだるお人』として、殿を仰ぎ見るのでござるぞ」

この時も輝元はひたすらにしゅんとする。時には涙を浮かべることもある。

かといって叔父である自分のことを、嫌ったり避けたりするということはなかった。ただその時だけひたすらに隆景を畏れ、縮こまるだけだ。

この反骨心が微塵も感じられない態度にも、つい溜息をつきたくなった。

別におれのことを嫌ってくれても構わない。なにくそと奮起して、自らの軽はずみな言動を恥じ、より深く物事を考えてくれるようになれば、それでよいのだ。さすれば自然、それが言動にも滲むように反映される。

そしてやがては、隆景の叱責の意図にも気づいてくれるはずだ。

が、数年が経っても、輝元は立ち居振る舞いにだけはある程度慎重になったものの、それは単に他者からの視線に用心深くなっただけで、ひとたび深い判断を必要とするような事案の是非を問うてみれば、返って来る答えは相変わらず物事の上っ面を軽くなぞっただけの、浮草のように頼りない内容ばかりだった。

形式ばかり気にして、大事な中身はあまり伴っていない。

仏造って魂入れず、とはこのことだと再び溜息をついた。

その頃、ちょうど山陰の戦が一段落したこともあり、隆景は兄の元春に、この輝元の問題点を相談した。

元春はいかにも剛毅な武将らしく、万時に謹直な隆景とは違って、かなりずけずけとした物言いをする。

「わしも、少輔太郎の在りようには以前から思うところがあった。十五近くになってもなお、あの無邪気そのものの笑い方には、不快を通り越して時に頭に来ることがある。普段から何も考えておらぬから、あのように不用意な口の開き方が出来るのだ」

この辛辣さには思わず笑い出しそうになりながらも、隆景は言った。

「されば、兄上からもご訓示を頂いてよろしいでしょうか」

「むろんである」

　その後は兄弟揃って、輝元の守役を務めるようになった。元春もまた、輝元のふわふわとした性根にはしばしば怒声を発し、次に懇々と説教を続けた。

　しかし一年、二年と経つうちに、筑前での情勢が次第に予断を許さなくなった。

　毛利家が支援していた筑前の秋月種実が、豊前・豊後・筑後の太守、大友宗麟と本格的な交戦状態に入ったのだ。この頃から隆景は、筑前に頻繁に出兵するようになった。

　さらに昨年、元来は大友一族であった立花鑑載が、秋月種実に呼応して大友宗麟に反旗を翻した。筑前での毛利勢と大友勢の戦闘は、いよいよ激化した。

　父の元就も長府まで出張って来て、隆景に大規模な援軍を送った。兄の元春と重臣の宍戸隆家からなる兵団だ。これらを合わせた毛利勢三万五千と大友勢四万が、今に至るまで断続的な戦いを続けている。

　特に先の五月には、筑前西部にある多々良浜を守っていた小早川軍は、不覚にも大友勢に大敗を喫した。

　隆景は、多々良浜の北方にある立花鑑載の居城、立花山城に撤退した。この城の周辺には、兄の元春の兵団が布陣している。

　しかし元就は、それでも毛利家の旗頭である輝元を戦場に送り込んでは来なかった。大事な当主ということもあるのだろうが、本質はその戦の采配を未だ危ぶんでいるのだ、と感じた。

　その感想を兄の元春に洩らすと、

「その通りであろうな。既に十七にもなるというのに、まったく頼りなき棟梁であることよ」

と嘆息した。が、直後には気を取り直したようにこうも言った。

「まあ、此度は我らも負けはしたが、間諜によれば大友にもかなりの損害が出ているようだ。新たな援軍無しでも、なんとかなるだろう」

さすがに歴戦の武将である元春の見立ては当たっていた。これ以降、大友氏の目立った動きは止んだ。

そんな六月の半ば、安芸から急使が来た。元就からの文を開いてみると、毛利家の外交を司っている隆景に、至急の帰国を促していた。

織田家からの外交の使者が、半月後には来るという。その対応をして欲しいとの内容だった。

この要請には普段は温厚な隆景も、久しぶりに腹が立った。

まったく輝元も輝元なら、父も父だ。今は平時ではない。戦闘はやや鎮まっているとはいえ、戦時である。その大事な戦場を放り出して帰国せよとは何事かと、さらに腸が煮え返った。

元春にも「隆景を帰国させよ」との文が届いており、案の定、この兄も激怒した。

「このように悠長なことを申されている場合ではないっ。京を制したとはいえ、織田家などはそもそもが出来星で、畿内周辺には抵抗する勢力も未だ数多ある。当分は京から身動きが取れぬはずで、それを思えば今は筑前のほうがはるかに大事である。織田家の使者など、適当にあしらって京へ帰せば良いのだ。それしきの事も判断できぬとは、父上もいよいよ耄碌されたかっ」

が、その憤懣の声を聞き、かえって隆景は冷静になった。

織田家の使者の名前を、もう一度見直す。

明智十兵衛光秀という者だった。

以前に毛利家の外交僧、安国寺恵瓊から聞いたことがある。

確か、上洛直前の織田信長に仕えるや否や二度までも華々しい武功を挙げ、この一年ほどの間に中堅将校にまで成り上がっている俄出頭人だ。

文官としても有能らしく、今では京の市政官も務めている。さらには以前からの幕臣ということもあり、信長と十五代将軍の義昭との間を取り持っている第一人者とも聞く。

つまりは世事にも長けた、相当な切れ者なのだろう。

対して父の元就は、今年で七十三になる。頭の働きこそ未だに確かだが、老衰で足腰もすっかり弱くなり、床に臥せることも多くなった。

だからこそ、そんな老いさらばえた自らの姿を、旭日の勢いのある織田家の目利きには見せたくないのかも知れない。

事実、文にも自らは明智某には会わぬことを述べてあった。

かといって輝元一人に対応させたら、何かの弾みに、毛利家の対外方針を迂闊に匂わせないとも限らない。

ふむ……。

毛利家の今後の対外方針については、織田信長が上洛した昨年末に、既に決定していた。

可能な限り周辺国へと堅実に版図を拡げてはいくが、さりとて畿内までは進出せぬ。織田家に成り代わって京に旗を立てるというような大それた望みは、決して持たぬということだ。

かつて元就は元春と隆景を前に、こう語ったものだ。

「天下を望むなどということは、世にも稀なる器量人か、よほどの異常人にしか成し得ぬものだ。

わしにすらその器量はなかった。ただひたすらに用心深く、周到に立ち回って来たから、今日の毛利家があるだけだ。また、そのような精神に傾斜のかかった異常人でありたいと思ったこともない。上洛した織田上総介という御仁は、昔から奇矯な振る舞いで知られている。その風聞からして、おそらくは後者のほうであろう」

老梟雄として他国からも恐れられている父は、確かにそう言った。

「ましてや少輔太郎は、おぬしたちからあれほどの厳しい指導を受けながらも、一向に棟梁としての遠謀深慮というものが醸成される気配がない。馬鹿とまでは思わぬが、まずは凡下の器であろう。悲しい哉、そのような者を長に戴く武門は、一時の栄華欲に負けて乾坤一擲の大勝負など、決して挑んではならぬのだ」

が、この方針を信長が察すれば、毛利は与しやすしと見て、今後は逆にどういう無理難題を吹っ掛けて来ぬとも限らない。

外交の基本とは——軍事同盟を結ぶまでの信頼関係になればいざ知らず——それとなく相手には好意を滲ませながらも、こちらの心底まで晒した挙句に風下に立つなどということは、絶対にあってはならぬものだ。

となれば、この毛利家の今後の対外方針をしばらくは確実に曖昧にしておくためにも、ここは父の言う通り、一旦は自分が帰国して、明智なる者と輝元の間に緩衝材として入ったほうがいい。

その結論を、自分が思い至った経緯を含めて元春に伝えた。

すると兄はしばらく思案しているような様子であったが、やがて大きくうなずいた。

「されば、おぬしの兵団はわしが預かっておく。が、織田家の使者との面談が済み次第、この筑前へとすぐ戻って来て欲しい」

この兄は、こと合戦に関する限りは自分よりもはるかに技量が上だ。だから隆景は安心して小早川兵団の指揮権を一任し、翌日には安芸へと帰路を急ぎ始めた。

四日後には安芸の吉田郡山城へと戻り、早速父に面会を求めると、案の定、元就は自分が想像していた通りのことを語った。

「織田家の使者に、今はまだ当家の方針を微塵も気取(けど)られてはならぬ。そのために、そちをわざわざ呼び戻した。されはこそ明智なる者には、少輔太郎の脇に控えたおぬしがすべての受け答えを代わって行うのだ。逆に、この時期に織田上総介が使者を送ってきた意図を、それとなく探り出すのだ」

「かしこまりました」


二日前、その明智光秀の一行が、宇品(うじな)の湊(みなと)(現在の広島港の位置)に上陸したという報告が来た。その一行四人は昨日の深夜、郡山城下を流れる江(ごう)の川(かわ)沿いにある宿に入ったという。そして今朝、隆景が輝元と共に謁見の間に入ると、そこには既に織田家からの使者たちが平伏していた。

まずは輝元が、穏当に挨拶(あいさつ)の言葉を口にした。

「わしが、毛利家当主の輝元である。はるばる遠路、ご苦労なことであられた。さて、いずれが明智殿であられるか」

十七歳の若棟梁にしては、まずまずの出だしであった。

すると、右から二番目の男が平伏したまま、さらに頭を低くした。

「はっ。それがしが明智十兵衛光秀にござりまする。こうしてわざわざ毛利家の御当主にお目通りを頂きましたこと、まことに有難き次第にござりまする」

その両隣には、月代の剃り跡も青々とした大柄な武者と、道服の坊主頭が平伏している。さらに坊主の横――左端には、小柄な侍が座っている。

明智に続いて、その三人の連れも自己紹介を始めた。

「それがしは明智家の郎党、小坂新九郎時実と申しまする」

そう、大柄な侍が口を開けば、

「同じく、七保ぐそくでござりまする」

と、法体の男も答えた。

隆景はその奇妙な法名に、予め一行から差し出されていた名乗りの懐紙を思わず見る。愚息、と書くらしい。ずいぶんと風変わりな道号だった。

最後に左端の侍が、甲高い声を発した。

「拙者は、三宅久兵衛長安と申しまする」

輝元はいつものように言葉柔らかく、鷹揚に促した。

「さ、そのように頭を低くしておられては、話もままなりませぬ。どうか面を上げられよ」

このような物言いは、輝元の数少ない長所である。

果たして四人が一斉に顔を上げた。

その後、輝元と明智が無難な時世の挨拶を交わしている間にも、隆景は仔細に四人を観察していた。

明智光秀は既に四十がらみの男ではあったが、その年を措いても、かなり秀麗な顔つきをしている。確かに文官としても有能そうであった。その言葉の発し方からも、内向きというか、いかにも物事に繊細そうな様子が滲んでいる。

他方の小坂とかいう大柄な武者は、三十前後と思われる。このような謁見の場において、ゆったりと端座している。やや伏し目がちながらも、緊張など欠片も感じておらぬといった風情だった。おそらくは刀槍の腕も相当に立つ……。

法体の男の座りようも同様で、仏門に入っているにもかかわらず、いかにも剛毅そうな顔つきをしている。その四肢からもごく自然に精力が漲っているような印象を受け、およそ解脱からはほど遠いような印象だ。

最後の、小柄な侍だ。この三宅は、四人の中でもっとも若い。なんというか、懸巣のような頓狂な顔つきをした男で、輝元と明智が挨拶を続けている最中も、高座の屏風や、天井と鴨居の間の欄間などを、まるで団栗でも啄みそうな様子でしきりと観察している。

ようは、と隆景は思う。この明智家の一行は、同じ家中の者であるにもかかわらず、まるで統一感のない者どもの集まりのように感じられた。

そのことを、尋常な挨拶が終わった後、隆景は失礼にならぬ言葉で婉曲に明智に問いかけてみた。

「あいや……やはりそう察せられまするか」

果たして相手は、やや慌てた素振りを見せた。

「実はそれがし、昨日今日、織田家に仕えたばかりにもかかわらず、ありがたくも過大なる知行地を拝領した者にて、さらにそれ以前の幕臣になりまする前は、素牢人にも等しき分際でございました」

そう、言いにくいであろう前身を、額に汗を滲ませながらもあけすけに語った。

「故に、以前よりの郎党が、ほぼおりませなんだ次第にてござりまする。拙者の左右に控えまする両名は、それがしの古くからの友垣でござって、そもそもは兵法者と沙弥でござりました。頭を下げて我が家臣になってもらった者どもでござりまする。また、久兵衛なる者も同様。商家の手代から我が家門に仕えてくれた次第」

すると他の三人は、一斉に再び頭を下げた。

他家からの使者に似合わぬこの存外な正直さには、さすがに隆景もほのかに好意を持った。つい少し気を許し、

「左様でありましたか」

と、その末尾に安芸地方特有の方言が出てしまった。ちなみにこの言葉遣いが標準語になったのは、毛利家の元家臣たちが日本の中央政権に携わるようになった明治維新以降の話である。

光秀は、最後にこう言った。

「ともかくも我が殿が申しまするには、『今、京に織田家があり、西海には御家がござって、この両家が共に公方様を支えていけば、今後の幕府と日ノ本は安泰になりゆくであろう』とのことにてござりました」

そして言い終わった後、封書を懐から出し、恭しくこちらに向けて差し出した。小姓がそれを受け取り、まずは輝元の許に運んだ。

「もしよろしければ、この場で御披見くださってもよろしゅうございます」

その明智の言葉に、

「……相分かった」

と輝元はうなずき、さっそく信長からの封書を開いた。そして一通り目を通した後、無言で隆景に封書ごと手渡してきた。むろん輝元には事前に、余計な感想は一切洩らすなと釘を刺してあった。

隆景もまた、その内容を一読した。

明智が口にしたこととほぼ同じ内容で、今後は両家の紐帯を強めてゆき、それにより共に天下国家の安寧を図っていこうとの文面であった。

むろん信長が実際にそう思っているのなら、毛利家としても真に慶ばしいことである。ただし、本当にそう考えているのならばだ。

そして、今まで風聞にて聞いている信長の性格からして、おそらくそれはないだろう。

あの男はここまでのし上がって来る間に、尾張でも織田同族の主筋を攻め滅ぼし、実弟すらも殺し、挙句には守護の斯波氏まで放逐している。さらには嫁を貰った美濃も八年がかりで併呑し、そもそも織田家とは敵対もしていなかった北伊勢にまで侵攻して、彼の地も実質的に支配下に置いている。

そのように情の欠片もない貪婪な領土欲を持つ男が、先々で毛利家の封土約百万石をこのまま放っておくとは到底思えない。

それでも両家が、これを機に当座は紐帯を強めていくということに関しては、隆景にも異存はなかった。

織田家と毛利家は、今はまだ摂津、播磨、備前の三ヶ国を挟んで直接は対峙していない。山陰道でも同様で、その勢力圏の間には、伯耆の東部、因幡、但馬、丹後の三ヶ国半を緩衝地帯としている。

つまりは、遠交近攻ということだ。

遠き国とは親しくして、近き国を背後から牽制し合いながら順次制圧していくというのは、武門の常套手段でもある。先々での仮想敵ではあるが、直に領土が相接するまでは仲良くして互いに身代を太らせておこうという、暗黙の了解だ。

そこまでを一瞬で考え、隆景は口を開いた。

「織田殿ほどのお方と誼を結べるのでありますれば、当家にとってもまことに頼もしき限りでござりまする。これぞまさしく天下の慶事であると、織田殿にお伝え下さりませ」

直後に輝元も簡潔に和した。

「左衛門佐の申す通りである。これは両家にとって大変に目出度きことである」

明智も満面の笑みをもって応じ、直後には深々と平伏した。

「こちらこそ、まことに有難き次第にござりまする。我が主君も非常に喜びましょう」

他の三人の明智家中の者も依然として無言のまま、それに倣う。おそらくはこのような場での口の利き方を知らない。

さらに隆景は聞いてみた。

「明智殿は、あれでござるか。しばしこの安芸で、ごゆるりとしていかれる時はおありでしょうか」

もしそうならば、これを機に相手から、それとなく織田家の家風や内情を探り出してみたい。

が、これには明智は遠慮がちに答えた。

「まことに残念ではありまするが、出来ればこの吉報を、我が主君にはなるだけ早く持ち帰りたく存じまする」

「左様ですか。ではこちらも織田殿への書面を正式に起こしまする故、明日まではお待ちいただけますでしょうか」さらに気づいて、隆景は付け加えた。「それと、宇品までの帰路には、こちらから改めて警護を付けさせて頂く所存でござる」

　すると、明智は再びやや慌てた素振りを見せた。

「申し上げ忘れておりました。それがしどもは、今井宗久殿の商船にてこの安芸まで参りましたる次第。今、その宗久殿の船は赤間関へと参って商取引を終えた後、北海を回って越前の敦賀へと戻る算段になっておりまする」

「ふむ？」

　つい隆景が首をかしげると、明智はさらに言いにくそうにこう述べた。

「故に、それがしらも石見の温泉津なる湊から再び海に出たく思っておる次第なのですが、このこと、お許しいただけますでしょうか」

　あっ、と隆景は思わず袴の裾を摑みそうになった。

　――これか、と感じる。

　目前の明智の一行をわざわざ派遣して来た信長の真の意図に、ようやく気づく。

　あのうつけは、最初からこの者どもに石見を通らせることが目的だったのだ。

むろんその目的は、毛利家最大の軍事原資である石見銀山を、可能な限り近場から観察することであろう。下手をしたら銀山の中心地である仙ノ山付近の間歩（坑道）まで踏み込むことも目論んでいるかも知れない。さらには銀の積み出し港である温泉津をも仔細に値踏みすることにある……。

そう考えてみれば、明智が引き連れてきた新参者たちの珍妙な取り合わせにも、ようやく納得が行く。

小坂と名乗った兵法者は、その石見の道中で、万が一騒動が起こった時の用心棒だ。そして久兵衛とかいう懸巣顔の元商人は、温泉津や間歩の繁栄ぶりから、銀の出荷量を測るために連れて来たのであろう。愚息とかいう変な沙弥の使いようはいまいち分からないが、ひょっとしたら当家の安国寺恵瓊のように、この明智光秀の知恵袋なのかも知れない。

しかも、この大掛かりな筑前出兵の時を狙って明智らを派遣してきているのだとしたら、信長という男は本当に油断も隙もない、なんという嫌な奴なのかと感じる。

今、三万余もの毛利兵を筑前に派兵することによって、この安芸国一円は、武士たちがほぼもぬけの殻となってしまっている。それは石見銀山周辺の警護兵、歩哨たちも同様で、辛うじて最低限の人数を残しているのみである。さらに言えば、石見国と石見銀山を管轄している兄の吉川元春とその兵団も、すべてが九州にいる。

くそ――。

……出来うることなら、この申し出は断りたかった。

が、両家の紐帯を結ぶ仮約束をした今となっては、それもなかなか断りにくい。それに毛利家の現状を考えれば、織田家とは結びつきを強めておいた方がいい。

現在、伯耆の東部では、尼子の残党が徐々に蠢き始めているという報告も上がって来ている。おそらくは豊前の大友に呼応して動き始めている。

その上で信長の機嫌を損ねたら、感情がどこでどう激するか分からぬあの苛烈な男のことだ。わりに底意地が悪いとも聞いている。あべこべに裏からこっそり、大友と尼子残党の支援に回ることも考えられないではない。それともう一つ、別の心配もある……。

くそ、まったく忌々しい――。

そこまでを束の間のうちに思案した直後、隆景は精一杯の笑みを作って明智を見た。

「相分かり申しました。では、この安芸から石見、石見から温泉津に至るまでの通り手形を、当方からお出しいたしまする」

分かる……目の端で捉えている。この決断にはさすがの輝元も、やや狼狽している様子だ。それでも隆景は言葉を続けた。

「また、貴殿らが通られる各関所にも、その旨の通達を事前に周知徹底させておきまする故、明後日までは出立をお待ちいただければと存じまする」

その間に、石見銀山周辺に、出来うる限り多くの予備兵を新たな警備兵として派遣するつもりだった。

ともかくも隆景は、明智との面談を済ませるや否や、輝元と共に父の許に急いだ。

途中で輝元が、いかにも不安そうに口を開いた。

「よろしいのですか。あのようなことをすぐに請け合われて」

「咄嗟に快諾の返事をせざれば、信長は後日、石見銀山の採れ高の大きさにますます確信を抱くであろう。それはならぬ。あちらは今、幕府と朝廷をも抱き込んでいる。いつ何時難癖をつけて、貧乏所帯であられる帝や公方のために上納金を払えと言って来ぬとも限らぬ。故に、銀山街道を通らせはするが、絶対に仙ノ山には近づけぬようにする」

そして城下にいる予備兵のありったけを、石見銀山に向かわせる旨を口にした。

そんな会話をしている間にも長廊下を進んでゆき、奥の間で待っていた元就に会った。

隆景は、信長が派遣して来た外交団の様子と、彼らが申し出てきた表と裏の二つの来訪目的、それらへの自らの対応を、そうせざるを得なかった訳も含めて詳細に語った。

案の定、父は思い切り顔をしかめた。

「あの尾張の出来星めが……なんと狡猾な奴なのだ」

まずはそう吐き捨てた。けれど直後には隆景と輝元を交互に見遣って、溜息をついた。

「仕方あるまい。現状では、温泉津まで通してやるしかあるまい」

それからやや思案した後、小姓を介して天野隆重という老将を呼んだ。

天野隆重は元就の勃興期から毛利家に随身した安芸の国人で、今年で六十七になる。

が、その四肢は異常に頑健で、未だ戦の采配にも目覚ましいものがあり、今では山陰への睨みとして月山富田城の城代を任されていた。

そして天野は、尼子残党の今後の掃討戦の打ち合わせで、たまたまこの吉田郡山城に来ていた。

父の元就は年が近いせいもあってか、この古参の生き残りに対しては、わりに気安い口を利く。

この時も天野が隆景たちの前に現れると、さっそくこう問うた。

「そちは、酒を今も嗜んでおるか」

「まず、少々は」

するとと元就は苦笑した。

「なにも酒を控えているわしに遠慮することはない。月山富田城では無聊に任せて、今でもかなりの酒量をかっ食らっているという専らの噂であるぞ」

すると天野は、これまた年に似合わぬ白い歯を無言で覗かせた。臓腑までもがまだまだ丈夫であるらしい。

「ついては、そんなそちに頼みがある」元就は言った。「今、織田家の使者がこの城に来ておるが、明後日まで滞在する。その者らの接待役を務めて欲しい」

「はて、それはいかように？」

「簡単なことである」元就は微笑んだ。「彼奴らに、散々に酒を飲み食らわせれば良いのだ。はるか年長者の勧めとあれば執拗に杯を勧めても、さすがに断れぬであろうよ。終始酒が残っているような有り様にして、これよりの三日間、城内を不用意にうろつかれる心配をなくしてくれ」

これには天野も笑い出した。

「あは。そのお役目は、まこと拙者にはうってつけにてありまするな」

こういう部分、天野は歴戦の老武者ながらも、諧謔をすぐに解する男であった。いつまで経っても精神が若いのであろう。

元就もまた、大きくうなずいた。

「また、そこまで接待すれば、織田家への厚意もあく強くに示すことが出来るというものである。その上で織田家の使者たちが予定している明後日の出立が、さらに延びてくれれば言うことはない。

何故そうせざるを得ないかは、知らぬほうがおぬしのためだ」

「かしこまって候」

天野がふたつ返事で去った後、元就は隆景を見た。

「さて……おぬしはその間に、明智なる者らに気づかれぬよう、予備兵を石見銀山へと順次振り向けるのだ。そして送り出しが終わり次第、筑前へと急ぎ戻れ。あちらはあちらで放ってはおけぬからの」

「承知いたしました」

そう答えながらも、改めて感じ入ったものだ。肉体が衰えたりとはいえ、やはりこの父は頼りになる。

軍事や政(まつりごと)はむろんのこと、俗事における人々の機微も、相変わらず実感として分かっている。こういう慮(おもんぱか)りは、まだまだ自分には足りないところである。

隆景は、翌日から二日をかけて予備兵を石見に向けて密かに送り出し終えた。そして、早くもその日の夕刻前には、慌ただしく筑前の戦場へと引き返し始めた。

後のことは、父がまずまず上手(うま)くやってくれるだろう……。

2

光秀はもう、酒浸りでふらふらだ。

むろん愚息ら他の三人も同様だった。

わはは、と天野なる老人は自らも大いに酔って、今朝も執拗に酒を勧めてきた。

「なにせ、織田家からの大事な御使者であられる。饗応に手を抜いては、このわしがお叱りを受けますするからの」

そう言われると光秀たちもさすがに再び飲まざるを得ないが、朝、昼、晩と膳の度に、こうも酒を勧められては敵わない。

また、天野は呑兵衛にはありがちの大変なお喋りでもある。

「ほう。宇品まで戻るのではなく、温泉津へと抜けて、北海からお戻りになられると言われるか。初めて知り申した」

まんざら嘘でもなさそうな口調だった。さらに天野は得々として、こう続けた。

「北海はこの夏場、とても碧い色をしております。眺めていると、その碧さにはなにやら我が身まで洗われるようにて、いたく哀しき光景にてありまする」

さらには、

「わしは今、出雲の月山富田城を殿から預かっている身でござるが、あれでありまするな。滅んだ武門の城郭で日々を送るというのは——わしも年を取ったからでありましょうが——人の世の無常というものを、特に夕暮れ時などはしみじみと感じさせられまするな」

などと、毒にも薬にもならぬ世間話を無尽蔵に繰り出してくる。

そして日中、酔い覚ましのために少し城内を散策している時も、天野は光秀たちに終始付きっきりだった。

しかも、

「そちらの曲輪は足元が危のうござる。ささ、こちらへとお戻りあれ」

「あちらの出丸にはこの時期、蝮がよう出まする。噛まれては一大事でござる」

などと子供扱いをされて、攻防時の要となる城郭の肝心な部分は、ぜんぜん見せてもらえない。

それ以上に、この毛利家の重臣にのべつ付きまとわれて、気持ちもいい加減に疲弊していた。

なにせ光秀たち四人は、決して毛利側には洩らせぬ密命を帯びてこの地に来ている。その忸怩たる思いは、いかにも豪放そうな天野の武者面を見るにつけ、さらに強い後ろめたさへと変わる。

ついに堪りかね、三日目の昼過ぎに、新九郎がこう提案した。

「天野殿、大手門より下った麓に、大層な社殿がござりましたな」

「祇園社のことでありまするかな。大きな六本杉のある」

「そうでござる。たしかに境内に巨木が六本、生えてござった」新九郎は言った。「それがしはそもそもが坂東の鹿島神宮にて兵法の修練を行った者にて、今でも五日に一度は社に参拝することを習わしとしております」

「ほう」

「故に大手門より下って、ちと参拝したいのですが、構いませぬでしょうか」

そこまでを聞いて、光秀には新九郎の意図が透けて見えた。

三日前に初めて登城したときに、自分たちは大手門から今いる尾崎丸までの経路を、既に上って来た。そのことは天野も知っているはずだ。

案の定、相手はこう言った。

「わしも付いて行っても構いませぬが、どうなさる」

る」

「いえ、それがしの勝手な望みにて、麓まで天野殿のお手を煩わせるのは、まことに恐縮にてござる」

左様か、と相手はすんなりとうなずいた。「さればその間、わしは本丸へと戻って、そろそろ通り手形が出ておるかどうかを確かめておきまする。出ておれば、すべての関所への通達が終わったということ。故に貴殿らは、帰路は本丸まで真っ直ぐに上って来てもらっても構いませぬかな」

光秀たちは、思わずほっとして一斉に頭を下げた。

「お手数をおかけ致しまする。ありがとうございまする」

それから四半刻後、光秀たちは吉田郡山城の南の麓にある祇園社に着いた。

見事な杉の巨木が立ち並んだ境内は、まったくの無人だった。

信長から事前に聞いていた通り、郎党や家臣、被官たちのほとんどは、やはり筑前に出陣しているものと見える。

光秀たちは形ばかりの参拝を済ませた後、境内の奥にあった神楽殿の手前まで進み、軒下の礎石に腰かけた。神楽殿の舞台は、屋根と梁があるだけの吹き曝しの建物であった。ここならば、誰かが自分たちの近くに忍んでいるということはない。

既に周囲では、油蟬に交じって蜩の鳴き声も聞こえ始めている。

出立は明日になるな、と光秀は六本の巨木を眺めながら、ぼんやりと感じた。完全に気が抜けていた。

なにせ城内では寝起きしている間も、どこに聞き耳や盗み見があるのか分かったものではなかった。

だから四人とも、その天井裏や廊下の耳目を警戒して、本音は一切口に出していなかった。

と、隣の愚息が最初に口を開いた。

「新九郎よ、おぬしはなかなかに気の利いた方便を使ったの」

すると新九郎は小さく溜息をついた。

「あゝでも言わずば、あの御老はわしらを手放してはくれまい」

愚息も仕方なさそうに苦笑した。

「まったくだ。憎めない御仁ではあるがな」

二人とも自分と同様に、相当に気疲れがしているようだ。

けれど、土屋だけはまったく平気そうな顔を、涼しくなり始めた夕暮れ前の微風に晒している。

この小男もまた、さっそく口を開き始めた。

「見たか。三日前の、あの謁見の間を。毛利殿がおられた高座の周辺を」

すると愚息は顔をしかめた。

「この馬鹿めが。我ら四人は横並びで拝謁していたのだ。当然、見知っておるに決まっておろうが」

すると土屋は口を尖(とが)らせた。

「愚息よ、わしはおぬしがわりと気に入っておる。なのに何故、わしだけにはいつも邪険にするのだ。安芸に来るまでの船中でもそうだったではないか」

それ、そのモノの言いようよ、と愚息も負けずに言い返す。『わりと気に入っておる』などとは、およそ相手に対して失礼ではないか。また、上からの物言いでもあるわい。だいたいおぬしには人を人とも思っておらぬところが常にある。そこが気に食わぬ」

まあまあ、と光秀は両者を取りなした。

「久兵衛には、何か申したいことがあるようだ。だからまずは黙って聞こうではないか」

土屋は、先ほどの続きをせかせかと話し始めた。

「毛利殿の背後にあった、大きな金屏風のことである。松の絵の背後の一面が、金箔(きんぱく)で覆われていた。天井と鴨居の間にずらりとはまった欄間もそうだ。あれほどに細かい細工が施された欄間には、そうそうお目にかかったことがない」

「ふむ」

「少なくともわしの仕える武田(たけだ)家には、あんな豪奢(ごうしゃ)な物はない。あれをもってしても、毛利家の裕福さは推して知るべしである。当然、石見の銀山もそれなりの採れ高があるものと見た」

なるほど、と感じる。

愚息が再び土屋に言った。

「おぬしは金の匂いがする物には、いつも敏感であるな」

「当たり前だ」土屋は平然と答えた。「それが、わしの仕事でもある」

「好きでもあろうしの」

「まあ、そうだ」

ふと光秀は可笑(おか)しく思う。

愚息は土屋につらく当たるわりには、なんだかんだとすぐ相手の言葉に反応する。それはつまり、土屋のことが気になっている証拠だ。

ややあって、しばらく黙っていた新九郎が口を開いた。

「それよりも、静かであるな。百万石の封土を持つ大名の城下とは、とても思えぬ」

そう言って、祇園社の南にずらりと建ち並んだ毛利家の家臣たちの家屋群を見遣った。

その屋根の連なりは、城の外堀である多治比川を挟んださらに南にも延々と続いているが、この祇園社の境内と同様、人の気配というものがまったく感じられない。

土屋が言った。

「三日前に来た時から、静かであったではないか」

しかし、新九郎は首を振った。

「来た時はまだ、油売りや馬買などの声が多少なりとも聞こえていた。今はそれも聞こえぬ。城下から、さらに人が居なくなっている」

「行商人たちが通りを巡っても、商売にならぬのであろうな」愚息が答えた。「おそらくは石見へと新たに人をやったのだ」

あるいはそうかも知れぬ、と光秀も感じた。が、そうなることもある程度は見越して、自分たちは予め計画を立てて来ている。

日暮れ前になって本丸まで戻ると、果たして天野は、光秀たちが心待ちにしていた通り手形を渡してきた。

「これで、温泉津まで安心して通ることが出来まするな」

そう、我がことのように嬉しそうに笑った。

翌日の早朝、光秀たちは朝靄の立ち籠める吉田郡山城を出立した。

天野は、光秀たち一行を見送るために、わざわざ城を一緒に下りて来た。そして麓にある祇園社はおろか、境内の側を流れる多治比川が、可愛川（江の川）と合流する地点までわざわざ見送ってくれた。

光秀は、事前に調べて知っていた。

江の川は、中国地方随一の河川である。また、この山陽から山岳地帯の谷間を抜けて山陰へと緩やかに流れ下っていく、中国地方では唯一の大河でもある。

ここより西方にある石見国境近くの阿佐山に発し、安芸吉田と三次を経由して石見へと入り、はるか彼方にある江津という湊で、北海に流れ込む。およそ五十里もある大河であった。

天野もまた、そのようなことを一通り説明した後に、こう言った。

「ここより川沿いを北東に進み、三次郷を経て石見との国境を抜ける。そのあたりで今日は日暮れとなりましょう。二日目も江の川に沿って山間を下っていかれれば、美郷郷の粕渕という川泊へ着きまする。その泊を、二泊目とされたほうがよろしい」

この老人は山陰と吉田郡山城を行き来しているだけあって、さすがに行程には詳しい。

「三日目は川べりから離れて、山岳部へと上っていく銀山街道にてござる。険阻な山道で足腰には辛き道程ではありまするが、場所によっては山陰の名峰・三瓶山がご覧いただける。それを道中の慰めとされよ。さすれば北海に陽が沈む前には、温泉津へと着きましょう」

この懇切丁寧な説明には、光秀たちも深々と頭を下げた。同時に、この親切な老人に対して、申し訳ない思いがますます募ってくる。

せめて感謝の気持ちだけでも伝えようと、光秀は口を開いた。

「昨日までの御饗応に加えまして、今朝もかようなまでにご親切にして頂き、この明智十兵衛御礼のしようもござりませぬ」

事実そうだ。天野は今朝の朝餉（あさげ）にも付き合ってくれたが、その時は酒を一切勧めなかった。今日の道程のために、気を遣ってくれているのだ。

すると天野は微笑んだ。

「銀山街道はその名の通り、石見銀山へと至る道。途中で仙ノ山と山吹（やまぶき）城という、二つの山に挟まれた谷間を通りまする」

「……はい」

「もしわしの饗応を多少なりともお気に召してくださったのなら、くれぐれもその場所では、妙な好奇心は起こされぬことですぞ」

光秀たちが思わず黙り込んでいると、天野は不意に顔をしかめた。

「やれやれ。年寄りになると老婆心から、殿からも言われておらぬ余計な一言を、ついつい申し上げてしまいまするな。失敬」

けれど、これまた嘘を言っているようには見えなかったから、余計に光秀たちは返答に窮した。

しかし天野は、そんな光秀たちの反応もたいして気にしていない様子であった。しみじみとした口調で、こう続けた。

「されど、名残り惜しゅうござるな。はるか他国のお方とここまで昵懇にさせて頂いたのは、それがしも初めてのことでござった。もう二度とお会い出来ぬであろうからこそ、惜別にも格別な情が湧き申す」

愚息が感じ入ったように口を開いた。

「天野殿は、真の大丈夫でござりまするな。直ぐなお心を今も汚れぬままお持ちであられる」

すると天野は、再び少し笑った。

「なんの。わしの両手は儚くも滅んでいった者どもの血の記憶で、今も塗れておる。だからこそ、生き死にの伴わぬ方々との邂逅はかように悦ばしきものであったかと、改めて感じ入っておる次第にてござる」

確かに見事な老武者だ、と光秀も内心で思った。乱世ゆえの無残さと寂寥感が、かえってこの男の精神を味わい深く結晶化させている。

天野は、最後の別れ際にこうも言った。

「くれぐれも道中にはお気を付けられよ。そして今後も、ご健勝であられよ」

そして道中を進み始めた光秀たちが振り返る度に、長い間手を振り続けていた。

3

新九郎たち一行は、黙々と歩き続けている。

やがて山間の三次という宿場町とその両端にあった関所を過ぎると、江の川は徐々に方向を変えた。それまでの北東に向かっていた流れから、ほぼ真西へと進み始めた。

天中から傾きかけた太陽が、新九郎たち一行の顔を照らし出してきた。

さらに一刻ほど歩き続けると、その陽光が徐々に左側から差すようになった。川が再び方角を変え、北へと向かって流れ始めたのだと知る。

「気が、乗らぬのう」

愚息が長い沈黙を破り、不意にぽつりとつぶやいた。

「何がだ」

つい新九郎は聞いた。

「じゃから、石見銀山を調べることだ」愚息は小さく溜息をついた。「なんとのう、気が進まぬようになった」

が、こんな時に決まって文句を言うはずの光秀は、こちらを振り返って珍しく澄んだ笑みを見せた。

「おぬし、あの天野という御老体にやられたの」

「かも知れぬ」愚息は答えた。「一緒にいる時は辟易していたが、こうして別れてみれば多少寂しくもある」

光秀は、再び笑った。

「あるいは、あの御老を我らの饗応に遣わした小早川中務大輔（隆景）殿か毛利陸奥守（元就）殿に、感心すべきであるかも知れぬの」

つい新九郎も口を開いた。

「確かにな」

が、この暗黙の了解のうちに成り立った会話を、一人だけ理解していなかった者がいる。

「何が、やられたというのだ。それにどうしてあの二人に感心する」

と、土屋はさっそく甲高い声を上げた。

「だいいち、あの御老を饗応に差し向けたのは、当主である毛利輝元殿であろう」

途端、愚息は深々と溜息をついた。

「おぬしは、本当に何も分かっておらぬ男であるな」さらに呆れ切ったように、憎々し気に言葉を続けた。「その頭の中は、いつも金子銀子と女のことで一杯か」

「なにを言うか」これには土屋も多少むっとした。「わしはこれでも、それなりに物事を考えて生きておるつもりだ」

「が、人の機微には、まったくの朴念仁であるようじゃの。武門の中で実は誰が重きをなしているかもまるで分かっておらん。およそ人を見る目というものがない。とても猿楽師の子として生まれた者とは思えぬ」

土屋はさらに口を尖らせた。

「さればこそ芸の道は諦めて、こうして武士になったのだ。文句でもあるのか」

愚息よ、と新九郎は二人の会話の間に咄嗟に入った。

「我らは久兵衛のおかげで無事に甲斐からも戻ることが出来た。そのように悪しざまには申さぬものだ」

途端、土屋が嬉しそうに言った。

「さすがに新九郎は、人が優しく出来ておる。人はなべて女子(おなご)の如く嫋(たお)やかであらねばならぬ」

この得々とした様子には、新九郎もまた、なんとなくむっとした。

そのような形で一日目は終わった。


二日目となった。安芸から石見へと国境を越えても、江の川はまだまだ北流を続けていた。けれど大河の勾配(こうばい)は相変わらず緩やかなので、新九郎たちの歩く川沿いの道にも、特にこれと言った難所はない。

代わりに、再び陽が傾き始めた頃から頻繁に現れるようになってきたのが、毛利兵の詰める関所であった。

「あっ、これは織田家中の方々であられるか。道中、ご苦労なことにてござる」

「温泉津までは、あと一日と半ほどでござります」

などと、一見その言動は親切ではあるものの、新九郎たちを見遣る目は少しも笑っていない。こちらへの警戒心が丸出しだった。

そんな関所と関所の間で、愚息が口を開いた。

「あれじゃの。中務大輔殿から我らのことを、相当に口うるさく言われているのであろうな」

「まあ、そうであろう」光秀が淡々と答える。「陸奥守殿が引退なされた後は、中務大輔殿が毛利家の実質を切り盛りをされておられると、専らの世評であるからの。事実、あの謁見の間でもそういう雰囲気であった」

「まったくだ」愚息も同意した。「こう申しては悪いが、あの若当主は愛想の良い木偶(でく)同然に見えた」

　ほう、と土屋がようやく納得したような顔をした。「……そういうわけか」

　愚息は、なおも光秀に語った。

「この様子では仙ノ山周辺の警戒も、さぞや厳重なものになっておろうな」

「むろんはそうだろう」光秀はうなずいた。「が、我らとてそれは、充分に予見してきたことだ」

　粕渕という川泊の宿に泊まった翌早朝より、江の川から離れていよいよ本格的な銀山街道へと入った。

　途端、これまでの緩やかな道が嘘のような峻険な上りが延々と続いた。地元では「やなしお坂」と呼んでいると、宿主が昨夜に語っていた。八名塩、と書くらしい。

「あの坂は、こうして『銀の道』になりまする以前も、古くより北海で獲れた魚や塩を運ぶ難所でありました」

　しかも坂は、昨夜に降った雨で相当にぬかるんでいた。夏場の湿気も周囲の木々から盛んに湧いてくる。

　新九郎たち四人は、四半刻も経たぬうちに、たちまち汗だくとなった。

「これは堪らぬ」

　土屋が早くもうんざりしたような声を発した。

　と、ここで珍しく愚息のほうから土屋に声をかけた。

「おぬしは甲斐の山家育ちであろう。しかも女子を背負って川を渡り、その後も平然と山道を登っていた」

　ようは、健脚ということを言いたいらしい。

　すると相手は、愚息のほうから久しぶりに話しかけられたのが嬉しかったのか、さっそく矢継ぎ早に言葉を返した。

「甲斐にはの、あまり雨が降らぬ。それに、わしは雨の日が嫌いじゃ。だから外にも出ぬ。雨の金山にも行かぬ。危ない時があるでな」

「雨の山は、危ないのか」

「むろんである。時に鉄砲水が出る。地滑りも起こる。剝き出しの山肌じゃからの。金掘衆も大勢死ぬ時がある」

　そして束の間黙った後、一つ溜息を洩らした。

「だから雨の日や泥濘は、今も嫌いじゃ」

　ほう、と新九郎は少し驚いた。この男にも人並みの情緒があったのだ。

愚息も同じことを感じたようで、こう言った。

「おぬし、自らのお務めには存外にまともじゃの」

「当たり前だ」土屋は、珍しく毅然として言い返した。「先日も申したが、この土屋十兵衛は武門への赤心ではなく、我が才をもって武田家に用いられておる。だから、その才に誠実に働くのは当然のことだ」

　が、これらを聞いていた光秀は、慌てたように顔をしかめた。

「これ、久兵衛よ。ここはもはや、敵地の真っ只中である。どこで誰が聞き耳を立てているか分からぬ。しかもあそこには――」と、峠付近の林の中に見え隠れしている関所を指し示した。「また番所のようなものが見えている。武田や自らの姓名など、滅多なことは口走らぬものだ」

　すると土屋は、いかにも心外そうな声を上げた。

「しかし『甲斐の山家育ち』などと言い出したのは、愚息ではないか」

「ともかくも、そのような言葉を口にするな。本名を言わぬということも、おぬしが初めに釘を刺してきたことだ」そして愚息を見て、こうも釘を刺した。「たしかに禁句を先に出したのは、おぬしである。以降、慎んでくれ」

　これには愚息もすんなりと頭を下げた。

「すまぬ。軽はずみであった」


　しかし、そこから先の道程は、無駄口を叩けるような状況でもなくなった。

　掘っ立て小屋のような番所から出てきた毛利兵たちは、存外に多かった。

「これは、織田家中の方々であられまするな」

　光秀が手形を出すまでもなく、一斉に頭を下げてきた。そして通り手形を確認すると、さらにその態度は丁重になった。

　しかし、すぐに有無を言わさぬ口調でこう通告してきた。

「では、これより先の番所までは、我らが先導いたしまする」さらにその兵卒頭は、思い出したように言葉を付け足した。「ここら辺りは、日中でも時に野伏(のぶせり)が出ますするのでな。万一のことがあっては大変でござる」

そして新九郎たち四人は、前後を十名ほどの毛利兵に挟まれたまま、黙々と峠道を歩き始めた。

しばらく歩き続けると、不意に周囲の林が開けた。

東方の眼下に続いている高原の先に、こんもりとした山並みが遠望出来た。ちょっと類を見ないほどの柔和な山容をしている。

「あれは、三瓶山と申しまする」兵卒頭が歩き始めてから、初めて口を開いた。「左から、男三瓶山、子三瓶山、孫三瓶山となり申します」

光秀が、やや遠慮がちに口を開いた。

「あの山々にも、その野伏とやらが？」

「よく出まする」

「それは、尼子氏の残党にてござりまするか」

「そのような時も、そうでない時もありまする」そしてやや躊躇った後、こうも言った。「皆、銀子を狙っているのでありましょう」

あるいはその可能性もあるだろう、と新九郎も思う。

しかし、それだけではあるまい。この毛利兵たちは、今日ばかりは銀子よりも、この道程で自分たちが勝手に道を外れぬよう、どこかに行方を晦まさぬよう、しっかりと見張っているのだ。

事実、兵卒頭はそれっきり口をつぐんだ。むろん他の毛利兵も同様だった。

次の再進坂という峠の番所からも、新しい兵卒たちがわらわらと出て来た。建物の大きさに比して、明らかに兵数が多い。やはり警備が増強されているのだと悟る。

新九郎たちを護衛してきた兵は、そこで引き返して、新しい引率兵に入れ替わりとなった。今度こそ次の番所までを皆が一言も発せずに進んだ。さらに数十町（一町＝約百九メートル）ほども進むと、再び番所が現れた。七本槙という場所らしかった。再び毛利兵が交代する。

峠道の険阻な上り下りを汗塗れになって歩き続けると、二十町ほどでまた番所が現れた。引率する毛利兵が今度も入れ替わる。

そのようにして自分たちの身柄の引き渡しが延々と続き、その行程での無言行にもいささかうんざりとし始めた頃、西方の尾根に禿山が束の間見えた。

明らかに人の手で大幅に削り取ったと思われる山肌だった。いびつな剝き出しの地表には、掘っ立て小屋が至るところに密集している。崖のように切り立った間歩も見え、大型の櫓のようなものも散見された。

かねて光秀から聞いていた仙ノ山に違いない。石見銀山の深奥にある。右隣にある山の頂には、城が見えた。となると、あれが銀山周辺の治安を司る山吹城だろう。が、その光景は再び左側の深い森に遮られて見えなくなった。

そこから番所の間隔はさらに短くなった。ほぼ十町ごとに関があり、詰めている毛利兵たちも、さらに重苦しい雰囲気を醸し出してきた。

山道の両側にも竹矢来が出現した。行く手に延々と続いている。その柵の連なる道が、やがて次第に平坦な下り道へと変わった。

ふと気づいた。森の向こうから、荷車の行き交うような音がかすかに聞こえてくる。岩を鉄槌で叩いているような音もする。

やがて竹矢来の先に、大きな楼門が現れた。その門の両側には、槍を片手にした毛利兵が二十名ほども佇んでいた。今までで最も多い兵数であった。

その木戸門を、十五名ほどの新たな毛利兵に前後を挟まれて抜けていく。

しばし進むと、前方の視界が突如として開けた。

直後、新九郎は啞然とした。予想もしていなかった光景に完全に度肝を抜かれた。

驚きに声を失くしたまま、周囲に忽然と広がった一大都邑を見渡す。

光秀と愚息の息を呑んだ気配も伝わってきた。

目の前には、四方を山に囲まれた盆地が細長く続いている。その狭隘な盆地に、圧倒的な数の家が一分の隙もないほどに建ち並んでいた。

盆地の中央にある大通りには、商家らしき家屋が長々と軒を連ねている。それら商家を周囲から取り囲むようにして、民家もびっしりと密集していた。四方の山の中腹に至るまで蜿蜒と這い上がっていた。

毛利兵に引率されて、新九郎たちは大通りを歩き出す。通りの右脇を、川床が茶褐色をした小川が流れている。

そして大通りもまた、通行人でごった返していた。荷車や行商人、鉱夫と思しき者が頻繁に行き交っている。

それら群衆の両側には、大きな看板を掲げた商家――米屋や宿屋はむろん、飯屋、呉服屋、両替屋、鍛冶屋、味噌屋などが、前方への視界が続く限り軒を連ねている。日常生活に必要な物は、すべてこの通りで賄えるようになっているらしい。

さらに呆れたことには、土屋の大好きな娼家も辻々の至る所で目に付いた。この土地にはよほどの銭が唸っているものと思える。

正直、新九郎は京以外で、これほどの殷賑というものを見たことがない。むろん毛利家の吉田郡山城の周辺に広がった屋並みより、はるかに密集している。およそこれほどの町は、そうそうないのではないか。

いや……小田原ではどうかと思い直し、十代の若き頃へと記憶を遡ってみる。

生まれ故郷の相模の主である後北条氏は、関八州の三百万石を束ねる東国随一の大大名でもある。この大国の武門としての実力はともかくとして、単に勢力圏ということだけで言えば、尾張と美濃、近江と山城、大和を押さえた織田家をも軽く凌ぐ。

その北条氏の統治下で大いに発展した町が、小田原である。

が、やはり小田原も、ここまでの殷賑ではなかったような気がする。良くても互角か、下手をすれば山間に豁然として拓けたこの銀山町のほうが栄えている。

となると、この町の規模は、小田原の戸数である一万戸を超えているかもしれない……。

ややあって、気づいた。

商家の裏手から続く民家は、その屋根の造りが山の中腹へと上がっていくにつれて粗末なものとなっていた。一番上の民家は、左右両側の山とも貧民窟のような掘っ立て小屋だった。

裕福な住民は下に住み、貧乏人ほど丘陵の上に住んでいるようだ。

普通は逆だと、新九郎は思う。

最も力のある武士のような者が山手に住み、次に富裕な商人たちが、その周辺のやや下った場所に住む。そうやって低い場所になるにつれて細民、窮民が住み着いていく。

が、この銀山の町では、その成りたちがまったく逆になっているようだ。

先ほどからやたらに目に付く女郎宿にしてもそうだ。これまた通常の町なら、最も繁華である辻になど滅多に建っていないものだ。しかしこの町では、女郎屋こそが最も金を使う場所だと言わんばかりに、立地の良い場所に建っている。やはり、泡銭(あぶくぜに)の町なのだ。

ふと気づいた。

目の前を歩いている光秀の後頭部が、異様に光っている。細かな汗をびっしりと頭皮に掻(か)いている。この町の予想外の、しかも途方もない巨大さに、光秀も明らかに衝撃を受けているのだ。

その横を進む土屋も、先ほどから盛んに左右を見回している。畿内で生まれたこの男にも、これほどの町は珍しいものと見える。あるいは女郎屋にいたく興をそそられているだけなのかも知れない。

隣を歩く愚息を振り返った。愚息もちらりとこちらを見て、小さく溜息を洩らした。

「正直、わしは今、かなり圧倒されておるぞ」

その昔に唐(から)や呂宋(ルソン)、暹羅(シャム)まで海を渡っていったこの男でさえ、自分と似たような感想を持っているらしい。新九郎も思わず口を開いた。

「まったくだ。わしも驚いている」

と、そのわずかな会話に釣られたのか、土屋も声を上げた。しかもあろうことか、自分たちの脇を歩く毛利兵に話しかけた。

「もうし――」

「なんでありましょう」

相手が言葉少なに応じると、さらに土屋は言った。

「それがしは織田家に仕えまする前は、商人でござりました。その頃は津々浦々を巡っておりました」

この思わぬ前身の吐露(とろ)には、さすがに毛利の兵卒も面食らったようだ。

戸惑っている兵卒の代わりに、兵卒頭が口を開いた。

「それが、どうかなされましたか」

はい、と土屋は、この時ばかりは尋常に答えた。「そんな拙者でも、かほどの繁華な町が山間にあるとは、見たことも聞いたこともござりませぬ」

これには兵卒頭も、少し笑った。

「そうで、あられましたか」

そして少し間を置き、

「拙者も、まさに同様にてござる」

と簡潔に答えた。

が、その後は兵卒頭も口をつぐんだ。再び黙々と歩き始めた。おそらくは吉田郡山から、織田家の使者とは余計な言葉を交わしてはならぬとでも言われているのであろう。

大通りの殷賑は、驚くべきことに七、八町ほど進んでもまだまだ続いていた。これほどまでに密集した商家の連なりには、洛中の通りでもお目にかかったことがない。

新九郎は心中で計算する。仮に戸数が小田原と同じ一万としても、一軒につき四、五人の家族は住んでいるだろう。他にも大きな商家や長屋などは、たぶん十人から数十人は寝起きしている。となると、この狭隘な盆地には優に五万を超す人々が押し合いへし合いして暮らしていることになる。人の群れも恐ろしく過密になるわけだと感じた。

さらにしばらく進むと、前方の両側に山吹城と仙ノ山が改めて間近に見えてきた。城の建つ右手の山は、地元では要害(ようがい)山と呼ばれていると、昨日の宿主は語っていた。

両側の商家が少しずつ途絶え始めると、右手に大寺が現れた。その蔵泉寺(ぞうせんじ)の伽藍(がらん)の先に、厳(いか)めしい山門のような番所があった。

その番所で、毛利兵が再び交代した。

番所を抜けるといきなり町並みが変わった。商家に代わって武家屋敷の生け垣が、両側に延々と続いている。そして人通りも、がくんと少なくなった。通りを行き交う荷車や行商人の数はあまり変わらないが、工人、鉱夫などの数が圧倒的に減った。武士階級の人々はそもそも用もないのに外をうろつかないから、なおさらだった。

小ぶりな武家屋敷の連なりの途中に、神社仏閣が再びぽつぽつと現れ始めた。わずかな距離の間に、四、五カ所はあったと思う。

女郎屋と同じだ、と新九郎は思う。

この土地には、やはり銭が唸っている。だから寄進も集まり、このような近場に寺社がいくつも出来る。

道の先に、仙ノ山が再び見え始めた。歩いていくにつれ、間近に迫ってくる。仔細に見るとますます無残な山肌だった。剝き出しの平場や掘削した崖の至る所で、鉱夫たちが黒蟻のように集って(たか)いた。

反対の要害山にある山吹城は、山頂付近の地形を利用して曲輪を階段状に配した階郭式の山城である。鉄砲が出現する以前の城郭形式で、敵が下から攻め上るには相当に難儀するだろう。が、仙ノ山からの銀の出荷を管理するには、やや離れた立地にある。

以前はそれでも良かったらしい。

光秀から聞いた話によれば、尼子氏がこの銀山を押さえていた頃は、同氏が開発した銀山街道は、仙ノ山から要害山の麓を経由して、北海の鞆ケ浦(ともがうら)という天然の良港まで続いていたという。だからその当時、仙ノ山から運び出した銀は、通り道である要害山の麓を回り込む時に山吹城の監査を受け、あるいは城郭内の建物に一時保管されてから、改めて運び出されていたのではないかと語った。

もうひとつには、尼子はこの地で毛利との戦いを長年繰り広げており、大事な銀をすぐには強奪されない場所に保管しておく必要があったのかも知れない。

そして光秀は、こう続けたものだ。

「いずれにしても尼子は既に滅び、毛利方にそれ以前の銀山の様子を聞けぬ限りは、これら銀子の昔の在り処(か)もわしの推測でしかない」さらに言葉を続けた。「ところで、毛利家はこの地を奪取した後に、新たなる銀山街道を拓いている」

それが今の銀山街道であり、以前に尼子の造った道より南の山中を経由して、新九郎たちの今日の目的地である温泉津まで続いている。

そして今、山陰における毛利の覇権が確立している以上は、仙ノ山から採れた銀を、わざわざ距離の離れた要害山まで運ぶ必要もない。

「となると、今では要害山より近い平地に銀子を管理する場所があると、わしは見ている」

そう、光秀は結論づけた。

そんなことを思い出しながらさらに歩いていると、やがて仙ノ山から下ってきた山道と、新九郎たちが歩いてきた大通りが合流した。

その合流した先に、大ぶりな陣所が現れた。

板張りの塀の仕上げが真新しく、中央にある門の軒下に垂れ幕がかかっていた。『一文字に三ツ星』の家紋が見える。毛利家の紋だ。敷地を囲む浅い堀も、切り口の鮮やかな石垣で囲まれている。銀山が毛利家の支配下になってから造られた建物であることは明らかだった。

その堀の前に数頭の馬が繋がれている。毛利の上級武士や兵も多数詰めているのだろう。と、新九郎が見ている間に、商人風の男が門の中から出てきた。大八車と数人の人夫が、その後に続く。

これだ、と新九郎は直感する。

この営所こそが、光秀が言っていた銀子を管理する役所であろう。

その陣所を過ぎて五町ほど進むと、正面に山が迫ってきた。両側にあった屋敷の生け垣が途絶え始め、代わりに現れたのが、この狭隘な街に入る時にも目にした竹矢来だ。柵が新九郎たちの左右に続き始めた。

さらに二町ほど進むと、果たして町の入り口で見たような大きな楼門が現れた。番所も併設されており、その前には二十名ほどの毛利兵が佇んでいた。

もう銀山街は終わりなのだと感じる。

となると、町は門ごとに二つの場所に分かれているのだ。初めの楼門から二番目の山門までが町人街であり、二つ目の山門からこの三つ目の楼門までが武家屋敷の地域で、こうして歩いてきた感覚では、合わせて半里と十町ほどの細長い家並みであったようだった。

楼門を出ると、案の定そこからは山間を上っていく深い森が続いていた。そしてその坂は、脇にあった六地蔵を過ぎた辺りから急激な勾配となった。

新九郎たちは再び滝の汗を掻き始めた。引率している毛利兵たちの息も、次第に上がり始める。が、あとから振り返れば、この降露坂(ごうろざか)と言われている坂道が、温泉津に至る山道の中では最もきつかった。朝の八名塩坂に勝るとも劣らぬ急勾配の山道を汗みどろになりながらも半刻ほど延々と上り続け、ようやく峠へと出た。

峠の番所で毛利兵が交代した。

峠から再び半刻ほど山道を歩き続け、山中の西田(にした)という集落に出た。さらに毛利兵が交代する。そこからも一刻半ほど上り下りを繰り返しながら、二つの番所を通った。むろんその度に毛利兵も交代した。

三つ目の番所を通り過ぎてしばらくすると、両側の森から差し込んでくる陽光が、少しずつ明るくなってきた。深い山中を抜け、平地に下り始めているのだと新九郎は感じた。

やがて尾根沿いの道から、ようやく北海が見えるところまで来た。その行く手では、ちょうど西陽が水平線に落ちかけているところだった。

4

北海に面する温泉津は、鎌倉末期の頃から山陰屈指の港町として栄えてきた。

理由がある。

この天然の良港は商船航路の要衝であると同時に、はるかなる平安朝の当時から地元の湯治場として賑わってきた。温泉津という名前が示す通り、温泉の湧き出る津（港）だったからである。

少なくとも光秀は京で下調べを行った時からそういう理解でいたし、現に甲斐では、土屋もこう言っていた。

「温泉津には女郎屋も数多あり、大層な賑わいであるという。わしがようやく仕上げた田子の浦とは、えらい違いじゃ」

温泉津には、日没寸前に着いた。

まだ町並みには夕陽が差し込み、大通りは辛うじて明るかったが、その両側にずらりと軒を連ねた船宿や飯屋、漁網屋、口入屋などは、いずれも煌々と明かりを灯していた。ここにもまた銭が唸っているのだと改めて感じる。

女郎屋もそうだ。土屋が言うほどではなかったが、それでも三、四軒ほどの娼家があり、それらの玄関の両脇でも赤灯籠がくっきりとした光を放っている。

途端に物欲しそうな表情をした土屋を、光秀は窘めた。

「これ、そのような浅ましい顔を道端で晒すでない」

「しかし、わしはもう半月以上も女日照りが続いておる」土屋は悲しそうに言った。「故に、一層に欲しくなるのも仕方がないではないか」

しかし光秀は、この男の言動には今日の昼にも不満な点があった。

「だいたいおぬしはいつも、言動が不用意である」毛利兵は既に温泉津の手前から山中に引き返していたから、もう言葉の遠慮はいらなかった。「日中、おぬしは銀山内の毛利兵に話しかけたな」

「それが、どうした」

「下手に相手の印象に残るようなことをするな」そして一瞬辺りを見回し、誰も近くに居ないことを確かめると、そこからは小声で言った。「あそこに引き返した時に、顔を覚えられている相手に出くわしたら、どうするのだ」

するど土屋は少し笑った。

「心配はいらぬ」

「何故だ」

「訳はあとで言う」相手はそっけなく答えた。「ともかくも、今は女を抱きたい。早く宿へと入ろう」

「駄目だ」光秀も即答した。「その前に、念を押しておくことがある」

その後、四人は湾内に停泊している船をくまなく見て回ったが、まだ今井宗久の船は入港していなかった。

当然だ。

光秀は、瀬戸内の宇品から吉田郡山城での滞在を経て、この山陰の温泉津に至るまでの日数を、余裕をもって十日と見ていた。

　そして船の船頭には、九州と防府を挟んだ赤間関付近の海峡で、わざと時を潰してくるように言ってある。少なくとも十日を過ぎてから温泉津には入港してくれと、頼んであった。

　その間に、この港町の様子をじっくりと検分するつもりだったからだ。

　とは言っても、どこに毛利の間諜の目があるかは分からなかったから、光秀たち一行は、わざと湾内の船を探し回るふりをした。

　その一通りの猿芝居を打った後で、通りにあった船宿のうちで、二階の奥から二部屋を取れる宿に入った。

　無人の部屋を一つ挟んだ最も奥の部屋に、まず光秀たち四人は入った。直後、愚息が口を開いた。

「いや……しかし、凄まじい町もあったものだな。わしが今まで行った海の果ての国にも、あのような山中の町はなかった」

　むろん、今日の銀山町のことである。

　これには新九郎もうなずいた。

「わしも危うく肝を潰しそうになったぞ」

　光秀は肝心なことを口にした。

「わしは、あの武家屋敷の途中にあった陣所こそが銀子を管理する場所だと目星をつけたが、皆はどう思う」

「まったく同感である」

　と、新九郎が答えれば、愚息もうなずいた。

「少なくともその前の町人街にはなかろう。武門の持ち物であるゆえにな」

光秀は次に、山の専門家でもある土屋の意見を求めた。

「久兵衛は、どう思うか」

「仙ノ山から下ってきた道と、大通りが交差した場所にあるのだ。便の良さからしても、十中八九はあそこであろう」

それでも念のために光秀は聞いた。

「我らや、銀子を狙う者たちの目を欺くためとは、考えられぬか」

「何のためにだ」土屋はいかにもうんざりしたように答えた。「銀山の町に入るまで、あれだけ厳重な警備が敷かれていた。出てからも同様だった。さらには仮に侵入出来たとしても、銀子を持ち出すには荷車もいる。盗み出すには派手な車輪の音もする。すぐに露見する。ばれなかったにせよ、毛利兵の詰所が数多あって山越えは出来ぬ。つまり、誰も侵入しようとは思わぬことは毛利も分かっているゆえ、場所を誤魔化す必要もない」

「しかし、我らのように銀子の出納帳だけを盗み見るために、潜入しようとする者もいるのではないか」

すると相手は笑い声を上げた。

「そもそも、そんな酔狂なことを考え付くのは、おぬしらの主人くらいのものであろう。むろん毛利としてもそこまでは想像しておらぬはずで、通りすがりにあの銀山のおおよその全貌が摑めれば、我らはそれで充分に満足するくらいに思っているはずだ」

今度は新九郎が口を開いた。

「されど久兵衛よ、地元では、我らのことを疑っていたではないか」

「あれはおぬしらが、主君への紹介状も持たずに隠密の者として乗り込んできたからである。されど、我らは毛利には紹介状を持って、その上で拝謁している。まさかそこまでのことを目論んでいるとは相手も思わぬ」

なるほど、と感じつつも他方で少し感心したのは、土屋と新九郎がこの密室でも、信長はおろか甲斐や信玄の名までを他に置き換えて喋っていたことだ。万が一の聞き耳を恐れて、ぼやかすことが出来る言葉は極力ぼやかしている。

が、感心したのもそこまでだった。

「ところで、わしはそろそろ女郎屋に行くが、構わぬな」

これには光秀も、ややむっとした。

「わしの話は、まだ途中であるぞ」

「しかし、肝心なところはもう終わっておろう」土屋はなおもせかせかと言った。「早く行かねば、良き女子が売り切れてしまう」

さらに呆れて何か言いかけたところで、愚息が口を開いた。

「良いではないか。行かせてやれ」

愚息にしては珍しいこともあるものだと思っていると、さらに土屋を振り返った。

「ところでおぬし、晩飯はどうするのだ」

「女郎屋に行き、部屋でどこかから飯を取る」

「だったらわしらは先に、晩飯はすましておくぞ」愚息は言った。「十兵衛よ、行かせてやれ」

そのようなわけで、土屋はそそくさと出かけていった。

直後、新九郎が愚息を見て言った。

「おぬし、珍しく久兵衛の肩を持ったの」

「自腹で女子を買うのだ。誰にも文句は言えまい」愚息は答えた。「それにの、屋外には間諜の目が光っているかもしれぬ」

「それが、どうした」

「相手にしてみれば、我らのうちの一人が晩飯も食わぬまま女郎屋に飛び込むのを目の当たりにするのだ。そんな間抜けな男がいる一団が、まさか密命を帯びた者であるとは思わぬはずだ」

これには光秀もつい笑いだした。

「なるほど。久兵衛は我らの、体のいい隠れ蓑というわけじゃな」


翌日、光秀たち四人は朝から宿を出て、温泉津の中心地にあった共同浴場に行った。その湯に浸かった往復の際にも、仔細に昼間の町の様子や、湾内の深さと広さなどをそれとなく観察した。

さらには毛利家のもう一つの銀の積み出し港であり、温泉津の先にある沖泊という場所にも足を延ばした。

結果、分かったことは、温泉津の町に関しては今でも相当に栄えているが、沖泊と合わせたその湾内からの積み出し量には、まだまだ充分に余力があるということであった。

一夜明けてすっきりとした面構えの土屋は、人変わりしたような生真面目な表情でこう結論づけた。

「これをもってしても、毛利が石見銀山のさらなる採れ高を今後も見込んでいるのは、ほぼ確実であるな」

むろん光秀も同感だった。それからふと、昨夜のやり取りを思い出した。周囲を見回す。ちょうど原っぱに出たところで、周囲には自分たち四人以外に誰もいない。

「ところで、何故に銀山に引き返しても、人相の心配はいらぬのだ」

すると相手はにんまりと笑った。

「それは、今答えなくとも良かろう」土屋は言った。「その時が来れば分かる」

今度は愚息が口を開いた。

「しかしおぬしは、昨夜の土産話もまだしておらぬぞ」

「女との痴態でも話せと申すか」

「とぼけるでない」愚息は顔をしかめた。「ここは、おぬしが焦がれていた石見の地であるわい。そんなおぬしが女郎屋に入って、肌を合わせただけで帰ってきたとは到底思えぬ」

それで思い出した。

この男は田子の浦でも、相手の女郎が銀山の近くの出自ではないという理由で、交わることもなく帰ってきていた。よく考えてみれば、単なる好色だけの男でもないのだ。

愚息の言葉は続いた。

「さあ、女郎から何ぞ面白き話は仕入れなかったのか。わしは、おぬしの娼家行きを助けてやったのだぞ。申せ」

すると土屋は、今度は苦笑した。

「分かった。どうせ今から話すつもりだった」

「まことかあ?」

愚息がなおも疑わしそうに聞いた。

「本当である。沖泊までの湊を仔細に見尽くした上で、おのれらに昨夜の話を打ち明けるつもりだった」

続いた土屋の話は、こうであった。

相方の女は銀山のことに関しては、あまり詳しくなかったらしい。その時点で土屋は拍子抜けがしたが、相手はすまないと思ったのか、地元の漁師たちから聞いた様々な世間話を披露してくれたという。

そしてその中に一つ、土屋がいたく興味をそそられた世間話が一つあった。

「で、それは何ぞ」

光秀がそう聞き、相手はすんなりと答えた。

「女子から聞いた話によれば、この石見の沿岸部からは、毛利の歩哨(ほしょう)たちが激減しているのだというぞ」

が、それは毛利が筑前に出兵している以上は、改まって言われなくとも、光秀たちにも事前に想像がついていることではあった。

案の定、土屋はさらにこう続けた。

「申したいのは、それらの兵が居なくなった場所である。この温泉津と沖泊にはまだそれなりの警備兵を常駐させているが、その昔に尼子が使っていた鞆ケ浦には、今は一人の歩哨もおらぬらしい」

「ほう？」

光秀はつい唸り声を上げた。

この事実は意外だった。いくら昔の積み出し港とはいえ、今でも漁港としての使いようはあるだろう。さすがにこの旧銀山街道の終着地には、出兵後も歩哨を置いているものと想像していた。

毛利家はそれだけ多くの兵を筑前に行かせているのだ、と感じる。

となると、そこから先の石見の海岸線も、ほとんどは無人であろう。

考えてみれば、毛利家は周防から伯耆に至るまでの山陰の国々を既に手中にしている以上、敵国とは国境（くにざかい）を接しない石見の海岸などに、わざわざ戦時中まで兵を置いておく必要はないのだ。

果たして新九郎も、こう口を開いた。

「ひょっとして、その浦まで続いているかつての銀山街道も、おそらく無人になっているのではないかの」

「たぶんそうだ」土屋も打てば響くように反応した。「が、七年前には廃れた山道だ。既に木々が生い茂って、崩れているところも多々あるだろう。通れるかどうかは、行ってみねば分からぬぞ」

「それでも無人の見込みがかなり高まった以上は、やってみる価値があろう」今度は愚息が言った。

「少なくとも人夫に化けて昨日来た山道を戻るより、はるかに安心ではないか」

実は光秀たちは、再びあの石見銀山に潜入するために、大まかに二つの案を京から用意してきていた。

一つ目は、今井家の船にて温泉津から対馬海流に乗って少し北西へと進み、適当な無人の海岸で下りて、そこからは人夫に化けて再び温泉津に戻るという案だった。次に、石見銀山まで物資を運ぶ人夫の徴募に応じて、なんとか銀山まで辿り着く。

しかし、今の話では補欠の案として考えていた二つ目の旧銀山街道の案が、有力になりつつある。

そして実際、その日の夜には二案目を採ることが四人のうちで決まった。

翌日の日中、今井家の船が温泉津に入港した。

船頭は光秀からの指示通り、馬関海峡にて二十五俵の米を船底に積み込んできていた。

ようは、十石分の米だ。

先日の田子の浦に行った時にも予めそうしておけばよかったのだが、先だって伊勢を出る際には、光秀もそこまで頭が回っていなかった。

この一点の準備の手落ちに関しては、未だに悔やんでも悔やみ切れなかった。

何故なら、田子の浦で米を金に換えれば、少なくともその時の換金率だけなら容易に掴むことが出来たからだ。

水夫頭は船底から荷下ろしを終えた俵を、米屋まで荷車で運び、すべてを銭に換えた。

これまた光秀の指示によるものだった。当然その対価は、石見産の銀で支払ってもらった。

結果、米一石につき銀が十二匁で、合計銀百二十匁であった。

船頭が、相場は日によって違うのかを聞いてみると、問屋の主人はこう答えた。

「時期や年によっても多少は違いまするが、だいたいこの温泉津では、米一石が銀十二匁前後でありまするな」そして船頭を見て、少し笑ったという。「やはり畿内ですと、銀はもう少しお高うござりまするか」

「左様でござりまする」船頭もまた素直に答えた。「堺では、米一石はおおよそ銀十匁でござる。京でも同じだと聞いております」

光秀の推論が仮に正しいとすれば、京では米一石が金一匁であった。だから畿内では、金銀の交換比率はおおよそ一対十ということになるが、ここではその比率が一対十二となる。

つまりはその差額が海上交易の儲けでもあり、例えば唐船となると、その儲けはさらに大きくなる。

以前に愚息が語っていた話を思い出す。

唐という国での金銀の交換比率はおよそ一対九で、むろん変動はあるが、少なくとも平時において十は常に割っているはずだという。

それだけ銀の価値が高い。逆に言えば、日ノ本より金の価値が低い。

だから唐船は、この温泉津まで金を満載してくれれば、銀と交換するだけで約三割の儲けが出る。金銀は米と違って嵩張らない。船底にいくらでも詰め込めるから、なおさら儲けの総量は大きくなるだろう。

さらに言えば石見は西国にあり、唐からの地の利もいい。この温泉津が栄えるのも当然と言えば当然だった。

5

翌日の未明、新九郎たちは温泉津を出港した。

西の海にはまだ星も見え、逆側の石見の山並の上空が、ようやく藍(あい)色に染まり出した頃だった。それでも夜目の利く船乗りたちは、その南東からのわずかな光を頼りに、商船を湾の出口へとしずしずと進めた。

途中、右手の岬を半ば過ぎた頃に、その岬の逆側に、沖泊港がうっすらと見えた。常夜灯が湾内の所々に点(つ)いている。それで毛利の守備兵が夜も見張っていることを知った。

船は外海へと出ると、未だ夜の続く海を北東へと進み始めた。

新九郎は右手の海岸沿いに続く険しい断崖(だんがい)を眺めている。未だに周囲は暗いが、いたるところに切り立った暗がりがあり、その奥に湾のようなものがあるのではと推察された。

光秀によれば、この断崖が終わる間際の深部に鞆ケ浦があるという。かつて大内(おおうち)氏が造った銀の積み出し港だ。

けれど、一里(約四キロメートル)ほど進んでもそれと思しき場所はまったく見当が付かなかった。海岸のどこにも灯(あか)りが点いておらず、有人の湾を確認できなかったのだ。

と、不意にそれら断崖の連なりが途切れ、夜目にもそれとはっきり分かる白砂の海岸となった。

舷(ふなべり)に少し離れて立っていた光秀が、口を開いた。

「久兵衛が女郎から聞き込んできた話は、まことであったようじゃな」

新九郎もまた以前の言葉を繰り返した。

「昔の銀山街道も無人であろうか」

「おそらく」光秀は簡潔に答えた。「が、実際のところは行ってみなければ分からぬがの」

新九郎はうなずき、それから目の前の景色を眺めた。

「この白砂の浜が、琴ヶ浜か」

「そう聞いている。大半の砂が貝殻の微細な欠片で出来ており、踏めば音が鳴るそうな」さらに相手は言葉を続けた。「出雲、伯耆、そしてこの石見を押さえていた頃の尼子は、本拠地の月山富田城からまずはこの浜を目指して海路をやって来ていたらしい。はるか沖からでも、その白さがはっきりと目立つようだ」

「この砂浜さえ見つければ、鞆ケ浦はもうすぐそこであるというわけだな」

「まあ、そうなる」

そんなことを話している間にも、空は徐々に明るみ始めていた。目の前で次第に鮮やかさを増している白砂の浜も、半ばを過ぎた。商船が帆を三分の一ほど下ろし、船足を緩めた。

愚息が小屋形から出てきて、新九郎の脇まで来た。

琴ヶ浜の東端から、再び海岸線の隆起が始まった。その隆起は沖へと延びていく岬を形成している。

船頭が光秀の許にやって来て、この岬を完全に回り込んでしまえば、すぐに仁万という集落が見えてくると言った。

「その先には、もうこのように按配のよい浦はないのであったな?」

「海路を越境した宇龍までは、ございませぬ」

出雲の宇龍という湊までは、ここからは十数里ほどあるという話だった。が、それではあまりにも遠すぎる。対馬から東へと流れる海流とは、逆でもある。

光秀は言った。

「……分かった。では昨夜に話した通り、この岬のどこかに隠すところを探してくれ。夜明けまでにだ」

「まずは見つからぬ場所で、次に高潮にもさらわれぬ所――」船頭も条件を復唱する。「その二つさえ適わば、崖の上から降りるのがいかに困難な場所でも構わぬと、こう仰せでございましたな？」

光秀はうなずいた。

「そうだ。であるからにして、仁万の集落からまだ目につかぬうちに小舟を、頼む」

船頭は次に新九郎たちのほうを振り向いた。正確には愚息の顔を見ていた。

「愚息殿も、我らと一緒に参られまするか。舟をどこに配置するのか、しかと見届けられまするか。差配を手伝って頂ければ、さらに嬉しゅうござるが」

そう問いかけた相手の声には、新九郎たち他の三人には見せぬ真の意味での敬意の気持ちが表れていた。

船員たちは、愚息がその昔は倭寇として朝鮮から明の沿岸周辺を縦横無尽に暴れ回っていたことを、既に知っていた。海賊としてではなく、遠洋に繰り出していた船乗りとしての技量と経験、そして度胸に、憧憬に近い気持ちをもっているようだった。

けれど、愚息は首を振った。

「いや、そのような舟揚げの作業は、以前から気心が知れた仲間内のみでおやりになられたほうがよろしい」

「左様でござりまするか」

「船頭は、いついかなる時も二人は要らぬものです」

するとと相手は微笑みを浮かべ、少し頭を下げると船尾へと去った。艫に結わえてあった二艘の舟に、六人ほどの水夫と乗り込んだ。

そのまま海面を進み、岬の深い岩陰へと入った。しばし時が経った。その間にも夜は容赦なく明けていく。

南東に見える山の端の上が黄金色に染まり始めた頃、船頭と水夫たちが一艘にぎゅうぎゅう詰めで戻ってきた。

わらわらと舷から乗り込んでくる。直後に船は既に帆を完全に上げた。再び東進し始めた。

「あの――」と、船頭は徐々に位置が変わっていく岬を指さしながら言った。「水面に突き出た岩場の後ろに、楔形に切れ込んでいる谷間がござりまするな。その深部の崖の途中に、吊り下げてきてござります」

光秀はやや首を傾げた。

「しかし、この足場の悪い海面からかような短い間で、いかにして持ち上げたのだ」

「あの谷の奥では、崖の天辺から根下がりの松が突き出ており、その横幹は海面から三間（約五・五メートル）ほどの高さまでしだれ落ちてござりました。つまりその高さまでは、大潮の満潮時にも枝先が海に浸からぬということ」

なるほど、さすがに海の玄人であると新九郎が感心している間にも、相手はさらに説明を続けた。

「その枝先に縄を飛ばし、強引に枝を引き下げました。そして海面近くまで引き寄せた幹に幾重にも縄を括り付け、その逆側の端を、我ら七人ほどが乗り込んでいた舟の舳先と艫に結わえ付けました」

「ふむ？」

「あとは、簡単でございました」船頭は、不意に笑みを浮かべた。「我ら全員が、海面ぎりぎりまで沈んでいた舟から、横に浮かべていた無人の舟に乗り移るだけにございました」

なるほど、とこれには光秀も愚息も破顔した。光秀がさらに言った。

「無人になった舟が、松の幹に引き上げられて、舟底から宙に持ち上がるという寸法か」

「左様にございます」船頭はうなずいた。「が、いかに無人とはいえ舟自体の重さもあり、さらには舟底に括りつけて来た帆柱や櫓もございました。海面からは一間（一・八メートル）ほどしか浮き上がりませなんだ」

「これより数日の満ち潮には大丈夫であろうか」

「おそらく大過ないかと存じます」相手はうなずいた。「我らは先ほど、満潮になるのを待ってから温泉津を出港いたしました。その引き潮に乗って外海に出てきましたばかり。故にここも、未だ満潮の水位に近いかと思われまする。よほどの荒天にならぬ限りは、舟が波にさらわれることはありますまい」

そう船頭が確約するに及び、光秀はようやく安心した表情を浮かべた。

小屋形から土屋が出て来た時には、船は浜辺からいよいよ沖へと離れて、対馬海流に乗りかけていた。

「やあ。石見の山々があんな遠方になっておる」

つまり周囲の空と離れ行く海岸線は、それほどまで明るくなりかけていた。

北東に流れる海流に乗った商船は、帆が西風をいっぱいに孕み、海上を進む速度が一気に上がり始めた。

それら帆の膨らみ具合と舷に盛んに湧いている白波を眺めながら、愚息が船頭に話しかけた。

「この船足であれば、宇龍には日暮れまでには着きますかの」

「それがしはそう考えておりまするが、逆に愚息殿はどう思われまするか」

「まあ、妥当かと存じまするな」愚息はそう答え、さらに船頭に問いかけた。「これほどまで沖に出れば、常に対馬海流には乗りまするか」

「まずは間違いなく」

「風はどうでござる」愚息はさらに聞いた。「常にかように、南西からの風が絶えず吹き付けておりまするか」

「だいたいは南西からでござりまする」

「すると、小舟でも海流と風に上手く乗れば、五刻（約十時間）ほどで宇龍に着くという寸法でござるな」

「まずまず、そうなりまする」

「下手に対馬海流に深入りして、佐渡あたりまで流されぬことを願おう」

すると船頭は、再び笑った。

「なんの、老練な愚息殿の舵取りであれば、万一にもそのような大事には至りますまい」

6

船頭が言っていた通り、船は日暮れ前には出雲の日御碕を回り込んで、日没の直前にはこの日御碕と桁掛半島の間にある奥まった湾、宇龍へと着いた。

出雲では美保関と並んで栄えている一大港湾都市だ。

この町で光秀たちがやることは、ただ一つだった。

毛利家は、いくらその大部分の兵が筑前に出兵しているとはいえ、今でもこのように栄えている主要な港湾には、さすがに守備兵を残しているだろう。

だから今晩はまず、それら守備兵たちに自分たちの到着を印象づけることだ。

「あの色狂いは――」と愚息は到着前、土屋のことを言った。「女郎屋でも見つければまたぞろ出向こうとするだろうが、むしろそれでいい」

案の定、愚息の言う通りになった。

土屋は船が湊に着岸する前から、舷でそわそわと宇龍の街並みを眺めていた。まるで米櫃を窺う鼠のようだ。そしてしまいには光秀のほうを見て来た。

「のう十兵衛よ。昨日は女を抱かなかった」

「だからなんだ」

「明日からも当分は抱けぬであろう」

「だから何だと聞いておる」

途端、土屋は両手を合わせた。

「な、頼む。また何ぞ面白き話を仕入れられたら、必ずや皆に教える。行ってもいいであろう」

分かった、と光秀はうなずいた。「されど女子にモノを聞く時は、くれぐれも疑われぬよう慎重にやってくれ」

土屋は喜び勇んで下船した後、通りの人込みの中に消えていった。

四半刻後、光秀たち残りの三人も下船した。

愚息と新九郎と共に、通りで最も混んでいた飯屋に入って、ゆっくりと時をかけて酒と肴を味わった。その間に地元の馬借や車借などとも言葉を交わし、石見銀山や温泉津で働こうとして隣国石見に行く者が、この出雲でも相当な数に上っていることが分かった。山陰道も西に下る旅人が多いという。結局は一刻以上、飯屋に居た。

それでも土屋が船に戻って来たのは、光秀たちに遅れることさらに半刻後だった。

「で、どうであった。なんぞ面白き話は聞き出せたか」

そう光秀が聞くと、土屋はこう答えた。

「ここに毛利の陣所はあるにはあるが、それはわしが聞いたところによれば、守備兵の詰所というより、湊を監理する役所としての色合いが濃いようだ」

だから仮に明日、毛利家の者が船に来ることがあっても、それは守備兵としての手厳しい臨検などではなく、湊を取り仕切る役人としての挨拶であろう、ということであった。

愚息が口を開いた。

「一度挨拶に来れば、後はもう来ぬのであろうか」

「まずそうなる」珍しく土屋は断定した。「わしも田子の浦では郡奉行をやっておった。だから分かるが、商船への挨拶廻りなど一回で充分だろう。同じ船に二度も顔は出さん。万が一あったとしても、『我ら四人は夏風邪に臥せっておる』とでも言っておけば、それ以上は押しては来ぬはずだ」

新九郎もまた、こう言った。

「毛利方は、我らが石見銀山を大人しく抜け、温泉津から何事もなく出港した時点で安心しているはずだ。まさか我らがここから国越えして陸路を引き返してくるとは夢にも思うまい。さらにはあの浜の岬に小舟を伏せたとも想像しておるまい。だからこの湊の役人たちも、そこまでは警戒しておらぬだろう」

確かに用もないのに二度は来まい。しかも自分たちは明後日以降の四、五日のうちにここまで戻ってくる。病気で顔を見せなくても不自然な期間ではない。

そこまで考えて、光秀はようやく少し安心した。

「では石見への出立は、明日の夜半を過ぎた頃にしようかと思うが、それで良いか」

「そのまま明後日の日没までは、歩き続けるというわけじゃの」

愚息の問いかけに、光秀はうなずいた。

「できればそうしたい。明日の真夜中から歩き出せば、休みを取りながらでも明後日の日没前までは、まず八刻は歩き続けられる。人の歩速は半刻（約一時間）で一里であるから、これより十五里ほど先にある仁万の集落まででも余裕で着く」

「そして集落の先で、舟を隠した岬の下見をする、と」

その新九郎の言葉にも、光秀はうなずいた。

翌朝は、久しぶりに四人とも遅くまで寝ていた。今日の夜から明日の日没まで歩き続ける。その前に眠れるだけ眠っておきたかった。

昼前に遅い朝餉を食べていると、小屋形の中に船頭が入ってきた。聞けば、毛利家の役人が舷脇の波止場まで来ているという。

光秀たちの乗った商船がこの宇龍に立ち寄るだろうことは、吉田郡山城に居た小早川隆景も予想していたものと見える。

「わしら四人にも会いたそうであったか」

そう光秀が聞くと、相手は答えた。

「そう、はきと口にしているわけではありませぬが、吉田郡山城からも温泉津からも、この船に織田家からの使節団が乗っていることは耳にしておりまするでしょう」

その口ぶりからして、一回は顔を見せておいた方がいいようだった。

そこで光秀たち四人は小屋形を出て、舷まで進んだ。

が、光秀たちがわざわざ出て来てくれたことに、この宇龍に駐在する毛利家の役人たちは相当に恐縮したようだ。

「いや……これは私どもがかえってご迷惑をおかけしてしまったようで、大変申し訳ございませぬ」

そう言って、身を硬くしながら頭を低くした。毛利家の侍は、その篤実さや礼儀正しさでも世に知られている。光秀は、そんな彼らに朗らかに言った。

「いえいえ、そのようなことはござりませぬ。このように来られることもまた、大事なお役目の一つと心得ておりまする故」

そう言って、自らだけが名乗りを言った。ここらあたりの兼ね合いは、あまり親しげに接し過ぎて相手に好意を覚えられても困るから、難しいものだった。気安い相手だと思われて再び来られるのは避けたい。

文官の代表と思しき年嵩の人間が、遠慮がちにこの湊での滞在予定を聞いてきた。

光秀は（自分で決められることながらも）敢えてとぼけて船頭を見た。

「こちらでの荷の仕入れは、いかほどかかかりまするか」

相手もまた、咄嗟に機転を利かせた。

「あと三、四日ほどになりまする。長くても五日ほどかと」

そう、光秀たちが帰ってくるまでに三日から五日前後の猶予を作ってくれた。この幅は正直、ありがたかった。

その答えで、毛利家の役人たちは満足したようだ。

「何かご不便、不都合な点がござりましたら、遠慮なく我らが陣所に仰って頂ければと存じます」

つまり、あとはこの船までは来ない、ということも暗に語っていた。ここまで聞ければもう充分だった。光秀は最後にこう言った。

「ご足労をおかけしまして申し訳ありませぬ。されど、特に不便なこともなきようですので、お手を煩わせることもなきかとは存じまする。お気遣い、重ねて御礼申し上げまする」

ここまで馬鹿丁寧に念を押しておけば、役人たちもわざわざもう一度来ることはあるまい。

その後、朝餉の続きを終えた光秀たちは、昼寝をした。

次に起きた時は、夕刻だった。

土屋が小屋形の出入り口近くで、手鏡を取り出して丁寧に月代を剃っていた。月代を左右に広く剃り広げた後は小鬢をも剃り落とし、髷を細くして大銀杏から小銀杏の髪型に結い直した。ようは町人の髪型になった。

けれど、土屋の作業はまだ続いた。今度は小柄を額の辺りで盛んにふるい始めた。それが終わると、今度は筆のようなもので目の周りに墨を入れていた。さらに鼻筋をやや茶色がかった布で何度か押さえ、最後に薄い紅を唇と両頬に点した。

ようやくこちらを振り返ったその顔に、光秀たちは呆然とした。

確かに顔の素地そのものは土屋なのだが、ぱっと見た印象はまるで違う。完全に別人だった。そこにあったのは、眉細く跳ね上がって鼻筋もよく通り、下目縁にどことなく愁いを帯びた、いかにも上京あたりに居そうな垢抜けた町人風の若者だった。

「なんだ。何を皆そんなに驚いておる」

以前に土屋だった若者は笑った。

「わしは武士になる前は、春日大社の猿楽師として育ったのだ。これくらいの変装は当然ではないか」

言われてみれば確かにその通りだった。

銀山で毛利兵に不用意に話しかけたことを窘めた時、土屋は「それは、心配いらぬ」と言った。

翌日には「その時が来れば分かる」とも言っていたが、この化粧のことだったのかと思う。

　新九郎が口を開いた。

「しかしおぬし、変装前よりも男振りが上がっておる」

「当たり前だ」土屋はさらに苦笑した。「何を好き好んで、わざわざ醜男に様変わりせねばならん」

「されど、やはり上手いものだな」

「たまには、せがまれてやっておる」

「は？」

「だから、楓と梢にである」土屋は淡々と答えた。「あやつらは、たまにこの顔をしてくれとせがむ」

　今度は愚息が口を開いた。

「何のためにだ」

「夜に興奮するためであろう」

　途端、何故か新九郎が顔をしかめた。

「久兵衛よ、そのような申し方は、女人に対して失礼というものであろう」

　すると土屋は、まじまじと新九郎の顔を見た。

「おぬし、知らぬのか。女子はの、相手に養ってもらおうと思わぬ限りは、男などよりはるかに面食いなものぞ」

「ともかくも、そのように女を馬鹿にするような物言いはやめろ」

「馬鹿にはしとらん。むしろ虚仮にされているのは、わしのほうである」土屋も不満そうに言った。

「二人からあからさまに、たまには顔を良くせよと言われているに等しいのだぞ」

まあまあ、と光秀は両者を取りなした。

「ところで久兵衛よ、せっかくであるから、わしら三人のことも多少は変装させてくれぬものか」

「むろんそのつもりである」

そのようなわけで、三人とも少しずつ顔を変えてもらうことになった。

まず光秀については、土屋は最初にこう言った。

「おぬしはそれなりに年を食っているとはいえ、元々の顔の造作は整っている」

だから、顔立ちを崩す変装のほうが簡単だと語った。

「元々な、顔は整えるより、醜女(しこめ)、醜男に様変わりさせるほうがはるかに容易である」

言いつつ、まずは光秀の頭部を土屋と同じように町人髷にしていった。次いで、眉を小柄で剃り始めた。

「最後に、睫毛(まつげ)も多少落としていくぞ」

その成りが仕上がってから手鏡で自らの顔を覗き込んだ時、光秀は危うく声を上げそうになった。

髪型と眉山を弄(いじ)られただけなのに、明らかに印象が違う。眉の間が空いて、左右の眉尻(まゆじり)が下がり気味に剃られている。月代が両耳のすぐ上まで広くなった。たったそれだけの変化なのに、随分と締まりのない顔つきの、情けない中年男になっていた。こころなしか目にも光が感じられない。睫毛を落とされたことが、こんなにも目の印象を変えるものだとは思ってもみなかった。

この結果には愚息と新九郎も腹を抱えて笑った。

「まるで仕事の出来ぬ、しょぼくれた手代のようであるな」

「初老の牛飼いにも見えるぞ」

次に新九郎の番になった。土屋はその針金のような太い総髪を、頭頂部から思い切り良く剃り落としていった。青々とした剃り跡が、天辺から出てくる。

「明日の昼中、編み笠を被らずに歩き続ければ、すぐに赤くなって馴染む」

さらに容赦なく頭部を剃りこぼちながら、土屋は唄うように言った。そして新九郎の眉山も、大きく剃り落とした。

「男の顔も女の顔も、印象に残るのは目も大事だが、それに負けず劣らず、実は眉山の形にある。だからこそ眉の形を変えれば、けっこう顔つきも変わって見える」

実際にその通りだった。

新九郎は蝦夷の血が濃厚に混じった、典型的な坂東顔をしている。その象徴であった濃く太い眉は、今では細長い眉に作り変えられていた。すると不思議なことに彫りの深い面構えは、いくぶんかあっさりとした京風の顔になった。さらには町人風の髷型も、当たりを柔らかくしてくれている。

最後に愚息だったが、この男に関しては、土屋は難色を示した。

「坊主の男は難しい」

「何故だ」

「そもそも髪がない。だから、そこでは印象を変えられぬ」

今度は愚息当人が口を開いた。

「では、わしをどうするというか」

「思い切ったことをやるが、良いか」

「任せる」

すると土屋は、愚息の左右の眉を一本残らず全部剃り落とした。

今度は光秀と新九郎が笑い出す番だった。眉毛がそっくり無くなっただけで、完全に人相が変わったからだ。

「おぬし、まるで業突く張りの高利貸しのようじゃ。因業親爺にしか見えん」

そう新九郎が言えば、光秀も思わず感想を洩らした。

「生臭坊主にも思えるな。ともかくも、ひどい顔つきになったものだ」

愚息もまた、手鏡を覗き込んで顔をしかめた。

「やれやれ、どちらもわしが最も忌み嫌う生き方ではないか。まだ単なる悪漢のほうがよほどましだ」

「ならば、明日から頭と髭を一切剃るな」土屋は答えた。「三日もすれば無精髭が顎や頬で渦を巻き始める。海胆のような短髪も頭に生える。人相は、山賊の親玉くらいには昇格するだろう」

分かった、と愚息は再び溜息をついた。

ともかくも、そのような形で三人の変装は終わった。それから早めの夕餉を取り、再びの眠りに就いた。今日の夜中から明日夕方までの強行軍に備え、出来るだけ体力を温存しておくに越したことはない。

目が覚めると、小屋内は闇の中だった。小波が舷を打つ音以外は、周囲はすっかり静まり返っている。既に夜も充分に更けているようだった。

四人はまず、それまで着ていた衣服を脱ぎ捨て、町人風の淡い柄の小素襖を身に着けた。理由がある。

この宇龍から二、三里ほど南に下った浜沿いには、日本でも有数の神社が存在する。杵築大社である。

周辺の十二郷と七浦を有し、ちょっとした大名並みの所領規模を誇る。全国津々浦々にある数多の神社の総本山のような大社だ（なお、現在の名を出雲大社という）。

四人で予め考えた設定はこうだ。

昨日の温泉津から北海沿いを西に十里ほど進んだ場所に、浜田という湊がある。

古来、水揚げ量が豊富で漁港として栄えてきたが、宇龍や温泉津などと同じく、北海航路の重要な中継地でもある。

その湊から船で対馬海流に乗って宇龍まで来て、そこから杵築大社に向かう参拝者ということにした。当然、大社から浜田までの帰路は海流が逆になるので、歩いて陸路を越境し、石見国へと帰るしかない。

実は、今日の早朝から杵築大社に出向いていた新米の水夫が、その門前の土産物屋で菅笠、手甲、杖、「出雲国杵築大社」の文字を縫い込んだ半袈裟、振り分け行李などの旅行道具、そしてお守りとお神籤などを四人分ずつ買い込んで、夕方までに船に戻って来ていた。

それらの備品を身に着けた光秀たちは、直後から誰が見ても大社帰りの参詣者そのものになった。

真っ暗な船上へと出て、護岸とは反対側の舷側に係留してあった小舟に乗り込む。

「では、そろそろと参りまするが、よろしいですか」

船尾で櫓を握っていた船頭が、そう口を開いた。

「頼む。やってくれ」

光秀がそう答えると、船頭は静かに櫓を漕ぎ出した。深夜の湾内は静まり返っている。その闇の中を、光秀たちを乗せた舟はゆっくりと進んでいく。

やがて湾内を抜け、外海へと出た。

そこから船頭は舟底にあった帆柱を組み立て、一枚布の帆を揚げた。南西から吹いてくる向かい風を斜めに受け流しながら、舟は北西へと進んだ。

西に見えていた日御碕はやがて後方に過ぎ去り、波間が大きくうねっている外洋へと出た。

さらに北へ北へと大海原を進んでいき、日御碕から半里ほどの沖合に出ると、船頭は大きく帆と櫓を旋回させて船体を逆向きにした。

「ここから改めて、陸へと進んで参ります」

帆が逆側に膨らむ。じわじわと舟が東へと流されるのを櫓で極力抑え込みながら、右斜め前から来る風を、帆を操りながら後方に受け流していく。

今度は舟が陸地へと向かって南に進み始める。先ほど左手を過ぎていった真っ暗な日御碕の半島へと近づいていく。

「お見事な操舵術でござる」やや笑いを含んだ声で、愚息が言った。「逆風を受けつつ進むにはこの『切り返し』の操舵を適宜、繰り返していくしかない」

船頭もまた、少し笑った。

「愚息殿ならそれがし如きより、はるかにうまく操舵なされるのでしょうな」

「いやいや、なかなかに難しゅうござる」

「ともかくも、これから日御碕の西側の海を南下していきます。そのまま三里半ほど下ったところに、稲佐（いなさ）の浜と呼ばれている砂浜がござります。その浜から内陸に少し進めば、杵築大社の門前町でござる」

「なるほど」

「この船足ならば、間違いなくあと一刻ほどで着きましょう」

光秀たちが宇龍の湊から陸路で出るのを止めたのは、むろん毛利の手の者が監視している可能性を考えてのことだ。あの陣所の役人たちにすら毛利家から通達があったのだから、宇龍の町を抜けるまでの要所には安芸からの間諜が潜んでいることも充分に考えられた。

その点、まさか隆景も、夜の逆風の中を宇龍から西の半島を回り込んで南下していくとは思ってもいまい。しかも上陸した先は杵築大社の神地である。大社の清らかなる領地に、毛利兵が用もなく常駐出来ようはずもない。

そんなことを光秀が考えている間にも、舟は完全に半島を回り込んでいた。今度は海岸沿いに東南へと進んでいく。今までより南西の風をいなしやすくなり、船足が一層上がった。

結果、思いのほか早く半島の付け根にある砂浜に着いた。

「この辺りは既に杵築大社の神領にござります」船頭が砂浜に舳先を乗り上げさせながら言った。

「さらに海岸沿いにも数里ほどは社領が続き、石見との国境（くにざかい）近くまで行けば、毛利家の関所がようやく見えてくるという話でござります。道中、くれぐれもお気を付けくださりませ」

そう言い終わると、船頭は早くも舟を浜辺から反転させた。帆を張り直して一気に沖へと去っていった。船頭もまた、夜明け前までには宇龍へと戻っていくのだ。

浜に残された光秀たちは、四人で顔を見合わせた。

「どうするか。いちおう先々の番所で聞かれた時のために、杵築大社の境内までは行ってみるか」

そう土屋が言ったが、新九郎が反論した。

「こんな暗闇では行ってみたところで、拝殿や境内の全景は拝めぬぞ。朝まで居るのならまだしもな」

この意見に愚息もうなずいた。

「朝まで境内で時を潰すと、今日の日没までに琴ヶ浜の近くまで行きつけぬだろう。十兵衛よ、どうする?」

「行こう。そのまま先へと進もう」光秀は答えた。「我らは既に、いかにも杵築大社で買ったと思しき旅具を身に着けている。帰路についた参詣者の典型である。関所の者もそこまでは警戒せぬだろう」

そのようなわけで四人は海岸沿いを黙々と歩き始めた。二里ほど歩いたところで名も知らぬ川を渡った。

「ここで、社領は途切れるのだろうか」

「分からんな」

そんなことを新九郎と土屋が言っていた。むろん光秀にも見当がつかない。愚息も口を開いた。

「この夜露の湿りぐあいからして、あと一刻ほどで夜が明けるぞ」

「とにかく、夜明けまでに距離を稼ごう」

なおも南へと浜を歩き続けるうちに、ゆっくりと空が明るくなってきた。それと共に周囲の風景も次第にはっきりと見え始めた。時おり石垣に囲まれた国人の屋形のような建物が遠くに見え、それで社領を抜けていることを知った。社領の出雲郡から、いつしか毛利領である神門(かんど)郡へと入っていた。

多伎(たき)と呼ばれる集落を過ぎた頃には、すっかり夜が明けていた。南へと下っていた海岸線は、次第に西南へと向かうようになった。

やがてまっすぐに延びた行く手に川が見えた。海沿いの街道には、旅人も散見されるようになってきた。

多伎小川と呼ばれる川のほとりで、旅人たちが渡し舟の到着を待っていた。渡し舟が何往復かして、光秀たちも対岸へと渡った。

そこに、毛利家の関所があった。

光秀から四人分の関銭を受け取りながら、毛利兵の一人が口を開いた。

「杵築大社からの帰りであるな。それにしても随分と出立が早い」

ここまで朝に辿り着いたのは、ということらしい。

左様で、と光秀は咄嗟に腰を低くした。「夕暮れまでには温泉津のお湯に、なんとしても浸かりとうございまする」

「なるほど。それは先を急がねばならぬな」毛利兵も答えた。「その先は、どこまで帰るのか」

「浜田にてござりまする。往路は船で参りました」

そうか、と関所の番人はうなずいた。「では、ここよりが碧き空と山河の国、石見である」

その口ぶりからして、どうやら兵士も元は石見の者であるらしかった。

7

新九郎たちは石見へ入ってからも、一刻（約二時間）に一回ほど休憩を取る以外は、ひたすら歩き続けた。

背後から陽が昇るにつれ、剃り上げたばかりの月代が熱を持つようになってくる。そしてその熱の中心点が、頭頂部に次第に移動する。

「ようく、赤くなり始めておるぞ」

斜め後方を歩いていた愚息の笑い声が聞こえた。

太陽が天中に差し掛かった頃、行く手の海沿いに湖が見えた。北海から砂州で仕切られて出来た汽水湖だった。

土地の農民に聞くと、波根(はね)湖と呼んでいるという。その東岸の波根という湊で昼の休みを取ることにした。

温泉津や浜田、宇龍ほどではないにせよ、この汽水湖に面する町も、それなりには栄えているようだ。波止場には十艘ほどの船が停泊し、それら商船と山陰道を行き来する旅人を相手にした飯屋や宿屋、海産物問屋などが、二十軒ほどの集落を形作っている。

そのうちの一軒の飯屋に、四人で入った。

「ここから仁万の集落まで、いかほどかかりまするかの」

飯を食べる前に光秀が腰を低くして聞くと、飯屋の主はこう答えた。

「早ければ二刻半、遅くとも三刻あれば着きますするでしょう」

となると、間違いなく夕暮れ前までにはあの舟を隠した場所——岬に着く。

光秀は昼飯を食っている途中で、味噌で焼いた握り飯を二十個注文した。それが怪しまれないぎりぎりの個数であった。飯を食い終わった後、それぞれが五個ずつを行李の中に詰めた。新九郎もそうした。

行李の中には、別に五食分ほどの糒も入っている。その他に烏賊の干物や鰹節、梅干しも入っており、それらがこれから数日間の基本的な食料であった。

昼飯を済ませた新九郎たちは、波根湖の畔を再び進み始めた。水辺だというのに、ずいぶんしんとしている。隣を進んでいる愚息に、つい感慨を洩らした。

「わしの田舎の相模湾も、茫洋として静かなものであった。しかしこの北海の畔の静謐さには、東海道や山陽道筋の海とはまた違う、格別な味わいがあるの」

愚息もうなずき、吉田郡山城での天野老人の言葉を持ち出した。

「天野殿も言っておられた。夏場の北海は、その碧さに我が身まで洗われるようで、いたく哀しき光景であると。わしにも今、そう感じられる」

すると、この山陰の道中では終始せかせかとしている光秀までもが、珍しく詩的なことを口にした。

「我らの両手もまた天野殿と同様、滅んでいった者どもの血に塗れておる。この碧さは、それら紅の記憶をも少しずつ洗ってくれているのかも知れぬの」

が、土屋だけは一言も口を利かなかった。たぶんこの二十代半ばの小柄な若者は、人を殺したことがない。だから黙って聞いていた。

休憩もそこそこにして懸命に歩き続けたおかげで、仁万には夕暮れ前に着いた。海沿いにあるその集落の先に、小舟を隠した岬が見える。

四人はいかにも温泉津へと急ぐ素振りで、集落をそのまま通り過ぎた。

海沿いをほぼひたすらに進んできた山陰道は、やがて緩い坂道になった。徐々に海岸から離れ始めた。石見の山々の裾から岬まで続いている土地の隆起を越え、さらに西へと続いている。

その夕暮れの峠に立った時、光秀は言った。

「今ならば、どちらからも見られておらぬな」

その言葉通り、東西の景色は道の両側から覆い被さってきている木々で半ば以上が隠れている。そして坂を上って来た時にも、他の旅人には出会わなかった。

しかし四人でしばらく手分けして探しても、その峠から岬まで通じている小径は、どうやらなさそうだった。

土屋が溜息交じりに口を開いた。

「仕方がない。わしが岬まで森の中を先導してやろう」

新九郎は驚いて、つい口を開いた。

「おぬしに出来るのか」

「何を言う」土屋は不快そうに顔をしかめた。「わしは仕事柄、甲斐の深山にしばしば分け入っている。この程度の森の中を歩くくらい、造作はない」

言われてみれば、確かにそうだった。

「みな、わしに続け」

土屋は言いつつ、行李の中から小ぶりの鉈を取り出した。そのまま何の躊躇いもなく森の中に分け入っていく。新九郎たちも慌ててその後に続く。

十間（約十八メートル）ほど藪の中を進んだ所から、土屋は盛んに鉈を振るい始めた。その度に前方の枝葉がばさりばさりと落ちていく。

分かっている、と新九郎は密かに感心する。

森に入った初っ端から枝葉を落として進めば、その切り口から誰かが森の中に踏み入ったことが、道中の往来人から見ても容易に分かる。

しかし、こうしてある程度進んでから鉈を振るえば、露見する心配もない。しかも戻る時には、その切り口を目印にすればいい。

土屋はなおも鉈を振るいながら、奥へ奥へと歩いていく。分かりにくいと判断した場所には、自らの半袈裟を少しずつ切り取って、鉈で落とした枝の鮮やかな切り口に突き刺し始めた。

「おぬし、見た目に似合わず、なかなかに入念じゃな。感心する」

二番手を進む愚息が、そう口を開いた。

すると土屋は鉈を振るう手を一瞬止め、こちらを向いてにやりと笑った。

「愚息よ、知っておるか」

「何をだ」

「この時季は蝮がよう出る。湿った藪や石陰の至るところで蜷局を巻いている」そう、ろくでもないことを言い始めた。「そして蝮は、最初に通りかかった者の足は噛まぬ。一度目は様子見する。そしてたいがいは、二番目に通りかかった者の足首か脛を、再び近づかれたと思って噛む」

「じゃからなんだ」

「人のことを寸評する前に、まずは我が足許をよく見て進めということだ」

愚息が渋い顔をして黙り込んだ。

新九郎は思わず笑った。土屋もいざとなれば、中々に意地の悪いことを言う。

ともかくも四人はその後も土屋を先頭に進み続け、むろん誰も蝮に噛まれることなく、森の中から岬へと出た。その突端の岩場へと出た時には、既に陽は背後の山に沈んでいた。周囲には薄闇が迫りつつある。

洋上に突き出た岩を目印に、断崖の上の岩場を這うようにして進んだ。今度は新九郎が先頭だった。

崖の縁が深く手前まで切れ込んだ部分に、一本の松の巨木が生えていた。船頭から聞いていた根下がりの幹が、崖の下へと伸びている。

新九郎は中腰になりながら、まずは崖の下を覗き込んだ。

そこには案の定、根下がりの松の幹に吊り下げられた舟があった。やはり誰にも見つかっていない。

事前の計画では、ここで夜になるのを待って、舟に乗り込んでまずは縄を切る。そのまま海面に落ち、西へと進んで琴ヶ浜へ回り込み、白砂の海岸の端にあった藪の中に改めて舟を隠しておこうというものだった。

が、舟をしばし眺めているうちに、新九郎の考えは変わった。

舟は今、海面から一間半ほどの高さに浮かんでいる。かつ、松の幹から舳先と艫へと結び付けられた縄は幾重にもなっており、このまま吊り下げておいたほうが、わざわざ琴ヶ浜まで漕いで行って隠すより、かえって見つかりにくいのではないかと感じた。

その考えを背後の三人に向かって説明し、こう締めくくった。

「それに砂浜に隠すより、ここから直に乗り込んで漕ぎ出したほうが、舟を海へと引き出す手間も省ける」

しかし光秀は崖の下をしげしげと覗き込み、こう言った。

「じゃが舟は、ここより三間ほども下の宙に浮かんでいる。崖を降りて乗り込むまでにはそれなりの手間と時もかかる。もし追っ手が居た場合には、追いつかれることもないわけではない。焦っている場合には海に落ちることもあるだろう。それが、最初の危惧だったではないか」

「確かに、崖を降りて乗り込むには時がかかるな」新九郎は答えた。「されど、ここから垂らした縄を摑みながら舟に飛び降りるなら、どうだ。一瞬で終わる」

光秀が答えるより先に、断崖を見下ろしながら愚息が口を開いた。

「確かにそれなら、すぐだな」

言いつつ、行李の中から別の縄を取り出した。手際よく松の根元に括り付け、その縄を両手に持つや否や、何の躊躇いもなく宙へと軽く跳んだ。

あっ、と新九郎が思った時には、愚息は眼下の舟にふわりと飛び移っていた。猫足のようなしなやかさだった。慣れてもいるようだ。このような他の船への乗り移り方を、倭寇時代は盛んにしていたものと見える。

「縄を根元から一間半ぐらいの所で持て」愚息は新九郎を見上げて言った。「さすればちょうど舟の上まで振れた時に、足先から半間ほど下に舟底が来る。その頃合いで縄を離して飛び降りれば、舟底にはさほど衝撃を与えぬ」

言われた通りに、新九郎も両手に縄を絡めた。

眼下を見る。狭隘（きょうあい）な崖の隙間に舟が浮いており、さらにその下には薄闇に包まれた黒い海面が、ゆったりと上下を繰り返している。

勇気を出して跳んだ。

直後には多少の音を立てながらも、三間ほど下の舟底に立っていた。

「わしもやるのか」

崖の上から光秀が問うてきた。即座に愚息はうなずく。

「全員が飛び移れるのなら、後はこの――」と、舳先と艫に括りつけられている荒縄を顎で示した。

「縄を切るだけだ。それですぐに舟は海に浮かび、漕ぎ出すことが出来る」

光秀がうなずき、縄を持って跳んだ。

が、こちらは愚息や新九郎ほどうまくはなく、舟底に尻餅（しりもち）をつくような感じで転がり落ちて来た。

新たに加わった光秀の重みで、根下がりの松がさらに撓（しな）り、三人が乗った舟は一層下方へと沈む。

「ふう。わしも年じゃな」

光秀がぼやく。

新九郎が舷から下を覗き込むと、もはや舟底は海面すれすれまできていた。

「久兵衛よ、残るはおぬしだけじゃ」愚息が崖の上を仰ぎ見て言った。「早くせよ」

「……分かった」

けれど、土屋は光秀よりもさらに不器用だった。握力が足りないせいもあったのだろう、舟に飛び移る直前に縄を持つ手許が緩み、すとんと体が落下した。腰を舷の縁に強かにぶつけ、一瞬その衝撃で舟も揺れた。

「痛っ」

呻き声を上げながら、土屋もまた舟底に転がった。

新九郎は舷から再び身を乗り出して、海面を見た。舟底から五寸（約十五センチ）ほどが海面に浸かっていた。

「既に着水している」愚息も海面を覗き込みながら光秀に言った。「あとは縄を全部切れば舟はさらに沈み込む。海面で安定する。そのまま沖へと出ることが出来る。わざわざ琴ヶ浜まで持っていくことはないの」

「わしは反対じゃ」光秀が答えるより早く、土屋が訴えた。「下手をするとまた縄からずり落ちて、今度は海に落ちるかも知れぬ」

「落ちてもいいではないか」新九郎はつい口を挟んだ。「今のように半端に落ちて腰を打つより、海に落ちてもすぐに這い上がれば溺れることもない。はるかに安全である」

「その通りだ」光秀も同調した。「案を変えて、ここに舟を隠したままのほうが良い」

「では、そうするか」

と愚息もうなずいたので、新九郎も重ねて言った。

「決まりだな」

「わしは嫌じゃ」

そう繰り返した土屋に対し、光秀は有無を言わせぬ口調で宣告した。

「三対一である。久兵衛よ、観念せい」

その後、新九郎たちは苦労して荒縄を伝い、舟から崖の上に戻った。

すっかり暗くなってしまった暗闇の中、四人で晩飯を食った。それぞれが鰹節や干し烏賊、梅干しなどを取り出し、握り飯を頬張り始めた。

「腰が痛い」

「そうか」

「かなり痛いのだ。骨も痛む」

「唾でも付けておけ」

そんな愚息と土屋のやり取りを聞きながら、五個の握り飯を次々に食った。食い終わったあとは、叢の中で各々がごろりと横になった。

最初は下草の先端がちくちくと体に触れ、その刺激が気になったが、夜半からの強行軍に体は相当に疲れ切っていたらしい。知らぬ間にぐっすりと寝入っていた。

目が覚めると闇の中、衣服がかなり湿っていた。周囲の下草も夜露ですっかり濡れている。三刻ほどは寝入っていたようだ。

次第に目が慣れてきた。新九郎は他の三人を次々と起こしていった。

「う……」

「起きよ。そろそろ刻限である」

「夜明け前か」

「あと一刻もすれば、そうなるだろう」

四人は再び土屋を先頭にして、来た森の中を戻り始めた。

が、もはや鉈を使う必要もなく目印もあるというのに、土屋の足取りは心持ち頼りなく、それ以上に遅い。

光秀が聞いた。

「どうした」

うん、と土屋は珍しく気落ちした声を出した。「寝たら、余計に腰が痛うなった。骨に罅(ひび)でも入っているのかも知れぬ」

新九郎は愚息と顔を見合わせた。思いのほか重症のようだ。

光秀が心配そうに再び声をかけた。

「少し休んで、打ったところを見てみるか」

「いや、それはいい」土屋は即答した。「見たところで痛みは変わらん」

「しかし、遅くとも今日の昼頃までには要害山に辿り着かねばならん。しかも山中では難儀な廃道を進むのだぞ」光秀はなおも言った。「具合が悪いならば、いっそこの岬で待っていたほうがいい」

そう親切心からおそらく言ったのだが、意外にも相手は思いっきり目を剝いた。

「わしはの、石見銀山に恋い焦がれるあまり、こうして織田家のおぬしらと手打ちして、はるばる山陰までやって来た」

「それは分かっている」光秀も答えた。「じゃが、途中で動けなくなったら元も子もないではないか」

「這ってでも、石に齧り付いてでも銀山まで行く」さらにこう、念を押した。「自分のやりたいことが叶わぬのなら、いっそ死んだほうがマシだ。要らぬ心配をするな」

「その死に方が、たとえ胡乱な者として敵に討たれてもか」

この問いかけにも、土屋ははっきりとうなずいた。

「わしはの、自分が知りたいものをこの目で見て、出来れば触れるためにずっと生きてきた。それで死ぬるのなら本望である」

「いや、しかし――」

そう言いかけた光秀に、さらに土屋は被せた。

「世間では死に際が大事だと言うような馬鹿者がいるが、大いなる見当違いである。あまりにもしみったれた、犬のような料簡である。死に方など、どうでもよいことではないか」

これにはさすがに光秀も持て余したようだ。

「だったら、何が大事なのだ」

「自らが心底好きなことで生きて来たかどうか。この一事のみである。人にどう思われるかは関係ない」土屋は言い切った。「それをせぬと、膾にされて死ぬより後悔するだろう。少なくともわしはそう感じる」

「まったく同感である」

そう大きく発せられた声が、直後には自分のものだと分かった。愚息もやや上気した表情で、口を開いた。

「おぬしは時おり、目の覚めるようなことを言う」

その通りだと新九郎も思う。

この男は少なくとも自らの生において、何を捨てて何を活かすべきなのかを知っている。そしてそれは、まったく正しい。

人が生きている時というものは、有限なのだ。その限られた今生において、何もかも手に入れることはできない。

「では、こうしようではないか」新九郎は土屋のために提案した。「ともかくも、この男が動けるところまでは連れて行く。最悪の場合は三人が交代で背負い、それでわしらの体力も限界になるようなら、そこで待たせる」

「じゃが、あの陣所の帳簿は誰が見る」愚息は言った。「わしもそれなりには読めるが、この男ほどではないと思うぞ」

「確かにな」と、光秀もうなずいた。「となると、難儀してもやはり連れて行ったほうがいいということか」

「そうしてくれ」すかさず土屋も訴えてきた。「走るのは駄目かも知れぬが、歩き続けるくらいならなんとかなる」

「分かった」

そのようなわけで、四人は再び森の中を進み始めた。

闇の中でも半袈裟の目印を頼りに、四半刻（約三十分）後に難なく峠道へと出た。

周囲はまだ真っ暗だった。西に向かって緩い坂を下っていくと、右手に海が現れた。琴ヶ浜だ。潮騒の音と白砂、沖に沸き立つ白波で、それと分かる。
十三、四町（一町＝約百九メートル）ほど歩き続けると、左手に見える山の端がごくわずかにだが白み始めてきた。
少しずつ上り坂になっていく。道が再び海から離れ始めた。次第に山道になっていく。

「そろそろだと思う」光秀が低い声で言った。「そろそろ右手に、鞆ケ浦までの道らしきものが出てくるはずなのだが」

そうだろうと新九郎も予想する。尼子が切り拓いた銀山街道は廃れても、鞆ケ浦という湊は今も漁港として生きている。だから、この山陰道から鞆ケ浦へと分岐する道は必ずあるはずだ。

周囲も徐々に明るくなり始め、ようやく十間ほど先まで見え始めた時、

「あれではないか」

そう言って愚息が指し示した先に、進んできた山陰道から右手の森の中へと分かれる道があった。

光秀がその分岐の所まで駆け寄っていく。三叉路の下草に束の間しゃがみ込んでいたが、やがてこちらを向いた。

「見よ。この道標を」

そう言って、草を掻き分けたところにあった苔むした石柱をこちらへと見せた。石の表面には『至鞆浦』と刻み込まれていた。

「となると、道の反対側に旧銀山街道の跡が続いておるはずだ」

土屋がそう言って、道の反対側にある森へとそろそろと近寄っていった。叢に沿って二十間ばかりゆっくりと歩き、再びこちらへ戻り始めた。その戻る途中で、

「おっ」

と一声上げると、不意に藪の中に入った。さらに奥へ分け入っていると思しき衣ずれがしたが、ややあって、

「たぶんここだ」暗い森の中から、再び声が湧いた。「みな、入ってこい」

その呼びかけに従い、新九郎たち三人も藪の中に分け入っていった。五間ほど続いた叢の先から、暗く深い森が始まっていた。それら木立の黒い陰に土屋は佇んでいた。

「見よ」

そう言って、自らの前を覆った木の枝に鉈を数回振るった。その四度目でまた腰を捻ったらしく、

「痛」

そんな土屋のつぶやきと共に枝葉が落ち、その前方にぽっかりと空間が出来た。

「一見は森に見えるが、よく地形を眺めてみよ」

言われた通りに、まだまだ仄暗い森を見遣る。土屋の指し示した部分だけ、下草の地面には木がほとんど生えていない。生えていたとしても、二尺（約六十センチ）ほどの若木である。

梢のない開けた頭上から、ごくわずかな空の明るさが差し込んで来ている。ほぼ下草だけの道らしきものが、木立の中へと延びていた。

8

二刻後、光秀たちは汗だくになりながらも、要害山の近くまで辿り着いていた。そしてその頃には、空はすっかり明るくなっていた。

銀山から鞆ケ浦までの旧街道の総距離は、二里（約八キロメートル）弱である。今使われている温泉津までの銀山街道に比べれば圧倒的に短い。

その行程のうち、山陰道の交差する場所からこの要害山の近くまでを、光秀たちは歩いてきた。以前に見た古地図によれば、一里強ほどであるということだった。

それでも愚息は溜息交じりに呟いた。

「やはり、廃れた山道というのは難儀なものであったな」

まったくその通りで、一刻でようやく半里という速さ（時速約一キロ）で歩いてきたに過ぎない。草や若木の生い茂った峠道は足跡が長らく絶え、杣道とも言えぬような惨状だった。足許は常にぶよぶよとぬかるみ、四人は滑ったり転んだりを繰り返しながら懸命に進んだ。その途中で、何度も街道の跡を見失っていた。そして旧街道の跡を見つけ直すたびに、半袈裟を切り取って、近くの枝に突き刺した。帰路で迷わないためだ。

次いで、土屋も吐息を洩らした。

「わしが先頭だったならば、もう少し時を稼ぐことが出来たのかも知れぬ」

が、鉈を振り回しながらの先導役は、途中から新九郎が引き受けていた。

「それ以上、おぬしに腰を悪くされるとわしらも困る」

そして道に迷った時は、新九郎のすぐ背後にいる土屋が、周囲の地形を見ながら進む方向を判断していった。

愚息もさらに口を開いた。

「確かこの旧道は、先で要害山を回り込むようにして二手に分かれるのであったな」

ああ、と光秀は答えた。「右手は毛利が作った新しい銀山街道に繋がっている。柵内の出口に、三つ目の楼門があっただろう。その楼門の近くに出るはずだ」

「左手に進めばどうなる？」

「銀山の途中に、町人街と武家屋敷を仕切る山門があったのを覚えているか」

「むろんだ」

「あの辺りに出るらしい」

「先にどちらを見る」

光秀は答える代わりに新九郎を見た。新九郎が言った。

「ここから近いのはいずれか」

「右手の、楼門まで続く旧道と聞いている」

「まずは、そちらにしよう」

さらに十町ほど森の中を進むと、果たして下草だらけの道が、二手に分かれた。光秀たちはその右手へと森の中を進んだ。

さらに半里ほど行くと、急に森の先が明るくなってきた。先頭の新九郎が、心持ち歩む速度を緩めた。

　固い地表を打つ車輪の音が、前方からかすかに聞こえて来た。先日歩いた温泉津への街道が近いのだと知る。新九郎の足取りがますます柔らかくなり、ついには下草を踏んでも一切の物音を立てなくなった。

　光秀はやはり感心する。

　こういう繊細な身のこなし方は、さすがに長年の鍛錬を積んできた兵法者に特有のものだ。と、その新九郎の動きが不意に止まった。

「五間ほど先に、柵がある」

　そう、ごくかすかな声で呟いた。光秀は新九郎の横まで、四つん這いになってそろそろと進んだ。

　その言葉通り、森の小径の先に、高さ五尺ほどの柵が設けてあった。

「どうする」新九郎がさらに声を落として聞いてきた。「柵の間近まで行ってみるか」

「そうしよう」

　そこから先は愚息と土屋を後に残して、二人だけで進んだ。

　柵の一間ほど手前まで、じりじりと擦り寄っていった。木立の先に乾いた地面が見える。小さな石仏が、通りの向こう側にぽつんとあった。先日は気づかなかった。

　視線を左手の茂みに移すと、枝葉の隙間から黒々とした建物が見え隠れしている。見覚えがあるのも当然で、銀山町の出口にあったあの楼門だった。

　柵の手前で蹲ったまま、じっと変化を待つ。

　しばらくして、楼門から人の話し声が聞こえて来た。会話の内容からして、楼門を通り過ぎる者と門番とのやり取りのようだった。その会話に、他の何人かの野太い声も応じている。

ふむ……楼門には、やはりそれなりの数の毛利兵が常駐しているようだった。

そこまで確認した後、二人して無言で撤退した。愚息と土屋の待っているところまで這い戻り、そこからは忍び足で先ほどの分岐点の場所まで戻った。

光秀はその分岐点から要害山の東へ東へと回り込みながら、愚息と土屋に出口の楼門の様子を説明した。楼門を出たところに、小さな石仏があったことも忘れずに付け加えた。

うむ、と一通り聞き終えた後、愚息は口を開いた。「されば、その楼門から銀山町に忍び込むのは無理か」

「少なくとも容易ではなかろう。四、五名は常駐している気配であった」

「夜でもそうかの」土屋も聞いてきた。「夜も更ければ、門番も一人か二人に減るのではないか」

「だといいが、確証はない。とりあえずもう一つの山門の様子を窺いに行こう」

薄暗い森の中を、枝葉を切り分けながらさらに半刻ほど歩き続けた。

途中から、木立の様子が次第に明るくなってきた。

森の左手から、荷車の行き交うような音がかすかに聞こえてくる。複数の車輪の音が折り重なっている。さらには客を呼び込む陽気な声も、遠方から響いてきた。

町人街がすぐそこまで迫っている。

と、行く手の森が不意に途切れた。六尺ほどの高さがある竹矢来の向こうは、明るい平地になっていた。さらにその先には民家が延々と続いている。毛利の衛兵はいない。

愚息がこちらを見る。

「どうする。あの竹矢来を乗り越えて民家の路地に忍び込むか。その路地から山門まで行ってみるか」

「今度はわしも、山門の様子を見たい」

そう言った土屋に光秀は、

「おぬし、その腰では万が一の時に走れぬであろう」

と釘を刺し、今度は新九郎を見た。

「新九郎と愚息よ。おぬしらは身のこなしが敏捷である。どうか」

そう問いかけると、すぐに二人はうなずいた。

「では、我らで行ってくる」

行李と半袈裟、そして脚絆を次々と脱ぎ捨て、二人は軽装になった。そして右手の森の中に分け入っていく。その行動の意味は分かった。平地の上に剝き出しになった竹矢来を越えていくと、異様に目立ってしまう。だからこそ毛利の衛兵がいないのだろうが、代わりに住民の誰かが愚息と新九郎を見咎めるかもしれない。

ゆえに二人は森の中にある竹矢来を越えて、その先にある木立の陰から最短距離で民家群の裏手へと忍び込もうとしている。

四半刻ほど待つと、二人が再び右手の森から姿を現した。

「遠目からだが、じっくりと見て来た」早速新九郎が言った。「武家屋敷と町人街を区切る山門には、二人の衛兵が居るだけだった」

土屋がうなずいた。

「柵内にある番所には、毛利兵は少ないのかも知れぬの」

光秀も尋ねた。

「ここからだとその山門を越えねば、武家屋敷の中にあった陣所には行けぬのか」

いや、と今度は愚息が首を振った。「我らはまず一度、民家沿いの路地から山門を見た。つまりは町人街から見たということだ」

その後を新九郎が引き継いだ。

「その後、再び森の中に戻って、竹矢来沿いに武家屋敷の方へと進んだ。少し進んでから森の外を見ると、すでに山門は過ぎていた」

「この森を右手から抜け出れば、直に武家屋敷の家並みへと侵入できるということか」

「そうだ」新九郎はうなずいた。「が、森からは最も近い建物までも、一町は更地を走らねばならぬ。だから、ここも木立の中から眺めただけだ。昼間の移動は無理だ。やるならばやはり夜だな」

「分かった」

それから四人は、逆側の左手の森へと分け入っていった。下草を踏み分けながら木立の中を進むにつれ、行く手には次第に傾斜が付き始めた。むろん、そうなるのが分かって進んでいる。先ほど道が分岐した場所の北東に、こんもりとした山容が見えた。その名前も分からぬ小山の頂上付近から、石見銀山の町の全景を遠望するつもりだった。

頂上への斜面を黙々と上っていくにつれ、周囲が明るくなってくる。が、森の中を上り続けている。銀山町の平地や要害山にある山吹城からは自分たちの姿が見えることはないだろう。

山頂付近まで上ると、巨岩の上に椎の大木が倒れ掛かっている場所があった。その岩の上によじ登り、横たわった椎の幹の陰に伏せて、眼下を見下ろす。

既に陽は天中に達しており、その陽光の強さに、石見銀山の町並みは町人街から武家屋敷に至るまで、くっきりと浮き立って見えた。

「あそこだ――」

新九郎が声を上げ、町人街と武家屋敷を仕切っている山門を指さした。

「あの山門を抜けた先に、もうひとつ寺が見えるであろう」

「うん」

「あの寺の裏手までが、森からは最も近い」

しかし新九郎が先に言ったとおり、その寺の裏手までは森の途切れたところから、どう見ても一町ほどの更地があった。

武家屋敷の中にある陣所に行き着くには、やはり夜を待ち、あの寺の裏手から忍び寄っていったほうが良さそうだ。

「では、夜にあそこの森から柵内へと侵入しようかと思うが、如何」

光秀がそう言うと、他の三人も一斉にうなずいた。次いで、愚息が口を開いた。

「されば去る時も、あの寺の裏手から森へと戻るか」

「それでいいのではないかな」

光秀が答えると、新九郎と土屋は再びうなずいた。

四人の意見が完全に一致したところで、光秀たちは巨岩の上から降りた。降りてすぐの岩陰で、遅い朝食兼昼食となった。糒を水に浸して食べ始めた。

途中で土屋が口を開いた。

「夜のいつ頃に動き始めるか」

「まず、この昼飯を食った後は、夕方まで仮眠をとる」光秀は考えながら答えた。「起きたところで、また晩飯を食う」

「ほう？」

「そして満腹に任せて、再び眠る。とはいってもしっかり寝る。次に眠っても、一刻半か二刻ほどで目も覚めよう。そこから柵内の町の明かりの灯りようなどを見て、行動を開始する」

「分かった」

9

二度目の眠りから覚めた時、辺りは静寂に包まれていた。

新九郎は起き上がりながら、昨晩のように足元の草を触った。わずかだが水滴が指の腹に付く。

柵内の銀山町を見下ろした。民家の灯りはほとんどが消えて、昼間はあれだけはっきりと見えていた家並みは、すっぽりと闇の中に包まれている。住民たちは寝静まっている。最低でも、日没から二刻（約四時間）は経っている。

次に光秀たちを起こしていった。

四人で、しばらく眼下の柵内と思しき場所を眺めていた。

「どうか。みな夜目には慣れてきたか」

そう光秀が聞くと、愚息は無言でうなずき、土屋はこう答えた。

「今、山門がぼんやりと見えてきた。町人街から武家屋敷になるあの山門だ」

新九郎は、もう少し仔細に町の様子が見えるようになっていた。

「わしには通りも、その先にある陣所も、ぼんやりと見て取れる」

「それだけ見えるようになっていれば、充分であるな」光秀は言った。「では行こう。山を下りる」

木立の斜面を足元に気を付けながら降りきると、下草だらけの小径に出た。

そこから先の逆側の森の中は、新九郎と愚息が残る二人を先導した。木々の下は深い闇に包まれていたが、それでも一度は昼間に走破した場所だ。愚息と見当を付けながら進むうちに、森の先から武家屋敷まで最も近い場所に出た。

「あれだ」

新九郎は木々の先に見える寺の影を示しながら言った。

「あの寺の裏手までが、最も近い」

「素早く移動するか」愚息が言った。「物音を立てぬよう慎重に進むか」

「慎重に進むことにしよう」

光秀が答えた。

森を出た順は、先頭が最も夜目の利く新九郎だった。次に愚息、三人目が土屋で、最後が光秀だ。腰を痛めている土屋を見守りながらの殿(しんがり)役だった。

「足を心持ち上げて歩け」新九郎は土屋と光秀のために小さく言った。「小石は踏んでも黙っておるが、蹴(け)ると派手な音が鳴る」

幸い四人ともほぼ足音を立てぬまま、寺の裏手へと着いた。そこから先は建物の間の路地を通り、表通りへと進んだ。

町人街とを仕切る山門のこちら側に衛兵は立っていなかった。逆側を見遣る。先にも人通りの完全に途絶えた大通りが見えた。

その大通りを、塀の陰から塀の陰へと斜めに横切りながら進んだ。無人でさえあれば、整地してある道を進んだほうがはるかに足音が立たない。道に人気(ひとけ)がない限り安全である。

やがて行く手に、あの陣所が見えて来た。

が、浅い水堀に囲まれた建物は、その石垣の上で四方が高い塀に囲まれており、通りに面した中央の門は、今は閉まっていた。

「なんと、門が閉まっておるではないか」

隠れた藪の中で、土屋がいかにも残念そうな声を出した。すかさず愚息が答える。

「おぬしでも夜寝る前は家の戸締まりをするだろう。当然ではないか」

「じゃが、あの外堀を渡って塀を越すのは、少々難儀する」

そうだろうと新九郎も思う。塀は真下からなら縄をかけた後は足場が作りやすいから存外に上りやすいのだが、外堀の向こう側にある塀というのは、縄を飛ばしてもそこからが難儀する。まず遠くから投げた鉤(かぎ)は、塀の内側に引っかかれば大きな音を立てるし、次に縄を握ったまま堀を飛び越えて塀に両足を着く時も、それなりの音が立つだろう。何かの拍子に堀に落ちたら、浅瀬というのは意外に飛沫(ひまつ)音が出る。周囲はこれだけの静寂に包まれているから、間違いなく近隣の住民が目覚める。

「堀に浸かりながら塀の真下まで行って、そこから縄を優しく飛ばすしかなかろう」

そう光秀が言うと、愚息もうなずいた。

「水音を立てぬよう進むしかないの」

その万が一の、音を立てた場合が気になった。新九郎は光秀を見た。

「塀を乗り越えるには、あと少々かかるな？」

「それがどうした」

「その準備の間に、わしは西の外れの楼門を見てくる」新九郎は言った。「夜の守衛を確認してくる」

光秀はうなずいた。

「早く戻れよ」

新九郎もうなずき返し、叢から出て夜道を西へと急いだ。

先に楼門の屋根が見えてきた。篝火の灯りが軒下を照らし出している。こちらにはやはり夜も門番がいるようだ。それを確かめた時点で、通りに連なる武家屋敷の裏手へと回った。

屋敷の裏手を迂回して真横から楼門を眺めると、柵内の門側に二名がいた。が、門の外の様子が分からない。

新九郎は適当な小石を拾い、それを柵の向こうの森へと大きく投げた。

柵を越えた十五間（約二十七メートル）ほど先の森の中で、枝葉がガサゴソと音を立てた。

「なんぞ」

「鼬(いたち)か貂(てん)か」

そんな声が聞こえ、柵外に面する門の軒下から、こちらも二名の兵が姿を現した。計四名だった。ひょっとしたら楼門の中に仮眠中の兵もいるかもしれないが、いたとしてもあと二名ほどだろう。

そこまでを確認して、新九郎は光秀たちの許(もと)に急いで戻り始めた。

陣所の裏手にある闇に目を凝らすと、既に三人は藪の中から出て、浅い外堀に浸かっていた。新九郎も腰まで水に浸かってそろそろと近づいていった。

愚息が無言でまずは自分を示し、次に光秀、三番目に土屋、最後に新九郎を指さした。その順番で塀を越えていく、ということだ。

新九郎がうなずくと、愚息は既に掛け終えていた縄を使って塀を上った。一瞬で上り終え、向こう側に姿を消した。光秀も素早く敷地内へと侵入した。

しかし土屋は、だらしなく縄にぶら下がるような感じで、もっさりとしか上っていくことが出来ない。

多少苛立(いらだ)った新九郎は、小さく言った。

「もう少し速く動け」

「腰が痛いのだ」土屋がぼやく。「無理を言うな」

舌打ちしたいのを堪(こら)え、新九郎は相手の尻を真下から思い切り押し上げた。土屋の両手がようやく塀の上にかかり、なんとか境界を乗り越えた。

続けて新九郎も塀をさっさとよじ登った。敷地内にふわりと飛び降りると、愚息が素早く縄と鉤を回収する。

四人して建物の裏手から正面へと回った。しかし、建物の表扉にも錠前が付いていた。

「どうする」

新九郎は愚息に問うた。

「叩き壊して中に入るか」

光秀は首を捻った。

「出来うることなら、毛利には侵入したことすら気づかれずにここを去りたい」

何を虫のいいことを、と一瞬感じたが、そこで土屋が口を開いた。

「わしにやらせてみよ」

「出来るのか」

「開かぬ錠前もなんとか開けるのが、蔵前衆（くらまえしゅう）の駆け出しのころの仕事であったわい」土屋は言った。

「少なくともおぬしらよりははるかに上手い」

そう言って、懐から耳かきのような小さな鉄の棒を出した。錠の中に差し込む。しばしして造作なく解錠できた。

「確かに」

愚息が唸った。

「な。やっぱりわしを連れて来て、良かったろう」

土屋が恩に着せながら扉を開けた。

新九郎は携帯用の燭台（しょくだい）を取り出し、火を付けた。その灯りに、室内の様子がぼうっと浮かび上がった。

入ったところは土間で、荷車が一台あった。さらにその先に十畳ほどの板張りの部屋があった。隅を見遣ると、いかにも重そうな鉄枠囲いの木箱が三つほど置かれていた。すべてに錠前が付いていた。何故に横に並べて縦に積み上げられていないのか。恐ろしく重いからだろう。中身はおそらく銀子だ。

が、光秀は木箱には目もくれず、さらに周囲に視線を走らせている。愚息も同様だった。既に草鞋を脱ぎ、板の間に上がっていた。

「こちらではないか。この奥に、もうひとつ部屋がある」

その声に誘われるように、次の間に入った。こちらも十畳ほどだったが、中央には机が四つ並んでおり、それぞれの机の上には硯と筆が置いてあった。銀を扱う納出係の仕事場のようであった。四方の壁は戸棚になっており、取引台帳のような物がずらりと並んでいた。

四人は手分けして、その四方の壁を調べ始めた。

しかし、

「くそ。どれが新しい台帳か分からん」

愚息の言葉に、土屋が応じる。

「帳簿というものはの、古い順に上の棚から埋まっているものぞ」

「ということは、下の棚にあるのが新しいのか」

光秀が問うと、土屋はさらに答えた。

「途中まで帳簿が詰まって、棚の左手のまだ空いているところが、最も新しい」

そう言われて気づいた。新九郎の膝下に、途中まで埋まって左側が空の段があった。その端の冊子を、何気なく手に取った。

仙ノ山銀、出納帳、永禄十二年七月と表紙にある。今年の、しかも今月だ。慌てて中を開く。その記述の残る最後の部分を見る。

二十八日、納入四貫五百七十匁、搬出零
とあった。

更に前の記述を見ると、
二十七日、納入五貫二百三十七匁、搬出零
とあり、そのまた前の数字も見た。

二十六日、納入三貫九百三十二匁、搬出十五貫
と初めて搬出の記録が現れた。もう間違いないと思う。

「あったぞ、たぶんこれだ」

そう言うと、左手にいた土屋が飛んできた。新九郎の両手から台帳を捥ぎ取るようにして奪うと、目にも留まらぬ速さで逆に捲り始めた。

「たしかにそのようだ。納入は三貫から六貫の間でまちまちだが、おおよそ二日おきに、きっちり十五貫が搬出されている。これは鉱物特有の出納の仕方である」

それを聞いた新九郎は改めてしゃがみ込み、棚から次々と冊子を引っ張り出した。いつの間にかすぐ脇に来ていた愚息が、それらの冊子を受け取りながら呟く。

「永禄十二年六月」

「永禄十二年閏　五月」

「五月」

やがてその冊子は、昨年の永禄十一年の分となり、さらに一昨年の永禄十年のものとなった。三十冊余り膝小僧の上に抱えた愚息は、光秀と土屋の顔を見上げた。

「どうする。何年分を調べるのだ」

「毛利がこの地を治めるようになってから、八年が経つ」光秀が言った。「出来ればその八年分の全部を知りたい」

「月ごとの産出量は、いずれの台帳の巻末にも載っておらん」土屋がなおも愚息から台帳を貰い受けながら、忌々し気に反論した。「月ごとの出荷量も同様だ。だからその二つを算出するには、台帳の日々の数字をすべて集計せねばならん」

「だから何だ」

その光秀の問いかけに、

「日々の出納記録を八年分も集計していたら、おそらく夜明けまでかかる。それではこの場所から抜け出せぬ」と、土屋は答えた。「じゃが三年分ほどならば、手分けすれば一刻ほどで調べられる。わしが湯之奥金山から持ち出した記録も三年分であった。信長に報告するには、充分な数字であろう」

けれど、光秀はやや不満そうであった。

金の勘定に関してはほぼ素人の新九郎ではあるが、なんとなくその心情は推し量ることが出来るような気がした。

金と銀の交換比率は畿内においてはおおよそ一対十であるが、その交換比率を勘案しても、こちらの銀山の規模は湯之奥金山をはるかに凌いでいた。少なくとも新九郎の感覚では、仙ノ山の間歩のほうが湯之奥の鉱床より百倍は大きい。集落の規模にはそれ以上の差がある。圧倒的に石見銀山のほうが栄えている。

　つまりは金銀を銭に換算しても、武田家より毛利家のほうがはるかに稼いでいるのは既に自明の理だった。だからこそ光秀は、より長い期間の採れ高を調べて帰京しようとしている。

　しかし新九郎はそこに、信長に気に入られようとする光秀の「さもしい」奉公人根性をどうしても感じてしまう。正直あまりいい気持ちのするものではないし、だからこそ旅に出る前の愚息も、最近の光秀の有り様を気に入っていなかった。

「最近のあれは牛馬や犬と同じだ。立身という餌を目の前にぶら下げられ、信長にいいように追い使われている。なによりもげんなりするのは、当人にその自覚がまったくないということだ」

　たしかにその無自覚さ加減には、新九郎も時にやり切れないものを感じていた。だから光秀には、直にこう忠告したこともある。

「十兵衛よ、おぬしは少し織田家に入れ込み過ぎておる。本来おまえは明智家再興のために東奔西走していたはずだ。信長の許で立身するためではあるまい」

　そこまでのことを一瞬反芻(はんすう)した直後、愚息がいかにも面倒臭そうに光秀に言い放った。

「ならば月ごとの台帳を八年分、すべて持ち逃げすればよいではないか。とっととこの場を去ることが出来る」

　いや、それは出来ぬ、と光秀はまず答えた。「先ほども申したが、毛利には侵入したことすら気づかれたくない」

「この部屋のどこかに、月ごとの出納記録をまとめた年間台帳があるのかも知れぬ」新九郎も思いついて言った。「たぶんそれなら八年分が一冊にまとまっている。それを写せばいい」

いや、と土屋が首を振った。「それはあったとしても、おそらくこの陣所にはない。要害山の山吹城内にあろう」

「何故だ」

そう新九郎が問うと、土屋は少し笑った。

「わしらのような不埒者が万が一ここに忍び込んでも、年間の出納状況をすぐには把握できぬようにするためだ。算術に自信がない限り、集計には朝までかかる。諦めて帰るしかない」

そして、改めて光秀を見た。

「ともかくおぬし、三年分で我慢せよ。わしとて欲を言えば八年分を知りたい。が、それは無理というものである」さらにこう言った。「泥棒というものはの、決して欲張ってはならぬものらしいぞ。十中八九は墓穴を掘る」

結局、その土屋の言葉に光秀は従った。ただでさえ夜明けまでの時間は限られている。無駄に会話を続けている暇はない。

土屋、愚息、光秀の三人は、それぞれが永禄十一年、十年、九年の月台帳を一年分ずつ持って、机に座った。ほぼ同時に算盤を弾き始めた。

新九郎は算盤勘定は出来ないので、彼らが計算をしている間、見張り役を買って出た。奥の部屋から玄関前の部屋に戻る。先ほどの鉄枠囲いの木箱が並んでいる。

ふと興をそそられて、そのうちのひとつを持ち上げてみた。両手で木箱の対角線上の角を摑み、なんとか二尺（約六十センチ）ほど浮かせられた。おそらく十貫（約三十七・五キログラム）ほどの重さはある。

新九郎はその後、屋外へと出た。

塀の内部の敷地を眺めながら、毛利家の存外な周到さというものをぼんやりと考えた。

一見この陣所は夜の警備も置かずに、不用心に見える。しかし錠前のかかった銀子箱は荷車に載せねば運び出せぬだろうし、大通りの固い路面では車輪が派手な音を立てるだろうから、搬出は容易ではない。万が一、柵内を抜け出せたとしても、外界へと続く険しい山道を荷車で運ぶのはまず無理だ。

他方、奥の部屋の台帳を盗み見ようとする者は、まずは他の大名の間者（かんじゃ）である。が、所詮（しょせん）は算術の素人であるため、素早く集計することなど出来ない。しかも間者は基本的に一人で隠密活動をするから、今のように三年分の記録を仮に集計できたとしても、確実に朝までかかる。

そう考えてみれば、毛利家の警備というのは柵内の入り口と出口をきっちりと警備しているだけで事足りるのかも知れない。

ともかくもまだ夜は深い。新九郎は次に、この陣所を出て行く方法について思いを巡らした。

正門の扉は外から閉められていた。藪の中から見た時、閂（かんぬき）が通されて錠まで付いていた。その正門の脇に、小さな木戸口でも設けていないかと思ったが、そんな出入り口はどこにもなかった。

やはり来た時と同じように、塀を乗り越えて外に出るしかない。が、出た先は直ぐに堀なのだ。水音を立てないように、爪先からそろりと着水する必要がある。明らかに「入る」より「出る」ほうが難しい作りになっている。

それら脱出の手順に思いを巡らしている間に、けっこうな時間が経ったような気がした。新九郎は再び屋内へと戻った。
奥の部屋に入ってみると、土屋は以前に座っていた席から光秀の隣へと移動していた。
愚息は永禄十年の冊子を十冊目まで終えている。光秀は、まだ八冊目だった。その光秀を土屋は横で手伝っていた。
新九郎は空になった土屋の席を見下ろした。案の定だった。自らの担当した永禄十一年の冊子十二冊は、既に集計し終えてあった。
その積み重ねられた冊子の横に、数字が書き連ねられた和紙がある。
一月、搬入・百四十二貫、搬出・百三十五貫（匁は切捨。以下同）
二月、搬入・百五十一貫、搬出・百六十五貫
三月、搬入・百四十八貫、搬出・百三十五貫
というように、十二月まで整然と数字が並んでおり、最後の集計では、
永禄十一年の総搬入・千八百六十一貫、総搬出・千八百六十貫となっており、ほんの一貫違いであるが、最初に匁単位の重さは切り捨てとあったから、たぶん両者の実数は完全に一致しているのだろう。つまり、去年に仙ノ山から掘り出された銀は、すべて温泉津にて売り捌（さば）かれているようだ。
しばし待っているうちに、土屋に手伝われていた光秀の冊子もすべて終わった。
新九郎はその集計の数字を覗き込んだ。
先ほどと同じように一月の出納の数字から始まり、十二月まで続いている。その末尾の総搬入と総搬出の数字だけは、しっかりと脳裏に刻んだ。

永禄九年の総搬入は千五百九十三貫、総搬出は千五百九十貫と、こちらもわずか三貫違いである。誤差の範囲内だろう。

「どうやら毛利は、銀の相場など考えずに、採れた先から温泉津に運んでいるようであるな」

「野放図ということか」

そう新九郎が問うと、土屋は首を振った。

「この日ノ本に限らず、銀の相場は南蛮でも天竺でも唐でもわりと安定している。金と違って、売り時をそこまで計る必要がないからだ。まったく羨ましい話だ」

そこまで聞くと、さすがに新九郎にも武田家に対する毛利家の優位性が、ますます分かるような気がした。

「愚息よ、手伝うか」

そう土屋が続けて口を開いたが、算盤を弾きながら相手は首を振った。

「あと半月分くらいで終わる。その後は集計するだけだ」

光秀は、自分と土屋の分の台帳二十五冊を、元あった棚へと中腰になって戻し始めた。ちゃんと古い年月順に並べている。

冊子を戻し終わった直後、愚息が口を開いた。

「こっちも終わったぞ」

その永禄十年の冊子もすべて棚に戻し終え、さらに使った机の上をすべて来た時の状態に戻した。

それから新九郎たち四人は、慌ただしく部屋を出た。

建物を出ると、土屋が以前のように扉の錠を鎖した。

「部屋の中も元通りだ。これで誰かが忍び込んだとは思うまい」

そうだろうと新九郎も感じる。次に敷地を裏手へと回り、塀を乗り越えた場所まで戻って来た。愚息は塀際に残していた長い荒縄を摑んだ。

「鉤を真ん中に調整する」

言いつつ、縄に付けた鉤の位置をずらしていった。その意味も新九郎には分かった。

鉤の位置を変え終えた縄を、愚息は塀の天辺へと飛ばした。鉤が塀の縁に引っかかった。そしてその鉤から二本の縄が垂れ下がる。

「来た時と同じ順で出ていく」愚息は再び口を開いた。「あちら側に降りる時は、くれぐれも水音を立てぬように慎重にの」

土屋と光秀が無言でうなずいた。直後から愚息は縄の一本を摑み、塀を上り始めた。侵入した時と同じように手早く塀を上り終え、天辺でもう一本の縄を塀の外へと垂らす。今度はその縄を摑んで、塀の外の堀へと降り始めた。

塀の内側――こちら側に垂れている縄の微かな揺れが止まった。それで愚息が堀に無事着水し、縄を離したことを知る。

次に光秀が動いた。これまたさっさと上り終え、塀のあちら側へと姿を消した。

三人目の土屋が縄を摑んで上り始めた。けれど、この男の動作は相変わらず緩慢なものであった。腰痛のせいもあるのかも知れない。溜息をつきたくなるのを我慢し、

「また尻を押すか」

そう問いかけると、土屋もまた小さな声で答えた。

「頼む」

言われた通り、相手の尻を再び真下から押し上げ始めた。土屋の両手がようやく塀の上にかかる。もう少しだと思い、さらに力を込めて臀部(でんぶ)を押し上げげた。ややあって腹が塀の天辺にかかった。土屋が右足を上げ、塀の外に出し始めた。もう大丈夫だろうと感じ、両手を離した直後、

「痛っ」

そんな微かな悲鳴が頭上から響いた。驚いて見上げると、唯一残っていた土屋の左足が塀の外に消えるところだった。残っている縄も急激に上がっていく。鉤が外れた。逃してなるものかと、新九郎は咄嗟にその縄の端を摑んだ。一瞬の抵抗があり、さらに強く握った。

直後、
ぱっちゃーん——

と、何かを激しく打ち付けたような盛大な水音が、塀の向こう側から響いてきた。

土屋は残った左足を上げている時、おそらくは腰に痛みが走った。体勢を崩して堀に落ちた。そして浅瀬は、深堀より存外に大きな音が立つ。

運の悪いことに近所で犬が鳴き始めた。それも執拗に鳴き続ける。やがて他の犬の鳴き声がそれに和し、陣所の周囲へと広がっていく。

くそ、と新九郎はおもわず舌打ちした。最も恐れていたことが起こった。塀の天辺に鉤を掛け直し、素早く上った塀から外を見下ろした。三人の影はまだ水の中にあった。自分が降りて来るのを待っている。縄を伝って一気に降りた。足先から着水する時だけ、若干慎重になった。

「どうする」

そう愚息に聞くと、相手は即答した。

「先ほどの藪に戻る。急ごう」

言いつつ縄を強く一振りすると、塀の上から鉤を外した。手早く荒縄を回収していく。

「すまぬ。どうしようもなかったのだ」土屋が小さな声で弁解する。「乗り越える時、腰に痛みが走った」

「うん」

「言い訳はあとだ」やや苛立ったような声で光秀が答えた。「今も痛むか」

「歩けないほどか」

「それくらいはなんとかなる」

光秀はうなずいた。

「ともかくも行くぞ」

急いで外堀から出た後は、先ほどの藪の中にいったん隠れた。新九郎はその途中で気づいた。柵外へと出る楼門の方から、小さな灯りが見えていた。おそらくはこちらに向かっている。

そのことを藪に隠れてから口にすると、

「門番たちであるな」

と愚息が言い、光秀もこう続けた。

「まずいことに家の灯りもあちこちで点きつつある」

ということは、ここで愚図愚図しているとますます状況は悪くなる。

「入った時のように最後まで押し上げてくれれば良かったのだ」土屋が不満そうに口を開く。「ならば、塀の上で無理に腰を捻ることもなかった」

これにはさすがに新九郎もむっとした。

「わしのせいか」

が、土屋が答えるより早く、愚息が相手の頭を思い切りはたいた。

「人のせいにするでない。おのれの失態であろうが」

声が西方から近づいてくる。楼門の門番たちが迫ってきている。

再び光秀が土屋に聞いた。

「やはり走ることは出来ぬか」

「無理だ」あっさりと土屋が否定する。「歩くだけでも痛かった」

しかし、柵内から急いで逃げ出さないと、四人とも袋の鼠になる。

愚息が溜息をつき、金剛杖を握りしめながら光秀と新九郎を見た。

「死人に口なしである。気の毒だが、いっそこやつを打ち殺して立ち去るか」

これには土屋も口を尖らせた。

「わしがおらねばあそこまで早くは調べられなんだ。それを叩き殺すというか」

「わしらに勝手に付いてきたのだ。死はもとより覚悟しておろう」

しかし、さすがにこの提案には光秀も首を横に振った。

「久兵衛とはこの半月ほど寝食を共にした。もはや同志である」

愚息は再び大きな溜息をついた。

「新九郎、我ら四人のために腹は括れるか」

こんどはこっちに矛先が向いた。一瞬迷ったが、新九郎はうなずいた。

「どうするのだ」

すると愚息は懐から紙片を取り出した。光秀に渡し、こう言った。

「永禄十年の、先ほどの計だ。おぬしに渡しておく」

「何故だ」

その光秀の問いかけに、愚息はこう答えた。

「わしと新九郎が囮(おとり)になる。毛利兵たちを引きつけ、敢えて楼門へと走る。その間におぬしらは先ほどの道を逆に通って、森の旧道へと戻れ」

「されど、おぬしら二人はどうする」

「出たとこ勝負だ」愚息は淡々と答えた。「なんとかする。一旦は楼門を突破して柵内から出るつもりだが、どうにかしてあとを追いかける」

その言い方で、愚息にも追手を振り切れる自信がないことを知った。

光秀は束の間躊躇(ためら)うような表情をした。が、結局はうなずいた。

「分かった。じゃが、突破が無理だと思ったら、すぐにわしらのあとを追え」

「ふむ?」

「わしらは十年来の友垣である」光秀は断言した。「おぬしらだけを死なせはせぬ。共に戦って討ち死にする」

「得物も持たぬのにか」

すると光秀は金剛杖を右手に持った。

「これで戦う」

これに対し、愚息は笑った。何も言葉は返さなかった。代わりに新九郎のほうを見て、こう言った。

「では新九郎、行くぞ」

「おう」

直後、土屋が新九郎を見て口を開いた。

「すまぬ」

「馬鹿め」新九郎はつい毒づいた。「謝るなら、最初から人のせいにするな」

そう言い捨て、愚息と共に金剛杖を持って藪を飛び出した。二人して陣所の脇を抜け、大通りへと出た。

途端、三十間（約五十四メートル）ほど先に二つの提灯が見えた。見る間にこちらに近づいて来る。

「殺すのか」

新九郎が聞くと、愚息は首を振った。

「むしろ生かして、楼門の外まで引っ張り出す」

そうだ、と思い直した。我らの役目はあくまでも囮だ。毛利兵たちに新しい銀山街道のほうに逃げたと思わせることにある。殺すことではない。

距離が十五間ほどになった時、毛利兵たちもこちらの気配に気づいた。

「何者ぞっ」

「動くなっ」

が、新九郎と愚息はさらに走る速度を上げた。動くなと言われ、止まる馬鹿がどこにいようか。毛利兵と思しき四、五人の影に突進していく。提灯の左右に白刃が煌めく。相手が抜刀したのだと知る。

「止まれっ。斬るぞ」

その震えが混じった声に、つい笑った。三間ほどの距離になった時、毛利兵たちの恐怖に引き攣った顔が見えた。

直後、一人が斬り付けて来た。金剛杖で白刃を軽く受け流し、敵の懐深くへと飛び込んだ。飛び込むと同時に左手で、刀の柄を握る相手の手首を押さえていた。

「離せ」

その言動からして、実戦の経験はほぼ皆無のようだ。再び笑いだしそうになりながらも、金剛杖の先で相手の鳩尾をしたたかに突いた。

「うっ」

相手が腰をかがめた。その横顔を再び杖で横殴りにする。失神して倒れた。続けて右の敵の脛を払い、次に左の毛利兵の喉元を突いた。

気づくと、愚息の周りにも他の二人の兵が呻き声を上げながら転がっていた。

そのうちの一人が放り出した槍を、愚息が拾い上げる。新九郎も最初に倒した兵士の刀を奪った。

再び二人して西の楼門へと走り始めた。

「三人とも足腰を立たぬようにしたか」

愚息の問いかけに、新九郎は首を横に振った。

「喉を突いた奴はすぐに来るだろう」

「わしのほうは二人とも動けぬ」

となると、追いかけてくる兵は一人だ。あとは楼門に何人の兵が残っているかだけだった。

走りながら愚息が再び話しかけてくる。

「日中、森を進んで楼門の右手まで行ったな」

「ああ」

「楼門を突破した後は温泉津へと新道を進むと見せかけて、あの右手の森に潜り込む」

「分かった」それから少し考えて、こう答えた。「愚息よ、おぬしは先に森に入れ」

「ん？」

「わしは街道をもそっと進む。敵には確実に温泉津へ進んだと見せかける。それからおぬしのあとを追う」

「分かった」

背後の遠くから半鐘が鳴り始めた。柵内の町中に響いている。

光秀と土屋のことを少し思う。たぶん大丈夫だ。おそらくはもう、あの山門脇の寺の裏手へと向かっているはずだ。

行く手に柵外へと繋がる楼門が見えて来た。両脇に篝火が焚かれ、軒下を照らし出している。その篝火を背にして黒い人影が立っていた。

雲を衝くような大兵だ。新九郎と愚息を認めると、ゆったりとした動作で太刀の鞘を払った。先ほどの兵たちのように無駄な誰何も警告もしない。

　こいつ、出来る。少なくとも先ほどの兵たちより度胸は据わっている――。

　愚息よりさらに半歩進み出る。そのまま大男に向かって駆けていく。男は新九郎が間合いに入って来た時、太刀を構え直した。右肩の微妙な動き出し。分かる。太刀筋が見える。鎧をまとっていない自分を袈裟懸けに斬り下げるつもりだ。

　どうする。殺すか。その方がより安全に仕留められる。

　そう感じた瞬間、篝火が相手の横顔を照らした。まだ若い。

　直後、敵の大太刀を左に躱しながら、相手の腰下にこちらの剣を切り下げていた。佩楯からわずかに覗いていた膝頭に刃先を一閃させる。

「あ」

　思わず右膝を突いた相手の兜を、真横から思い切りはたいた。

　ぐわんっ。

　兜が音を立てて激しく揺れ、さらに左膝を突いた。返す刀で、男の首筋を激しく峰打ちにする。

「ぐっ」

　それが若者の最後の言葉だった。地べたに倒れた時には気を失っていた。

　楼門の陰から出てくる兵士はいない。しかし半鐘は今も激しく鳴り続けている。山門からこちら側に住む毛利の武士たちが起き始めているのは間違いない。

　二人して楼門の外に出た。既に町を抜けた柵外である。左手に、昼間に森の中から見た地蔵――石仏があった。

「愚息よ、今のうちだ」

「分かった」

「石仏のある反対側だ」さらに小さな声で言った「森に一間ほど入れば、下草が倒れている」

光秀と共に這いつくばっていた場所だ。直後には愚息が右手の森に入り込んだ。

そこまで見届けた後、新九郎は再び楼門をくぐって柵内へと入った。今しがた倒した大柄な若者の脇を通って、篝火のある所まで戻る。その鉄製の籠(かご)の土台に、予備の松明(たいまつ)があった。

その松明を炎に当て、火が移るのを待ちつつも町のほうを眺めていた。

闇の中から四つほどの灯りが近づいてきている。先ほど打ち据えた兵たちかも知れない。さらにそのはるか後方でも、光の束がいくつか上下している。他にもこちらに駆けて来ている者たちがいる。

人の声も至る所から聞こえ始めていた。武家屋敷の地域に住む住民たちが、本格的に動き出しているようだ。すなわち毛利の武士たちだ。

新九郎は火のついた松明を手に、再び楼門を出た。真正面に続く新しい銀山街道の急勾配を登っていく。一町(約百九メートル)ほど坂を登った時点で後方を振り返り、眼下を見た。

柵内の人家に多くの灯りが点き始めている。大通りも既に無数の灯りで照らし出されている。町が目覚め始めている。

「あれぞ。あれに賊が見えるっ」

「降路坂を登り始めておるぞ。温泉津へと逃げるのだっ」

そんな叫び声も、楼門の近くまで迫ってきた武士団からかすかに響いてきた。

よし、と新九郎は安堵する。少なくとも逃走の初手では、銀山街道の新道に逃げていると思わせることが出来た。

更に二十間ほど登ったところで、両側から森の枝葉が迫ってきた。その先も、坂の両端は森に覆われている。

新九郎は松明を地面に擦り付けて消した。その後、右手の森の中に進入した。五間ほど分け入った叢の闇の中で、じっと周囲の気配を窺う。

ややあって坂道を登ってくる激しい吐息が聞こえて来た。

「くそ。灯りが見えなくなった」

「森の梢に遮られているのだ」

「賊は二人であるぞ」

その最後の言葉に、新九郎は満足した。光秀と土屋は発見されていない。となると、今頃は寺を抜けて無事に更地を渡り、その先の森に辿り着いた頃だろう。

それら四、五名の足音が、新九郎の藪の前を通り過ぎた。

しばらくして、再び息の上がった声が下方から近づいてきた。

「陣所に忍び込もうとしたようじゃ」

「馬鹿め。あそこに入っても、銀子箱は重くて持ち出せぬ」

新九郎はますます安堵する。どうやら我らを単なる銀子目当ての泥棒と見ているようだ。それら一団の声もやがて新九郎の前を素通りして、さらに降路坂を登っていった。

三番目に坂を登って来た一団は、その武具の擦れ合う音からして重武装した毛利兵のようであった。足音の多さから察して、十名以上の大所帯だろう。

「塀の扉も母屋の鍵も、開いてはおらなかったという話ぞ」

「当家に被害はないということか」

「そうだ。たぶん失敗した」

「とはいえ、賊は賊ぞ。捕まえねばなるまい」

そのようなことをめいめいが口走りながら、これまた新九郎の存在に気づかず叢の前を通り過ぎていった。

しばしの静寂が訪れた。新たな追跡隊は、今のところこの新道には向けられていないようだった。

新九郎は叢の中からそろそろと顔を出した。眼下の坂道を見下ろす。

楼門の内側にある柵内には、早くも人だかりができている。それら人々の持つ松明で、大通りが煌々と照らし出されている。

柵外からここまで続く坂道は、楼門の高い屋根によって影になっていた。束の間躊躇したが、道と森の際を木陰に隠れながら降りることにした。

大丈夫だ、と自分に言い聞かせる。また追手が登ってくれば、松明の灯りで分かる。その瞬間に再び森に身を隠せばいい。

そろそろと用心深く降りていくうちに、ついに平地まで辿り着いた。楼門までの距離はもう三十間もない。

灯りの届かぬ楼門の陰をさらに慎重に踏み、ついに右手に石仏の見える場所まで来た。愚息が森に入り込んだ位置はもう少し先であったが、それではさすがに楼門に近づきすぎだと感じ、脇の森の中に身を入れた。

　藪の中を、小枝を踏みしだく音を立てぬように、さらに用心深く進んでいく。

　静かに歩むにはコツがある。地表に足指をまず先に突く。指の下に異物がなさそうなら、そこから指の付け根を下ろす。さらに土踏まず、最後に踵（かかと）を下ろす。足を地表に下ろすだけで四分節の動作をこなすことになるが、意識の中ではこの足運びの一歩一歩を、倍の八分節くらいに小分けにした感覚で進んでいく。

　すると足運びが非常に滑らかになる。足の裏に異物を感じた瞬間に、じわりと足を上げ、横へとずらす。そしてまた足の指から地面に触れる。その滑らかな体重移動を、いつもの歩速で瞬時に行う。

　そのような足運びを繰り返しつつ、日中に辿ったと思しき場所まで近づいていった。その間にも楼門の周囲から洩れる光に、木立の様子がぼんやりと見え始めた。

　森の中を二十間ほど進むと、なんとなく見覚えのある場所に出た。下草だけ生えている小径が奥のほうまで続いている。

　柵内の向こう側から、楼門の下に集まっている人々の話し声が聞こえた。

「賊は二名と言うが、坂を登る松明はひとつしかなかったぞ」

「連れは灯りを持っていなかったのだろう」

「されど、温泉津から来たのであれば、賊はどこから柵内に侵入したのであろうか」

　確かに、と誰かも反応した。「新道からの出入り口は、この楼門しかない」

「そうじゃ。この楼門には昼も夜も衛兵がいる」

その会話の内容に、なんとなくきな臭いものを感じた。毛利家の武士たちは無意識に他の侵入口を疑っている。

ともかくも新九郎は、日中に来た小径をしばし進んだ。

しゅっ。

前方で、ごく微かに枝葉の擦れるような音がした。

「愚息」

そう、ほぼ吐息だけの声で呼びかけてみた。

「新の字か」闇の中からわずかに声が聞こえた。「おぬしか」

「左様」

言いつつ、さらに声のする方に進んだ。

木陰に、ぼんやりとした輪郭が見て取れる。その輪郭が声を発した。

「すぐに先へ進もう」

「どこまでだ」

「要害山の向こう側までだ」愚息は答えた。「あの木立の三叉路で、二人は待っているのではないか」

そう言われれば、確かにそういう気もした。なおも要害山を回り込む森の小径を進みながら、新九郎は口を開いた。ここまで柵内から離れれば、そろそろ普通に会話が出来る。

「されど、走れぬ土屋のために、我らを待たずにさらに西へと進んでいるかも知れぬ」

「その場合は十兵衛のことだ。何か目印を残しているに違いない」

「目印がない場合は、まだ来ておらぬということか」

おそらく、と愚息はうなずいた。「その場合は、四半刻（約三十分）ほどは待とう」

新九郎は愚息に会う前に聞いた柵内の会話の内容を口にし、こう続けた。

「毛利兵たちは降路坂の峠まで行った時には、番所の様子から我らが通っていないことを知るだろう。すると、こちらの旧道を疑い始める」

愚息は溜息をついた。

「ともかくも、四半刻は待とう。それで来ぬようなら、目印を残して西へと向かう」

「分かった」

10

愚息と新九郎が出て行った後も、光秀と土屋は藪の中にしばらく残っていた。すぐにこの陣所まで音を聞き付けた人々がやって来るだろう。

「すまん」先ほどに続いて、土屋がまた小声で謝ってきた。「こうなったのは、わしのせいである」

遠くから半鐘が鳴り始めた。柵内の町中に響いているようだ。

「悪いと思っているなら、先ほどのことは改めて新九郎に謝れ」

「先ほどのこと？」

「おぬしは堀に落ちたことを、腹立ちまぎれに最後まで持ち上げていなかった新九郎のせいにした」

「……分かっておる」

会話が終わってなおも藪の中にいると、松明が大通りのほうから近づいてきた。枝葉の隙間から見える。いかにも文官と思しき毛利武士の姿が、四、五人あった。

松明に照らし出された陣所の全貌を見て、彼らは言った。

「ふむ。正面の門は開けられた形跡がない」

上長と思しき男は、いかにもほっとした口調でそう呟いた。

が、直後には背後に回っていた一人が、こう叫んだ。

「益田（ますだ）様、こちらに堀に落ちた形跡と、塀の上に鉤をかけた跡がありまする」

「なに？」

「正面は閉まっていても、裏から侵入されたかも知れませぬ」

その後、彼らは正面玄関の扉をあせあせと開け始めた。その間にも刀槍をひっさげた他の武士たちが続々と集まってくる。それら人垣を前に、正面の扉が開いた。

「や。陣所の錠もちゃんと下りておるぞ」

「ですが念のため、屋内も見ましょう」

「江川（えがわ）、宍戸（ししど）、川端（かわばた）、おぬしらも来い」

益田と呼ばれた男は人垣の中から三人の男の名を呼んだ。計八人になった毛利家の文官たちは、さっそく屋内に入った。

心配ない、と光秀は思う。台帳も元あった場所に戻して来たし、机の上も元通りにして建物を出て来たはずだ。

ややあって益田が陣所から出て来た。そして正面扉の前に集まっていた毛利武士たちに説明した。

「銀子箱は無事である」

おぉ、という歓(よろこ)びのどよめきが益田の周囲から上がる。益田はさらに明るく続けた。

「むろん、部屋の中も荒らされておらぬ。机も日中通りの綺麗(きれい)なもので、戸棚の台帳もすべてその年々の月ごとに並んでいた。荒らされた気配はどこにもない」

光秀は思わずほっとした。やはりきちんと整頓して良かった。

途端、陣所前の男たちがめいめいに口を開き始めた。

「泥棒たちは銀子を盗む前に退散したのじゃな」

「台帳も盗まれておらぬ」

「されど、その賊らはどこからこの柵内に侵入したのであろうか」

「ともかくも、裏の塀から侵入しようとして堀に落ちたのであろう。間抜けな奴らである」

それらの言葉を聞いた時、光秀はますます安心した。彼らが自分たちのことを間抜けな泥棒だと思ってくれている限りは、まず織田家との関係を疑われる心配はない。

「あっ、あれを見よっ」

誰かが叫んだ。が、藪の中に隠れている光秀と土屋には、その方角を見遣ることが出来ない。

「降路坂を灯りが登っていく」

「我ら毛利の者は、夜には柵外に出ぬ。賊に違いないっ」

「追うか」

「むろんである。とっ捕まえ、見せしめに磔(はりつけ)にしてやろう」

陣所の前の集団は、西の楼門の方へと一気に移動し始めた。その後には、最初に来た益田らの一行五人だけが残った。

「益田様、我らはどうしまするか」

「まずは山吹城の柘植殿に、陣所に被害がなかったことを告げる。侵入されなかったことも含めてな」

「されば追手は衛兵らに任せて、我らは要害山に参りましょう」

文官ら五人も去ったあと、陣所の前は以前のように無人になった。

光秀は土屋に囁いた。

「では、我らもそろそろ動くぞ」

「分かった」

藪から抜け出し、陣所の裏手を回り込んで、大通りではなく、その左側に広がる武家屋敷の裏手を、腰をかがめながら歩いていく。

足元は見えづらいが、大丈夫だと思う。半鐘は未だ激しく鳴り続けている。暗い小径で枝や枯れ草を踏んでも、多少の音はかき消される。

そうやって人目を忍んで東へと移動し、ついには町人街とを仕切る山門の手前まで来た。

山門のこちら側にある武家屋敷の灯りは、今では随分と点いてしまっている。竹矢来の向こう側にある町人街にも、次第に軒先に灯りが点り始めている。

が、その二つの地域の間には、これだけ半鐘が鳴り続けていても、人の往来がまったくない。それも当然で、よく目を凝らして見れば山門の扉はいつの間にか閉じられていた。毛利家の武士が半鐘の音で閉めたのかも知れない。

光秀は土屋に小さく話しかけた。

「今ならば山門は閉じられている。軒下に人もおらぬ。森へと渡るならば、今を措いてない」

「分かった」土屋はやや不安そうな声で答えた。「だが、わしはあまり走れぬが、それでもよいか。万が一敵に見つかった時にはどうする」

「大丈夫だ。いざとなれば、わしがその敵を打ち倒す」

薄闇の中で土屋の双眼が見開かれた。

「まことか」さらにこう言った。「しかしおぬしは今、金剛杖しか持っておらぬではないか」

「愚息も新九郎も、金剛杖だけを持って楼門へと向かった」

「おぬしも腕に覚えがあるのか」

光秀はつい笑った。

「人を馬鹿にするでない。わしは武士で、しかも一応は幕臣でもある。武士とはその名の通り、武をもって世に立つ者を言うのだ。その気になれば敵の一人や二人くらい、杖でもなんとかなる」

土屋は首を少し傾げた。

「わしも一応は武田家の侍であるが、そのようなこと、思ったこともない」

が、光秀はその言葉には付き合わなかった。

「まあ、人それぞれだ。行くぞ」

光秀は土屋を背後に従え、そろそろと武家屋敷の裏手を回り、山門のすぐ傍まで近づいた。

石垣の陰から窺うに、路上に人はいない。道の両側には武家屋敷が延々と続いている。既に灯りの点いている家屋もあるが、左手に見える大通りは遠方まで依然として無人だ。

十町（約一・一キロメートル）ほど先の向こうに、はるか温泉津へと至る楼門が、ごく小さく見えた。軒下が明るく照らし出されている。つまりはあの楼門の下に大勢の人が集まっている。

土屋が呟いた。

「愚息と新九郎は、うまくやったようじゃの」

「今のうちだ。行くぞ」

二人して周囲を見回しながら、山門の前をそろそろと通った。

幸いにも誰にも見咎（みとが）められぬまま、通り過ぎることが出来た。忍び足で数軒の屋敷の脇を通り過ぎると、そこから先は暗闇の更地になった。未だ半鐘の鳴らされる薄闇の中を一町ほど歩き続け、ようやく森の手前まで来た。

見覚えのある木々の輪郭が、左手にぼんやりと見える。あそこから森を出て来た。その場所から木立の中へと進入した。

暗い森の中を進みながら、光秀は思わずほっとした。

おれたちはこの柵内から抜け出すことが出来た。あとは愚息と新九郎が無事やって来るのを待つだけだった。

……はたと思い至る。

久兵衛よ、と光秀は森の中を進みながら土屋に話しかけた。「ところでわしら、どこで落ち合うのかを決めておらなかったの」

これに対する土屋の答えは一瞬遅れた。

「たぶん、あそこにいると思う」

「どこだ」

「要害山の向こうにあった三股(みつまた)の場所だ」土屋は答えた。「もしおらずとも、そこから古い銀山街道は一本になる。その先のどこかでは待っているはずじゃ」

なるほど。光秀はつい笑った。言われてみれば道理である。

しばらくして森を抜け、旧道へと出た。その頃までには半鐘の音は聞こえなくなっていた。止(や)んだのか、あるいは鐘の音が聞こえないところまで来たのか、どちらにしても最も危険な状況は抜け出したようだ。

周囲は相変わらず星明かりのごくわずかな明るさしかないが、それでも進んでいく廃道は、下草しか生えていない。先ほどの森の中に比べれば随分と歩きやすかった。

そうして半刻ほど歩き続けると、道が二股に分かれた。あの三叉路だ。

光秀は念のため、左右の闇に低く呼びかけた。

「おらぬのか。わしである」

直後、左手の陰から二人の男がのっそりと出て来た。太刀をぶら下げた新九郎と、槍を片手にした愚息だ。

「待ったか」

さらに光秀が問いかけると、

「多少な」

と愚息は答えた。

「握り飯を二つ食う間くらいだ」

新九郎も応じた。新しい刀槍を持っているのだ。多少の荒事は構えたのだろうが、二人とも普段通りで、慌てた様子はまったくない。

光秀はうなずいた。

「では、先を急ごう」

今度は四人で再び旧道を歩き始めた。新九郎を先頭にして、愚息、土屋、最後に光秀という順番である。時おり両脇から覆い被さってくる枝葉を、新九郎が太刀で無造作に払い落とす。

「その槍は何ぞ」

土屋が言わずもがなのことを愚息に聞いた。

「門番たちから奪った」

「殺したのか」

「気を失わせただけだ」

「新九郎もそうか」

「相手の膝頭を切っただけだ、殺してはおらぬ」

「それは良かった」

すると愚息は舌打ちした。

「この厄介者めが」そう毒づいた。「おぬしが外堀に派手に落ちねば、わざわざあの楼門を突破することも、こうして刀槍を奪う必要も本来はなかったのだ。それを偉そうに上からモノを言うな」

これに対して土屋は何も言わなかった。その通りだと思っているのだろう。

新九郎が新道の上り坂で洩れ聞いた毛利兵の話をした。

曰(いわ)く、
門の閂(かんぬき)も陣所の鍵も開いておらず、盗(と)られたものも何もなく、以前と変わらず室内も整然としていた。だから賊は忍び込む前に逃走したのだ。

と言っていたという。

陣所脇の藪の中で聞いていた話とまったく符合する。だから光秀も、あの益田という文官たちの話をした。

「結局、我らは銀子の窃盗に失敗したコソ泥扱い、ということであるな」

土屋が呑気に結論づけた。

それに対して愚息は言った。

「かと言って、追手はまだ我らを捜し回っておろうよ」

しばらくして旧道は急な上り坂になった。ここからいよいよ険阻な山道の上り下りが連続する。

最初の峠と思(おぼ)しき場所まで辿り着いたところで、四人はしばし小休止をとった。

新九郎が不意に口を開いた。

「光が見える」そう、硬い口調で言った。「おそらくあの三叉路の辺りだ」

光秀は反射的に東方の眼下を見下ろした。闇の中に確かに二、三の篝火が見えた。松明を持つ追手だろう。

ややあってその光がこちらに向かい始めた。

光秀は思わず口を開いた。

「何故、この旧道に来たのであろうか」

「わしが楼門の近くまで戻った時、やつらは『この楼門には昼も夜も衛兵がいる』などと言い騒いでいた。となると、峠の番所まで捜しに行って突破した気配がなくば、この旧道を疑うしかない」

愚息も溜息をついた。

「まあ、時を稼げただけ、良しとせねばならぬのかもな」

「これまた、わしのせいか」

そう土屋が問いかけると、愚息が再び吐き捨てるように言った。

「当然じゃ。しかも走れぬときた。まったくとんだ足手まといじゃ」

「ともかくも逃げよう、早く先へと進もう」

そう光秀が焦りながら言うと、新九郎は眼下の篝火を眺めたまま首を振った。

「灯りの周囲を見るに、追手は七、八人であるようだ。わしと愚息でなら、なんとか始末できる」

つまりはこの峠で、登って来る敵を迎え撃つつもりらしい。光秀はふと心配になった。

「今度は殺す気か」

新九郎はわずかに小首を傾げた。

「手こずるようならそうするしかあるまい」

が、それはまずいと感じる。

毛利家はその兵を殺されれば、我らが無事ここから逃れたとしても、下手人の捜索をいよいよ本格的に開始するだろう。今は織田家の手の者と疑われていないにせよ、その正体を躍起になって突き止めようとする。そしてやがては我ら毛利家への使節団も、その被疑者の中に入るかも知れない。

だから、光秀はこう言った。

「今度はわしも残って戦う」そして土屋を振り返った。「おぬしは一人で歩いて先に行っておれ。あとで追いつく。走れぬ分、充分に距離を稼いでおれ」

「さすがにただ逃げるのは、おぬしらにあまりにも悪い」

お?

ここに残って自分も応戦するとでも言い出すか。が、剣を扱えぬ者はかえってお荷物になる。

そう感じた直後、土屋はこう言った。

「廃道の迷いそうになった場所には、行きに半袈裟を切り取って枝に付けてある。そこを通り過ぎる時に、本道から逸(そ)れていく杣道や獣道に付け直す。だからおぬしらは、その目印とは逆の道へと進め。さすればさらに時を稼ぐことが出来る」

光秀たちは思わず笑った。

土屋が去った後、光秀たち三人は峠に残った。はるか下方の坂道から、二、三の松明が次第に登って来る。

新九郎が光秀に声をかけた。

「おぬし、その金剛杖で戦うのか」

光秀は右手の杖を改めて見た。二寸ほどの太さで、長さも四尺ほどしかない。

「仕方ない。今ある武器はこれだけだ」

すると新九郎は、すんなり自分の太刀を差し出してきた。

「おぬしはこれを使え。わしはその杖でよい」

「いや……しかし」

「十兵衛よ、新九郎はその杖で先ほど門番たち三人を打ち倒した」愚息が言った。「が、おぬしには新九郎ほどの腕はあるまい」

「その通りだ」新九郎も微笑んだ。「早く寄越せ」

毛利兵たちが三十間（約五十四メートル）ほどまでに迫って来たところで、光秀たち三人は左右の木立の中に隠れた。槍を持っている愚息が道の右側に、光秀と新九郎が左側に身を潜めた。

隠れる前、愚息はこう言った。

「わしが槍で、まずは適当な相手の太腿を突き、注意を引きつけておく。おぬしらはその背後から打ちかかれ」

ややあって七、八人ほどの毛利兵が目の前を通り過ぎようとした時、愚息が森の中から飛び出して一人の脚を突いた。

「あっ」

「賊ぞっ。隠れておった」

「一人である。皆で取り囲めっ」

言い騒ぐ彼らの背後まで一気に忍び寄り、新九郎がそのうちの一人の脛をしたたかに打ち据えた。

「痛っ」

直後には光秀も、別の兵の肩口に太刀を浅く斬り下ろした。

「く……」

苦痛の声を上げてもなお立ち向かって来ようとする敵の足の甲に、今度は切っ先を突き立てた。

「うわっ」

堪らずに相手が地べたを転げまわる。

横を見ると、いつの間にか新九郎が別の太刀を持っていた。敵から奪ったのだろう。その周囲には早くも三人の敵が呻き声を上げながら倒れている。相変わらずの凄業(すごわざ)である。

一方、愚息の前にも二人の敵がそれぞれ片足を押さえながら転がっていた。

残っていた最後の敵兵は、光秀が太腿の付け根を斬った。これまた片膝を突いた。

その七人の頭部を、愚息は槍の石突きで、新九郎は刀の峰で次々と殴っていく。今度こそ敵兵たちはすべて、地べたに大の字になった。気を失った。

ここまで光秀はむろん、新九郎も愚息も一貫して無言であった。

分かっている、と光秀は感じる。

もし口を開けば、その言葉の抑揚から土地の者でないことに気づかれる恐れもある。

光秀たちはその場を素早く立ち去った。下っていく廃道を小走りに進んでいく。来る時に道の両側の邪魔な枝葉は落としてきたので、予想していたよりはるかに進み易かった。

「久兵衛はどこら辺りまで行っておるかの」

愚息がそう呟いた。

旧道が再び上り坂になった時、行く手が二股に分かれた。一方の道に半袈裟の布が付いていた。

光秀たちはその逆の右手の道を進んだ。

しばらく登ってゆき、また下りになったところで再び半袈裟を見つけた。今度は左の道へと進んだ。

二つ目の峠へと到着した。そこにも土屋の影は見えない。新九郎が言った。

「存外に遠くまで進んでおるな」

愚息も拍子抜けした声を上げる。

「なんじゃ。腰が痛いわりには健脚ではないか」

光秀は背後を振り返った。

遠くに灯りが見えた。この峠より若干低い場所だ。おそらくは先ほどの峠だ。しかし、気を失っていた彼らが意識を取り戻すには早すぎる。

眺めている間にも、その灯りは徐々に下方へと動き始めた。

「新たな追手が迫って来ている。先を急ごう」

直後から道を出来る限り急いで下り始める。

「十兵衛よ、ここから山陰道まではいかほどであろうか」

新九郎が聞いてくる。

「道のりか、かかる時か」

「両方だ」

少し考え、光秀は答えた。

「古地図だと、先ほどの要害山の麓から山陰道までは、一里（約四キロメートル）と十町ほどであった」

「要害山からは、もう十五町は来たかの」

「おそらく」

今度は愚息が口を開いた。

「となると山陰道までは、もう一里はないな」

そうだ、と光秀はうなずいた。そして他の二人を勇気づけるため、希望も込めて言った。「しかもこの急ぎ足ならば、山陰道に出るまでに一刻もかからぬだろう」

「が、足手まといがもう一人、途中から加わるぞ」

「それでも山陰道まで一里はないのだ。頑張ろう」

その下り道の谷底の暗い平場に、土屋は居た。二股に分かれる道の前で立ち止まっていた。

なんだ、と愚息が腹を立てたような声を上げた。「追手が迫って来ておるのだ。こんなところで何を愚図愚図しておる」

「別に愚図愚図はしておらぬが、少し迷っておった」

今度は新九郎までもが苛立たしそうに言った。

「何をだ」

「わしは分かれ道で二度、反対側の杣道か獣道かに半袈裟の布切れを付け替えた」

「だから何じゃ」

「追手はその道を進み、散々に迷った挙句、元の場所に引き返してくるであろう。そしてこの廃道を改めて進んでくる」土屋は答えた。「二度目も多少は迷うが、やはり目印に従って進むだろう。が、その道も銀山街道の旧道でないことが露見すれば、三度目はこの半袈裟の目印に従うだろうか。

むしろ反対に進むのではないか」

そう問いかけられ、光秀たち三人は思わず無言になった。

「どうか」土屋はさらに問いかけて来た。「付け替えるか、それとも目印をこのままにして行くか」

「そのままにして行こう」咄嗟(とっさ)に光秀は答えた。「さればこの場所でも、逆に追手を迷わせる公算が大なような気がする」

結果、半袈裟の布はそのままにして再び山道を登り始めた。

しかし当然、今までほどの歩速は出ない。腰を痛めた土屋に合わせて進まねばならない。

「まったく、そののろまな足は何とかならぬのか」

愚息が再び毒づく。

「悪いとは思うが、これでも懸命に歩いている」

新九郎が深い溜息をついた。

「分かった……さすがにこの上り坂では無理だが、また峠を過ぎて下りになったら、わしが背負おう」

そのようなやり取りをしながら、山道を登っていった。

三つ目の峠に出た。今度は四人揃って、後方の山並みを仔細に窺った。

どこにも灯りは見えない。毛利家の追手は、おそらくは一つ目の峠から二つ目の峠に至るまでの谷間の道で、散々に迷っているのではないか。そのことを口にすると、

「新九郎よ、わしを背負わずともいいのではないか」土屋が言った。「それは背後に追手の松明が迫ってからでもいいのではないか」

「かも知れぬな」愚息も土屋の意見に珍しく同意した。「それにおぬしは、いざ敵が迫った時にも主力として戦う羽目になる」

四人は三つ目の峠から、今度は緩い坂を下り始めた。途中のやや平地になったところで、道が二手に分かれた。左手の旧道に布切れがぶら下がっている。

「どうする？」

土屋が聞いた。今度は愚息が答えた。

「いっそのこと、布切れを枝から取ってしまえ」

その言葉通りに土屋が枝から布切れを取った。

しばらく平坦な道が続き、そこから再び上り坂になった。が、以前ほどの斜度ではない。上りも下りも勾配が緩くなり始めている。

四つ目の峠に来た。その先で下る道は、さらに緩やかな傾斜になっているようだった。

目の前に広がっている山々は既に丘陵地帯と言えるほどに低くなっており、その尾根沿いに旧道は延びている。

「来た時も、旧銀山街道の前半の山々はそうであった。そして尾根沿いの道を通って来た」新九郎が念を押すように言った。「となると、山陰道まではあと半里もないな」

「おそらく」光秀も言葉少なに答えた。「あとは、追いつかれないことを祈るのみだ」

11

四半刻（約三十分）ほど尾根沿いの道を進んだ時に、再び新九郎は後ろを振り返った。

しかし今度ばかりは、今まで一切見えていなかった追手の灯りが、とうとう後方に見えた。

「あれを見よ」光秀も声を上げた。「次々と灯りが迫って来ている」

その言葉通り、最も近くの灯りはもはや十町ほど後方の尾根に見え、しかもかなりの数の松明の連なりだった。そこから少し後方の、四つ目の峠と思しき辺りにも火が連なっている。

どうして今まで一切見えなかった追手の灯りが、ここにきて一斉に見えるようになったのか。

おそらく先頭の追手は途中途中の布切れに翻弄され、何度も山中で迷った。だからこそ、単に歩き続けていただけの新九郎たちとの距離ですら、中々に縮まらなかった。

そのうちに後発の追手たちも、先に進んでいた追手に徐々に追いついてきた。一塊の集団になった。

そして三つ目の峠を過ぎてからは、上り下りの傾斜は徐々に緩やかになったので、彼らは容易に進む速度を上げることが出来た。さらに四つ目の峠以降は二手に分かれる道はなく、ただ先へと延びる尾根をひたすらに追いかけて来るだけでよかった。

だからこそ彼我の距離が急激に縮まったのだ。

そう思った時には土屋に口を開いていた。

「おい、わしの背中へと乗れ」

が、意外にも光秀が反対した。

「それで進む速さが多少上がろうが、これよりは毛利兵のほうがだんぜん速い。どうせ山陰道に出る前に追いつかれる」

「ならば、どうすると言うのか」

すると光秀はこちらを見た。その顔が薄闇の中で強張(こわば)っている。

「新九郎よ、わしと共に冥土(めいど)に赴く覚悟はあるか」

一瞬考えて、仕方なくこう答えた。

「別におぬしと一緒にとは思わなんだが、兵法を志した時から不意の落命もあろうかと腹は括っている」

光秀は大きくうなずいた。そして懐から二枚の紙片を出して愚息に押し付けた。あの台帳の書付だ。

「愚息よ、おぬしは土屋十兵衛を連れて先を急げ。山陰道に出ても、琴ヶ浜の先の岬までは我らを待つことなく、ひたすらに進め。そしてあの岬に隠した船の帆を付け直し、我らが到着したらすぐに出せるようにしておいてくれ」

「されど、おぬしよりわしのほうが腕が立つぞ」愚息は言った。「むしろ、わしと新九郎で追手を散々に手こずらせ、時を稼ぐ。おぬしこそ土屋の十兵衛を連れて先に行け」

すると光秀は笑った。

「わしら二人が先に岬に着いても、容易には帆柱を組み立てられぬ。連れの十兵衛が使い物にならぬから、なおさらだ。その点、おぬしは一人でも柱を立て、帆を張ることが出来る」

と、ここで初めて土屋も口を開いた。

「明智十兵衛の申すこと、道理である」

途端、愚息が土屋の頭を再びはたいた。

「元凶のおぬしが、もっともらしいことを言うな」

「ともかくも、行け」光秀は愚息に命じた。「夜明けまでにわしらが現れなかったら、西からの潮流と沖風に乗って、出雲まで一気に進め」

愚息は自分の持っていた槍を、光秀に渡した。

「よいか。くれぐれも蛮勇は振るわぬことじゃ。数でどうしても敵わぬとなれば、山陰道を目指してひたすらに逃げよ」

「分かっている」

愚息と土屋が去った後、新九郎と光秀は手短に話し合って、毛利兵を束の間でも一気に足止めさせる方策を決めた。直後から、周囲の木々に絡まっていた蔦を次々に剝がし始めた。

充分な長さの蔦を四本ほど剝がし終わった後、ほんの少し前に通り過ぎた場所まで戻る。

その尾根道は、片側が断崖に近い急峻な斜面になっていた。木立の中に大小の岩が見え隠れしている。

蔦を繫ぎ合わせた綱を、二本作った。七、八間ほどの長さになるように揃えた。さらにそれを縒って強度を高める。

そうこうしている間にも、先頭の松明がもう後方半町のところまで近づいて来ていた。

「良いか。勝負は一瞬ぞ」

そう光秀が低く言った。新九郎もうなずいた。

「長さは、足りるかの」

「相手が来てみぬと分からぬが、まず間に合うだろう」

ともかくも蔦を谷間とは反対側の藪に沿って隠し、各々がその両端を持って木立の中に身を潜めた。進行方向に対し、前に光秀が潜んで、後方が新九郎となった。

身を潜めてすぐに、後方から声が聞こえて来た。

「くそっ、賊にはまだ追いつかぬな」

「仕方あるまい。途中で何度も騙(だま)された」

ややあって、地表の枝を踏みしめるいくつもの足音が背後から迫ってくる。敵はもう、すぐそこまで来ている。

そう感じた直後、木陰に身を潜めた新九郎の真横を、毛利兵たちが小走りに駆けていく。

一人、三人、五人、七人と、一塊になって目の前を過ぎていく。最後の松明が横を通り過ぎた直後、新九郎は藪から尾根道に飛び出して大声を上げた。

「おいっ」

途端、前方にいた八人ほどの兵が立ち止まってこちらを向いた。幸いなことに胴丸も付け、兜も被っている。そこそこに重装備だ。新九郎はなおも声を上げた。

「いち、二の三っ」

直後、

「それっ」

と、毛利兵たちの先からも光秀の大声が呼応した。

その声を合図に、新九郎は反対側の急斜面へと一気に飛び降りた。間違いなく光秀も同時に飛び降りているはずだ。

一瞬ののち、両手に絡めた蔦に急激な負荷がかかった。手首が千切れそうになるほどの反動で、体の落下が止まる。と同時に四肢が斜面に叩き付けられた。

「うわっ」

「ひっ」

そんな悲鳴と共に、今度は毛利兵が次々と頭上から落ちて来る。一網打尽だ。そう感じている間にも、急斜面の木立の中を毛利兵たちが装備の重みもあって、なおも谷底に転がり落ちていく。兜や胴丸が岩や木立にぶつかったような鈍い音もした。死にはしまいが、かといって無事でもいられまい。ややあって案の定、はるか下方から呻き声が聞こえて来た。

それに対して頭上の尾根道は、静まり返っている。皆、洩れなくこの急斜面を転げ落ちたようだ。

新九郎が急斜面を這い上がってみると、尾根道には既に光秀が上がっていた。周囲には、二、三の槍が散らばっていた。

「うまく行ったな」

そう新九郎が声をかけると、全身泥だらけの光秀がうなずいた。おそらくは自分もそうなのだろう。光秀が口を開いた。

「怪我はないか」

「大丈夫だ」

「では、先を急ごう」

新九郎は右手に残っている蔦を持ち上げた。

「捨てていくか」

いや、と光秀は首を振った。「こんなにうまく行くのなら、もう一つ試したいことがある」

新九郎と光秀は蔦を肩にかけたまま、緩やかな下り道を足早に駆け始めた。

しばらく進むと、急な段差になっている場所があった。その先も急な下り勾配となっている。いよいよ本格的な下山道に差し掛かっているのだと知る。

「ここだ」光秀は最初の段差の手前を指し示して言った。「ここに再び罠(わな)を張ろう」

蔦の一本を、その段差のすぐ手前に仕掛ける。道の両側の木立に結び付け、地表から五寸ほどの高さに蔦をぴんと張った。

さらに段差を降りたすぐの下り坂に、もう一本の蔦を両側の木立に絡ませて張った。

光秀は言った。

「これで最初の蔦に足を取られ、辛うじてその下の斜面で踏ん張ったとしても、今度はその踏み出した足が次の蔦に引っかかる。まず間違いなく、次々と転倒する。思わず声も上げるだろう。その声を聞いた時に、我らがどこまで進んでいるかによって、再びどうするかを思案しよう」

これには笑った。先ほどに続いて子供の遊びのような発案だ。

「分かった」そして、こう付け加えた。「我らは、そもそもが織田家の使節団だったのだからな」

その言葉の意味を、光秀もすぐに察した。

「そうだ。勝手に忍び込んだ我らが元々は悪いのだ。追って来る毛利兵には何の咎もない。出来れば無駄に斬りたくはない」

なおも続く急勾配の坂を三町ほども下ったところで、再び廃道が平坦になった。

両側の森が迫ってくるような圧迫感はもうない。つまりは周辺の森も平地で、その意味するところは山陰道がもはや間近だということだった。

つい横を走る光秀に言った。

「いよいよであるな」

うむ、と光秀もうなずいた。

途端、背後から微かに人の叫び声が聞こえた。その最初の声に、さらに二、三の大声が続く。

「どうやら目論見通り、仕掛けに躓いたようじゃな」

そう新九郎が口にすると、光秀は少し笑った。

「山陰道はもう目と鼻の先だ。逃げ切ろう」

「されど山陰道に出ても、船を隠した岬までは優に二十町はあるぞ。追いつかれるかも知れぬ」

大丈夫だ、と光秀は言った。「我らは石見銀山から、その昔に尼子が作った旧道を延々と進んで来た。となると、毛利兵たちは——以前にも少し申したが——我らが山陰道を跨いだ先にある鞆ケ浦に逃げ込むのが当然だと考えるだろう。昔からの良港でもあるし、誰も琴ヶ浜の先から船を出すとは思わぬ」

そう言えばそんな話もちらりとしていたな、と感じる。次いでこう言った。

「分かった。おぬしの言う通り、逃げ切ろう」

それからしばらく進むと、突如として視界が開けた。ついに山陰道へと出たのだ。今度はその山陰道を東に向かって、いよいよ本格的に走り出した。

緩い下り坂を三町ほど走り続けて、左手に琴ヶ浜の白砂がぼんやりと見えた時だった。新九郎は不意に、背中に軽い衝撃を受けた。

慌てて振り返って見ると、足元に小さな石ころが転がっていた。

ははぁ、と感じる。

「愚息か」新九郎は低い声を上げた。「そこに居るのか」

すると、浜辺とは反対側の叢（くさむら）が揺れて、愚息と土屋がひょっこりと路傍に出て来た。

「この馬鹿がよ――」

と、愚息は隣の土屋を顎先で示しながら、

「亀の子のようにしか進めぬから、着く前におぬしらに追いつかれた」

「そうか」

「足音が聞こえてきた時は毛利の手の者かと思って、おぬしらが殺されたか捕まったのかと肝が冷えたわい」

そう言葉を締めくくった。光秀が言った。

「ともかくも、岬へと急ごう」

今度は四人連れだって、琴ヶ浜に沿って山陰道を淡々と歩き続ける。

「街道に出ると、存外に風が強いの」

光秀が呟いた。

「東への追い風だ。むしろ良いことではないか」

愚息がそれに答える。

確かにそうだと新九郎も思う。これだけ西風が吹き付けている時に沖合の潮流に乗れば、うまくすれば船出から一刻もかからずに宇龍へと到着するのではないか。試しにそこのところを聞いてみた。

「愚息よ、この風は沖合ではさらに強くなるのか」

「むろんだ」

「となると、夜明け前には出雲の宇龍へ着くかの」

「それは分からぬが、間違いなく日御碕は過ぎることが出来よう」愚息は答えた。「ただし、沖合の風と波に完全に乗れば、船は当然、飛ぶように走るぞ。おそらくは全力の馬よりも速い。しばしば海面から宙に浮く。そして再び海面に叩き付けられる。船体も激しく上下動する」

今度は土屋が口を開いた。

「船酔いも激しいか」

「そうじゃ」

「昨日の食べ物も吐くかの」

馬鹿め、と愚息は鼻先で笑った。「黄水以外に何も吐けぬ時は、さらに苦しいものぞ」

そんなやり取りを聞きながらも、新九郎はさらに内心、ほっとした。

毛利家の者が万が一にも我ら織田家の使節団を疑って、どんなに宇龍まで早馬を飛ばしても、所詮は北海を迂回する陸路である。一直線で結ばれる海路より、はるかに距離がある。

となれば早馬が着く前に、我らは宇龍の湊から易々と船を出すことが出来る。その安心を買えるのなら、どれだけ船酔いしても安いものではないか。

そう感じた直後、微かな人声が聞こえたような気がした。

いや……気のせいではない。間違いなく西風に乗って聞こえて来た。

再び背後を振り返った。

琴ヶ浜の向こうに、いくつかの灯りが見えた。松明だ。その灯りが突如現れたかと思うと、左から右へと移動し、次々と消えていく。

毛利兵たちが旧銀山街道を抜けて山陰道を横切り、その先の鞆ケ浦に向けて再び旧道を進み始めているのだと悟った。

第四章　乖離

1

出雲の宇龍を出てから三日後、新九郎たちは若狭の小浜に上陸した。

小浜から京までの若狭街道――いわゆる鯖街道を、東の山岳地帯に向かって丸一日進む。熊川を過ぎ、水坂峠を越えて保坂という集落まで来た時、行く手は二つに分かれた。一つは琵琶湖畔の今津浜へと至る道で、もう一つは京へとひたすら南下していく朽木街道だった。

「土屋よ、どうするのだ」愚息が口を開いた。「おぬしはここから琵琶の湖へと出ようが、美濃から東山道を甲斐に戻るのか。それとも西近江路で大津に至り、さらに伊勢から海路で田子の浦まで行くのか」

が、土屋はそのどちらにも首を振った。

「わしは近江には進まぬ。朽木街道を行く」

「なに？」

「おのれらと共に京へと進む。武田と毛利の金銀の量を聞いて、信長が如何なる反応を示すのか、それもついでに知りたい」

今度は光秀が言った。

「しかしおぬしは、我が殿の前には出られぬではないか」

そこじゃ、と土屋は大きくうなずいた。「だから明智十兵衛よ、そして愚息よ、その時の様子をあとで教えてくれ」

おれには何故聞かないのかと思いつつ、新九郎も口を開いた。

「おぬしはその反応を聞いて、どうするつもりなのだ」

「どうもせぬ」土屋は即答した。「おぬしらはわしを石見まで連れて行ってくれた。その恩義もあるから我が殿にも教えぬ」

「純粋に知りたいだけか」

「そうとも言えるし、そうでないとも言える」

「どういうことだ」

そう愚息が問いかけると、土屋は道端の石仏の脇に腰を下ろした。

「ではこれから、わしが信長について思うことを赤裸々に語る。その代わり、おぬしらは信長の様子を教えてくれぬか」

新九郎と愚息は、ほぼ同時に光秀を見た。この銭の亡者が金銀を通して信長をどう見ているかは、侍の世界には門外漢の新九郎にも興味深いことであった。

束の間考えたような素振りの後、光秀は口を開いた。

「分かった。では、その考えとやらを教えよ」

土屋はうなずき、口を開いた。

「信長は日ノ本の数多の武門のなかから、我が武田家と毛利家だけを、明智十兵衛という家臣を使ってわざわざ調べさせた。それはつまり、先々での真の織田家の敵は、この両武門だけだと考えているからだろう」

するると、愚息がさっそく口を尖らせた。

「それくらいはわしにも見当が付く。武田には金が、毛利には銀があるからであろう。これほど銭の代わりになるものはない。そして戦は、最後には銭のあるものが勝つ」

「人の話は最後まで聞け」土屋は少し顔をしかめ、再び語り始めた。「おそらくはそれもある。確かに金銀——つまり銭は、世の中を動かす大本である。しかし越後では青苧が採れ、これまたいくらでも銭を生む。関東に目を向ければ、北条家が三百万石を誇っている。これも貫高にすれば相当な銭になる。しかし信長は、そんな彼らを一顧だにせぬ」

「何が言いたい」

「おそらくだが上杉景虎や後北条は、このまま放っておいても大丈夫だと思っている。いくら信長が京でやりたい放題に振る舞っても、彼らが上洛してくることなどありえぬと考えている。その見方は、おそらく当たっている。景虎が京を我がものとしたいのであれば、十年前の上洛時にそうしていたはずだ。景虎はああ見えて、存外に名より実を取る。魑魅魍魎の渦巻く京で天下に武威を示すより、坂東の沃土が欲しいのだ。だから長尾景虎は、既に虚名であった上杉家の関東管領職を継いだ。その景虎と封土の攻防を繰り返しているのが後北条だ。北条家もまた、坂東にしか興味がない」

新九郎は相州玉縄の生まれだけに、この土屋の言っていることは肌感覚として分かる。後北条家の祖である伊勢新九郎盛時は、そもそもが足利将軍家の申次衆という高い身分にあった。それが将軍家と京に愛想を尽かして、駿河の係累を頼りに下向した。さらに箱根を越え、坂東の西部を手中に収めた。

　それが今の後北条氏の始まりである。京での華やかな官位を捨ててまで東国へと下った開祖の子孫が、今さら京の動向などに興味を示すはずがない。

　ふと新九郎は思う。そういえば武田信玄は、後北条家と駿河の今川との三者同盟を、つい近年まで結んでいた。甲相駿の三国同盟である。だからこそ武田家中にいるこの土屋も後北条家の動向や、その後北条氏を通じて景虎の動静にも詳しいのだろう。

　なおも語り続ける土屋の足元で、木漏れ日が揺れている。

「されど、我が信玄公は違う。信長が今後も京に居座り続け、これまで以上に封土を膨らませようとすれば、おそらく畿内の浅井や朝倉、三好などと組んででも、西上を開始される。かと言って我が殿には、天下に号令される御意思はあられぬ。武田幕府を興されることもない。ただひたすらに、信長という脅威を潰すために上洛される。殿の日頃の言動からして、わしはそうだろうと感じる」

　ここで愚息が再び口を開いた。

「武田家は、今の将軍家のような有名無実の幕府であり続けたほうが、むしろ良いのだな。その影響の及ばぬ東国で、思うように版図を切り取っていく」

　土屋は少し首を傾げた。

「まあ、否定はせぬ」

「図星じゃの」

　が、土屋はその念押しを無視し、話を進めた。

「次に毛利だ。あの石見銀山周辺の、警護の大掛かりなことよ。そして何かの折には朝廷に莫大な寄進をしている。わしが知る限り、将軍家以上に役立たずの朝廷に時おり寄進をしている大名は、織田家と毛利家だけである」

光秀が聞いた。

「毛利もまた織田家同様、天下に野心があると？」

土屋は、今度は首を振った。

「おそらくだが、我が武田家と似たようなものだ。自ら好んで幕府を興すことはないが、誰かが足利家に取って代わろうとすれば、全力で阻止しようとするだろう。毛利もまた、今の朝廷と将軍家が続くことを願っている」

新九郎にも、ようやく話の本質が少し見えてきた。

「ようは信長も、この二武門の腹積もりはなんとなく感じている。信長が足利将軍家に取って代わる時が来たら、武田も毛利も敵に回る。その時は信長も当然、この二武門を潰しにかかる、ということか」

土屋はうなずいた。

「少なくともわしはそう見ている。が、信長のことは、この明智十兵衛に聞いたほうが早かろう」

愚息が光秀を見て、口を開いた。

「どうなんじゃ、明智十兵衛」

一瞬迷った後、光秀はうなずいた。

「たぶんそうだ。土屋十兵衛の申す通りだ。だから、武田の金と毛利の銀の採れ高をわしに調べさせた」

「そこで、最初の話に戻る」土屋は言った。「おぬしらが当家と毛利家の金銀の採れ高を報告すれば、信長はどちらと先に戦うかを束の間でも思案するはずだ。おそらくそれが反応に滲む。その様子を教えてくれ」

2

四日後の早朝、光秀は愚息と新九郎がやって来るのを鞍馬口で待っていた。

本当は信長の定宿である妙覚寺の門前で待っていても良かったのだが、信長に会う前の打ち合わせも必要だろうと思い、そうしていた。

土屋十兵衛長安は、瓜生山麓の荒れ寺に居候している。信長の反応を聞くまでは、愚息らと共に寝起きすると言っていた。

東山の稜線から朝日が射し、路上に結んだ露の匂いが消え始めた頃、二人が賀茂川を渡って鞍馬口に姿を見せた。

愚息と新九郎に市中で会う時は、光秀は努めて徒歩にするようにしている。二人は馬を持っておらず、いつも歩きだからだ。昔からの友垣を馬上から見下ろすような厚顔な神経は、持ち合わせていない。

光秀から五間（約九メートル）ばかりのところまで来て、愚息が口を開いた。

「いつから待っていた」

「長くはない。四半刻ほどだ」それからこう聞いた。「あの話に、穴はないか」

「昨日も三人で一日考えた」愚息は答えた。三人で、ということは土屋も含めて検討したのだろう。

「それでも穴はなさそうだった」

あの話、というのは、結果として湯之奥金山に侵入できなかった光秀たちが、誰から武田家の金の取り分を聞き出したのかという話だ。

これはやはり、以前に船頭にも話した通り、ある程度の事実を交えながら信長に説明するしかないだろうということになっていた。

だいたい駿河の田子の浦に着いた時には、光秀たちは三人だったのだ。それが、十日ほどが経って興津沖を後にした時には四人になっていた。

これは、今井宗久配下の水夫たちも全員が目撃している。やがては信長に露見することもあるだろう。

さらに言えば、毛利家への挨拶の時もこの四人で謁見している。これまたいつかは毛利家から織田家に伝わるかも知れない。

それらの可能性を考えれば、甲斐で人ひとりを拾ったことは、信長へも報告しておいた方が先々のためにも良い。

だから、改めて出会いについては次のような詳細にした。

久遠寺に着いた後は、身延山から富士川の向こうにある湯之奥金山を絶えず窺っていた。が、なにせ警備が厳重で、敷地内には「草」もうようよしているようだった。

その身延山の頂から対岸の湯之奥金山を仔細に眺めていたところを、ちょうど甲斐を離れようとしていた金山衆の一人に見つけられた。渡りの山師で、名を久兵衛という。聞けば穴山陣屋へ金を運ぶ役割も担っていたという。

さらにその男は、次の働き場として石見銀山に興味を示していた。

「なにせ金と銀の価値を差し引いても、石見の銀山は途方もない量を出すという風聞である。わしらのような山師も、より一層に求められるであろう」

という話を、その久兵衛なる者がしたことにした。

そこで光秀は、自分たちは足利将軍家の命で動いている者だという話を、相手に打ち明けた。

事実、光秀は今、織田家で信長のために懸命に働いているが、それでもその身分は正式には未だ幕臣で、織田家には将軍家からの連絡将校という形で仕えている。

信長は光秀がそれなりに使える人材なのをいいことにどんどん重用しているから、世間の目には光秀が織田家の家臣として映っているが、その実はこうして将軍家の密命を帯びて動く時もあるのだと、久兵衛に説明したことにした。

この言い訳を、きっと信長は気に入る。

何故なら、最近の信長は十五代将軍・義昭の勝手な外交に手を焼いていた。さらに義昭は遠国の武門についてもあれこれと調べたり、使いを出したりしているようだった。

ちなみに、この案を持ち出したのは愚息だった。

「今の将軍は、信長の意に反して『新将軍ここにあり』との動きを盛んに見せている。それを逆手に取るのだ。将軍のせいにする」

だから今後、久兵衛がもしどこかで光秀たちのことを喋っても、それは信長の悪口にはならない。将軍家への悪評になるだけだ。

実は信長は、理屈で動く人間ではない。理屈をある程度重ねた上で、その時々の感覚で先の動きを決める人間だ。気分屋の天才、と言ってもいい。

そして信長がこの話の諧謔に破顔すれば、光秀たちへの叱責はほぼなくなる。

しかも、信長から求められた金と銀の採掘量はちゃんと調べてある。光秀たちが責められる目はなおさらない。

ともかくも光秀たちはその正体を明かした上で、この久兵衛に金子二十枚を贈ることにした。むろん愚息と新九郎の報酬の六十枚から出すのだ。

金子一枚は五十匁である。その二十倍だから、千匁の金である。つまり京では千石もの米になる。二千五百俵である。十年やそこいらは余裕で遊んで暮らせる金額だった。

さらに久兵衛を、石見銀山に連れていくことも条件とした。これにて久兵衛は落ちた（という話にした）。

その作り話に思わぬ穴はないかを、光秀は確認したのだ。

「まあ、なかろう」のんびりとした声で新九郎も言った。「万が一あったとしても、その時はその時だ。わしがなんとか対処する」

つまりは信長の荒小姓たちを相手に、妙覚寺で修羅場を演じるということだ。そして当然、武具を着けていない者同士の戦いでは、新九郎が数多の敵を圧倒する。

「まあ待て」光秀はやや焦りながら言った。「まずそうはならぬから、大丈夫だ」

鞍馬口通から烏丸通へと南下し始めた。この通りも早朝は行き交う人もなく、ひっそりと静まり返っていた。それをいいことに三人で南へと歩きながらも、今度は改めて「武田の金」と「毛利の銀」の比較の話になった。

「湯之奥金山からの武田の取り分は、微増はしているものの、おおよそ毎年五貫であった」光秀は小声で話の口火を切った。「ということは、湯之奥金山の金山衆の取り分と穴山信君の取り分を含めれば、年に十二貫と五百匁が採れていることになる」

「武田家にはあと十ほどは金山があるという話であったな」新九郎も言った。「多く見積もって、仮にどの金山でも同量が採れるとすれば、年に百二十五貫の金である」

　土屋はさすがに他の金山のことまでは口を割らなかったから、こればかりは三人で推測するしかない。

「そこまでの量はなかろう」愚息が反論した。「あの湯之奥のように盛んに金が採れているのは、せいぜいが黒川金山と金鶏金山、甲武信金山くらいなものではないかの。あとの六、七カ所の金山は、ほとんど噂も聞かぬ」

　わしもそう思う、と光秀も同意した。「なんとなくの勘ではあるが、六十貫から百貫の間が、武田の金の採れ高という気がするの」

「仮にそうだとしよう」新九郎が言った。「銀の価値に改めれば、この京での金銀の比率は十対一だから、六百貫から千貫の銀に匹敵する」

「毛利の永禄九年の採れ高は、千五百九十三貫であった」

　光秀は自分の担当した台帳の総計を言った。愚息がそれに続けた。

「わしが集計した永禄十年は、たしか千七百三十二貫だったぞ」

　今度は新九郎が口を開いた。

「土屋がやっていた永禄十一年は、おおよそ千八百六十貫と記憶している」

「毎年、百と三、四十貫ほど増えておるな」愚息が感想を洩らす。「あの銀山にはまだまだ新しい鉱脈があるようじゃ」

光秀はうなずいた。

「ともかくも毛利は、銀換算では武田の二倍弱から三倍ほどの富を得ている。内実は、毛利のほうが圧倒的に豊かだと思える」

「そう言えば土屋も言っておったの」愚息が言った。「吉田郡山城の金屛風と欄間を、やたらと褒めておった。あの時も土屋は、これをもってしても毛利家の裕福さは推して知るべしである、とか断言しておった」

そうこうするうちに二条大路までやってきた。その辻を右に曲がると、行く手に妙覚寺の大伽藍が見えて来た。

信長は普段から、相当な早起きだ。だいたいの場合は夜明けとともに起きている。あまり酒が飲めないこともあって、夜更けまでの深酒を好まない。誰かと無駄に長話をすることもない。だから必然、早寝早起きになる。

そしてその機嫌は、朝のほうが圧倒的に良い。逆に日が天中を過ぎ、夕方が近づくにつれて、信長は次第に不機嫌になる。この全能感の極端に強い主人は、気力体力が減じるにつれ、機敏に動かなくなる自らの心身に苛立つらしい。

ともかくも光秀は、その最も上機嫌な場合が多い早朝に、前もって会いに行く旨を信長に伝えてあった。

妙覚寺の山門をくぐり、境内へと入っていく。大玄関から屋内へと入り、青々しい匂いの庭園を左手に見ながら外廊下を進んでいった。

本堂に入ってしばらく下座（げざ）していると、信長が小姓たちを引き連れて上座へと入ってきた。三番家老の丹羽長秀（にわながひで）も姿を現し、信長の下方に腰を下ろした。

この中年男は以前の柴田勝家とは違って性格が丸く、滅多なことでは口も挟まない。信長の威光を笠（かさ）に着て、権高な態度を取ることもない。さらに言えば光秀とは京の市政官として同僚だった時期もあるから、それなりに見知った間柄でもある。

これは、今朝の拝謁はうまく行くな、と感じた。

「十兵衛よ、久方ぶりであるな。ちと見目が変わったの」

信長の上機嫌な声が飛んできた。案の定だ。

はっ、とすかさず平伏する。

「愚息、新九郎、おぬしらはさらに見た目が変わった」

その言葉に、光秀の両隣の二人も、軽く頭を下げた。が、その下げ方にはやや横着なところがある。ここらあたりの不遜（ふそん）さは相変わらずだ。

光秀は石見銀山に再度潜入する時、変装する必要があったことを簡潔に述べた。それを聞いた信長は、ますます機嫌が良くなった。

「して、その石見と甲斐の左右（そう）はいかに」

はい、と光秀はまず結論から口にした。「いずれの山も、永禄九、十、十一年の三年ぶんの採れ高を調べてござります」

信長は笑った。無邪気に笑った。

「いかがいたしましょう」光秀はさらに聞いた。「調べ上げた経緯が先でござりましょうか。それとも採れ高のご報告が先でござりましょうか」

「採れ高の報告を先にせよ」そう、からりと命じた。「次に、経緯である」

「かしこまりました」

軽く礼をして、まずは懐から四枚の紙を取り出した。無言で床の上に重ね置き、さらに上座へと指先で押し出す。その紙片を小姓が取りに来て、信長に恭しく差し出した。

信長が一枚目の紙片を見たのを確認して、こう語り始めた。

「一枚目は、湯之奥金山の金が、穴山家から武田家にいかほど納入されているかという、その三年分にてござります」

「……ん？」

「おおよそどの年も、五貫になっておりまする。ご覧いただいた通り、微増はしておるようです」

光秀はさらに言葉を続けた。「山から産出する金の四割が武田家へ、二割が金を掘った金山衆へ、残る四割が穴山家へと入る仕組みにてござります。そこから逆算すれば、かの湯之奥金山は年に十二貫と五百匁ほどを産出いたしまする」

なるほど、と信長はようやく愁眉を開いた。「道理でこの紙の数が、思ったより少なかったわけだ」

そう、個人的な感想を珍しく洩らした。

光秀はその反応を見て、さらに毛利家の銀の話に移った。

「続く三枚が、石見銀山の永禄九、十、十一年の採れ高でござります。ご覧いただければお分かりの通り、永禄九年の千五百九十三貫より、毎年百三、四十貫ほど増えておりまする。それがしが見ましたる銀山の様子にも、まだまだ余力がありそうにてござりました」

「新しき鉱脈が、ということか」

「左様にてござります」

「何故こちらの三枚は、月ごとの集計から載っているのだ」

「それにてござります」

光秀は、腹に力を込めて答えた。今の信長の指摘を、むしろ経緯を話す良いきっかけにするつもりだった。途中から作り話になるからこそ、自ら積極的に打ち明ける。

「石見の銀は、我らが自ら毛利家の陣屋に忍び込み、台帳から直に写し取りました数にてござりまする。されど湯之奥金山の金は、我らが直に調べたものではござりませぬ」

信長は再び両眉を寄せた。

「いかなることか」

光秀は、一応は念を押した。

「では、次に経緯をお話ししてもよろしいでしょうか」

「申せ」

「実は我らは、湯之奥金山には侵入できませんでした」

信長の眉間の皺は、一層深くなった。

「うむ?」

「対岸にある身延山の頂から仔細に金山を眺めていたところを、ちょうど甲斐を離れようとしていた元山師に見咎められました次第にて……まことに申し訳ありませぬ」

「ほう」

「危うく穴山家の陣屋に突き出されそうになったところで、取引を持ち掛けました」

そこから先は、予め愚息たちと打ち合わせていた通りの作り話をした。そして光秀たちが久兵衛に何者かを問い詰められ、

「我らは将軍家の密命を帯びた者である——」

と打ち明けた話のくだりで、

「ぎゃはっ」

案の定、信長が山猿のような叫声を上げた。

「なんと、おぬしらはわしの家臣ではなく、将軍家の手下であるとぬかしおったか」信長は腹を抱えたまま、なおも笑い転げた。「あは。悪しきこと後ろめたきことはすべて、公方のせいにするとでも申すかっ」

「上様には、万が一にもご迷惑が掛からぬようにでござります」光秀はさらに神妙に答える。「ちなみにこの案は、愚息が咄嗟に口にしましたるもの」

するると、愚息が再び頭を下げた。その坊主頭に、信長が弾んだ声をかけた。

「うまいぞ、愚息」と、さらに笑み崩れ、改めて三人を見た。「久しぶりに大笑いしたわ。されば、この忍び込めなんだ件は不問としよう。されど、その久兵衛なる者が渡してきた採れ高は、まことに信頼できるものであろうの」

「武田家、穴山家、そして金山衆の具体的な取り分を聞きましても、それがしはまことの数であると信じておりまする。されど、こればかりは甲斐の他の金山との採れ高との兼ね合いで、真偽を測るしかございませぬ」

光秀は、敢えてそういう答え方をした。自分よりさらに甲斐金山の内情には詳しいであろう信長に、その真偽の下駄を預けた。

信長は珍しく束の間躊躇うような素振りを見せた後で、

「おそらくは、まことである。そやつは嘘をついておらぬ」そう、言い切った。「わしが知っている二、三の金山と、採れ高はそう大きく変わらぬ」

やはり、相当に調べ上げているようだ。

ともかくも光秀は、さらに話を続けた。今度は最後まで話し終えた。

「なるほど――」

一通り事情を聴き終わった後で、信長は軽く吐息を洩らした。

「愚息と新九郎は、わしの褒美のうちの金子二十枚を渡すことにした。十兵衛はそやつの希望通り、石見に連れていくことにした。代わりにそやつは、湯之奥金山の採れ高を三年分、教えてくれた……こういうことか」

「その通りにござりまする」

「そやつは、裏切ることはないのか」信長は斬り付けるように言った。「裏切って、改めて武田に密告することはないのか」

「既に甲斐を離れようとしておった身ゆえ、まずそれはござりますまい」光秀は答えた。「また、万が一そういうことになったとしても、それがしの身上は幕臣にてござります。毛利輝元に拝謁する時ばかりは、織田家臣として上様からの挨拶状を差し出しましたが、その挨拶状も、上様が公方様からのご要請でしたためられたものと説明してござります」

信長はまた目元で危うく笑い出しかけ、それから口を開いた。

「石見銀山の様子は、いかがであった」

「人々があれほどの密度で集う場所を、少なくともそれがしは見たことがござりませぬ。天空の都市が、山間に忽然と現れまする」光秀は最初に、結論を言った。「むろん京よりもはるかに人々が密集しており、無数の蟻がびっしりと群がったような町でござりました」

その後、石見銀山の様子と、温泉津から出雲まで一度行ってから、どうやって改めて石見に戻り、銀山内に忍び込んだのかを詳しく説明した。

光秀の話を一通り聞き終えた信長は、愚息を見遣った。

「愚息よ、おぬしは唐や呂宋、暹羅にも行ったことがあろう。それら異国の町と比べて、石見銀山はどうか」

果たして愚息はこう答えた。

「正直、その規模はさておきましても、あそこまでの立て込み具合で人々が暮らしている町は、それがしも初めて拝みましたる次第」

「左様か」

「敢えて申し上げますれば、通りの活気や、いかにも金銀が唸っていそうな家並みの様子は、摂津の商都、堺に近きものがありまする」

そう言われて初めて気づいた。確かにそうだ。あの和泉灘に半ば浮かんでいる商都に、さらに二倍ほどの人々を押し込めれば、石見銀山の町人街になる。だから光秀も愚息の説明を補足した。

「堺の住民の数を今の三倍ほどにすれば、ちょうどあの町人街の雑踏に近くなりまする」

「なるほどの……ようやく感じが分かった。柵内の雰囲気が摑めた気がする」

信長は二人の説明に、今度こそ納得した様子だった。

「新九郎、銀山の警備はいかがであったか。なんぞ気になることはあったか」

「正直、柵内に入るまでの警備は、恐ろしく厳重でした。町の東西にある入り口までは険阻な山道で、しかも五、六カ所の関所を通過せねばならず、毛利家からの通り手形なくしては、到底辿り着けなかったでしょうな」

「おぬしの腕をもってしても、強引に突破していくことは無理か」

その信長の質問に、新九郎は少し首を傾げた。

「万が一辿り着けたとしても、陣所にじっくりと侵入できるような余裕はございますまい」

「されど、現におぬしらは再び侵入して、採れ高を調べて来た」

「尼子の廃道を使ったからでござります」新九郎はあっさりと答えた。「それは一度きりの機会にて、今後は毛利も旧道には充分に注意を払いまする。さらにはその廃道ですら、最後には毛利の兵たちに追いつかれ申しました」

「ようは、もう二度と侵入することはできぬ、と？」

そう信長が念を押すに当たり、光秀はようやくこの主の意図を察した。

なんと信長は、可能であればもう一度誰かを銀山に侵入させることを考えているようだった。裏を返せば、それほど石見銀山に興味をそそられている。

それともう一つ。

信長の雇っている間諜たちが今まで石見銀山に侵入できたことは、おそらくない……。

「まあ、無理でござりましょうなあ」

そう新九郎があっさりと不可能な旨を口にすると、信長は片眉を思いきり上げた。やはり不満のようだ。

ややあって、急に話の方向を変えた。

「ところでその久兵衛なる者は、いかがした」

光秀は一瞬、愚息を見た。愚息もちらりとこちらを見て、口を開いた。

「久兵衛は実は今、それがしの住まいまで来ております。金子二十枚を入手してから、改めて石見に出立すると申しておりました」

「そうか……」

信長は天井をしばし睨んだあと、こう言った。

「いっそ、殺したほうが良いのではないか。金子を支払う手間も、誰かに不用意に話をする心配もなくなる」

あいや、お待ちくだされ、と愚息はやや慌てた声を上げた。「命を懸けた約束を破るは、それがしもこの新九郎も気が乗りませぬ。それよりも今のような関わりを保ったままのほうが、むしろ織田家のためにもよろしいでしょう」

「いかなることか」

「久兵衛は再び石見に赴けば、しばらくは彼の地で働くでしょうが、やがては京へと出てくることもありましょう。その時に、石見銀山の移り変わりの様子を聞くことも出来まする」

「また金子で、ということか」

「左様。久兵衛は、湯之奥金山の採れ高では、嘘をついておらなんだ様子にてござりまするな」

「それは、そうじゃの」

「されば、いつか会うであろう時も礼金さえ弾めば、石見の様子に嘘をつくことはありますまい」

なるほど、と信長はようやく納得した表情を浮かべた。「不定期な『草』として、その度に利で釣ればよいということであるな」

　これには愚息も、はっきりとうなずいた。

「殺すより、生かしてこそでござります」

　信長は軽く溜息をついた。

「分かった。ではそのようにせよ。また畿内に来た時には、おぬしの所を訪れるような関わりを今後も続けるよう」

「承りまして候」

　愚息が再び頭を下げる。光秀は信長の気が変わらぬうちに、別の話題を持ち出した。

「ところで、まだ申し上げたき儀が、二、三ござります」

「うん？」

「まずは駿河の田子の浦と、石見の温泉津沖泊との違いでござります」

　これは、温泉津沖泊の繁栄ぶりのほうが田子の浦を圧倒していると報告した。沖泊が専用の積み出し港になっており、その奥に控える温泉津が交易の中心地であり、かつ船乗りや旅人の湯治場にもなっていると報告した。

「田子の浦は今川領から武田領になったばかりにて、金の積み出し港としての歴史が浅(あそ)うござります。また、武田領内の金は湯之奥金山など、甲斐領で採れる金の一部しか田子の浦からは運び出されておりません。逆に石見銀山の銀は、ほぼすべてが温泉津沖泊から船に積まれております。これらをもってしても、両湊(みなと)の繁栄の差は致し方なきものと思われます」

ふむ、と信長はうなずいた。感想は何も口にしなかった。光秀はさらに語った。

「次に、甲斐と石見、それぞれの地での金と銀の、銭への兌換率(だかんりつ)でござります」

ほう、今度は信長の頬があからさまに緩んだ。「十兵衛、明智十兵衛よ、おぬしはさすがである。そこまで調べてきおったか」

「それほどでもござりませぬ」これは、正直な感想だった。「本来であれば田子の浦に米俵を持ち込み、それを金と換えたほうが時価ははっきりと分かりましたが、当初はそこまで気が回りませなんだ」

信長はうなずいた。だが、先ほどと同じように無言だ。先を続けよと促している。光秀は話し続けた。

「御存じのとおり、今の京ではおおよそ、金一匁が銀十匁であり、それが良銭千枚分——つまりは一貫（千匁）でござります」

「で、あるな」

「ですが、甲斐では金一匁につき、兌換率は低い時で六百枚、高い時でも九百枚ほどが相場のようでした」

「つまり、その京との差額が、馬借や廻船の儲けということか」信長が聞いた。「それにしても、時期によって幅が大き過ぎる」

「はい……」

一瞬、自分なりの意見を口にしようと思ったが、やめた。信長は自分から直に疑問を問いかけない限り、配下が勝手な意見を述べることを嫌う。

「次に、温泉津での兌換率にてござります。ここでは、馬関から載せた米を銀子へと換えてみました。米一石が銀十二匁ほどで、米問屋の主人も通年でそれくらいの兌換率になっておると申しておりました」

ふむ、と信長は深くうなずいた。「石見での銀は、安定した相場じゃの。銀の求め手と買い手の数が、いつもそれなりに釣り合っているのであろうな」

「で、あろうかと思われます」

「逆に田子の浦の金には、それがない。買い手と売り手の需給に、しばしば乖離が出る。交易の量が、温泉津に比べるとかなり少ない。じゃから、値が安定せぬ」

案の定、光秀が言おうとしていたのとほぼ同じ感想を、信長は口にした。さすがにこのあたりの察しの良さは、悪銭を駆逐し良銭を浸透させようとする撰銭令を、世に広く推し進めようとしているだけはある。

これにて、甲斐と石見についての報告は終わった。

信長は最後に、こう口を開いた。

「十兵衛よ、此度はようやった。そして愚息、新九郎よ、おぬしらには約束通り、褒美を取らせる」

そう言って、小姓に三方を愚息と新九郎の前に運ばせた。

三方の上には、黄金色に輝く金子が十枚ずつ封をされて、積み上げられていた。

3

明智十兵衛光秀とその友垣が妙覚寺の山門を出て行ってから、丹羽長秀は中庭にある茶室に呼ばれた。

むろん信長からだ。

この一つ年上の主君には、十六歳の時に仕えた。以来、二十年ほどが経つ。

丹羽家はそもそもが尾張の守護・斯波氏の家臣だった。父・長政の次男として春日井郡児玉に生まれた。

十五歳の時、父が戦死した。丹羽家の跡目を継いだ長兄・長忠はその翌年、衰退し切った斯波家から、旭日昇天の勢いのあった織田弾正忠家に仕えることを決断した。当然、弟である長秀も信長に仕えることになった。

が、その長忠も織田家に仕えた四年後に、戦死した。

当時二十歳になっていた長秀は、思わぬ形で丹羽家を継ぐことになった。そして兄が亡くなることにより、信長の直臣となった。

信長は、一つ年下の長秀のことを、まるで実弟のように可愛がってくれた。

長秀もまた信長の期待に応えようと、必死に槍働きをした。

萱津の戦いに十八で従軍し、村木砦の激戦の時は二十歳だった。

二十二の時に、信長と信勝という兄弟の間で、家督争いの戦いが勃発した。この時も信長方として懸命に刀槍を振るった。そして信長は、弾正忠家を完全に我が物とした。

長秀は、少しずつ立身していった。

以降も戦場で采を振り続け、二十九歳の時には信長の肝煎りにて嫁を貰った。信長の養女で、織田弾正忠家の庶兄・信広の娘だった。これにて織田家と丹羽家は血縁で繋がった。

織田軍が美濃の稲葉山城を落とした頃には、家中の武官の中では佐久間信盛と柴田勝家に次いで、ごく自然に三番家老の扱いを受けるようになっていた。

「…………」

伽藍の外廊下を進みながらも、長秀はつい溜息をつく。

むろん法外に順調な人生だということは、充分に自覚している。法外に、と言うのは、自分の才覚や能力に比して、ということだ。

かといって、自分のことをまったくの無能だと思っているわけでもない。指示されたことや与えられた任務は着実に、そして篤実に履行していく。手を抜くことも一切ない。

が、逆に言えばそれ以外の能力はあまりないとも自覚している。

柴田勝家のような圧倒的自信からくる自発性、押しの強さや、佐久間信盛のごく自然な尊大さから生まれる、武将としての座りの良さもない。滝川一益のような剛健な軍才も、木下藤吉郎や明智光秀のような多岐にわたる才華の煌めきもない。

以前は、そんな彼らの有り様が羨ましかった。むろん多少の嫉妬もあった。

が、他者に対してそれらの黒い感情を持ち続けるには、長秀はあまりにも淡泊過ぎた。

長秀は、織田家中では「無類の実直者」としてその名を知られている。多くの人から好意を持たれている。

信長も平然とこう公言する。

「五郎左は我が友でもあり、（義）兄弟でもある」

五郎左とは、長秀の通り名である。

人に嘘はつかないし、驕り高ぶることも依怙贔屓することもない。そのあたりの規範意識が、自分が不用意に敵を作らない要因だとも感じる。

長秀は、再び大きな溜息をつく。

だが、それがどうしたというのだ。自分の生き方への明確な意思がないから、平気で他人に対して「いい人」や「お人好し」であり続けることが出来るのだ。

おれは今までの来し方において、自分では何も決めたことがない。仕える武門も、継いだ丹羽家も、嫁取りでさえそうだ。すべては亡き兄や、信長の言うことに唯々諾々と従ってきた。

つまらぬ男だ、と自分の武将としての資質に、時に絶望的な思いを抱く。

そんな思いを心底に引き摺りながら、信長の待つ茶室へと入った。

「来たか」

信長はそう言い、満面に笑みを浮かべて長秀を迎え入れた。

「遅くなりました」

そう軽く頭を下げ、この義兄弟の下座に座った。

信長はさっそく話題を切り出してきた。

「先ほどの十兵衛光秀と、その話をいかに思ったか」

何故、報告者とその報告の内容を分けて聞いてきているのか。それでもごく自然に長秀は答えた。

「明智殿は、やはり有能でござりまするな」別に相手を持ち上げているのではない。正直な気持ちだった。「わずか一月ほどで、甲斐の湯之奥金山と石見銀山のそれぞれ三か年ぶんの採れ高まで調べて来られた。かなり優秀な『草』でも、そこまでをこの期間で出来るとは思えませぬ」

「まあ、そうじゃの」信長は小首をかしげた。「石見銀山は、毛利へのわしの紹介状もあった。だからすんなりと銀山の柵内に入ることが出来た」

はい、とこの意見には穏やかにうなずいた。「それでも明智殿は、よくおやりになられたかと存じます」

「されど、甲斐のことは自ら調べてはいない」信長は言った。「甲斐を離れようとした山師とやらに、取引を持ち掛けて話を聞き出しただけだ。他人からのまた聞きに過ぎぬ」

「では、湯之奥金山の採れ高には疑念があるとでも申されまするか」

信長は首を振った。

「あの採れ高は信用できる。甲斐最大の黒川金山や甲武信金山と、ほぼ同等だった。それくらいだろうとわしも考えていた。だからその山師とやらは、おそらく嘘をついてはおらぬ」

奇妙な会話だった。信長は光秀のことを一旦は有能だと認めつつも、その成果や報告に関しては、いちいち奥歯に物が挟まったような言い方をする。

束の間躊躇ったが、やはり聞いてみた。

「上様は、明智殿の何がお気に召されぬのですか」

相手は一瞬迷ったような素振りを見せたが、結局はうなずいた。

「あやつの話には、途中から一つだけ合点のゆかぬところがある」

「何でござりましょうや」

「甲斐から石見まで連れて行ったという山師のことだ」

「はて?」

「それが今、次の石見銀山という働き場をわざわざ後にして、十兵衛たちと共にこの山城までやって来ている」

「されどそこは、上様からの褒美の分け前を、帰京してから渡すという約定だったからではござりませぬか」

するとと信長は笑った。

「わしも当座は、そう思っていた。が、彼らが退出した後に気づいた。既に愚息と新九郎は先年、長光寺城攻略の褒美に金子三十枚をわしから受け取っておる。わざわざ石見から山城まで連れて来なくとも、すぐに支払えたはずだ」

「しかし彼らとてそれらの金子を、いつも肌身離さず持ち歩いているわけではありますまい」

「そこだ」信長は言った。「よくよく考えてみれば、愚息たちは今井宗久の商船に乗っていたのだ。金子など持っておらずとも、船頭に申し出て今井名義の手形にして貰えばいいだけの話ではないか。

そして山師はその手形を、温泉津の問丸で金子、あるいは銀子に替えればいい。わざわざ京まで来る必要はない」

　言われてみれば、確かにその通りであった。今井方に手形を切ってもらい、あとでその分の金子を今井家の京の店に届ければいいだけのことだった。

　が、それでも長秀は思い直し、こう言った。

「あるいはその金山衆はついでに、久しぶりに京の水を味わいたかったのかも知れませぬな」

「欲に目が眩むような生臭い男が、そのような風情を感じるものかの」

「京の女が目当てなのかも知れませぬな。普段は女子に接することのない山師や廻船の船乗りは、そのような女遊びを派手にすると耳にしたことがございます」

「十兵衛の話を聞いていたか。石見銀山の柵内にも温泉津にも、数多の女郎屋があったという話である。しかも雪国は、色白の女を産する。故に山師はこの京まで来ずとも、彼の地でいくらでも垢抜けた娼妓が抱けたであろうよ。だいたい畿内の遊女などは、その大半が山陰や北陸から売られてくるのだ」

　聞きながらも長秀は、密かに可笑しかった。

　この主君は若い頃、妙ちくりんな恰好をして尾張第一の商都・津島を盛んにうろついていた時期がある。さらにはその当時、京や堺まではるばるお忍びで旅をしたこともある。だからこのような市井の事情にもそれなりに通じているのであろう。

　その上で確かにこれも、信長の言う通りだと感じた。

「では何故に、その山師は石見に留まることなく、この京まで来たのでしょうか」

すると信長は長秀の顔をじっと見た。束の間黙って見続けていた。

つい長秀は言った。

「何か？」

五郎左よ、と信長は長秀を通称で呼んだ。「今から申すこと、構えて他言無用ぞ。血縁であるこのわしとの約束、しかと守れるか」

「それは、むろんにてござります」

「では、申す」信長は言った。「件（くだん）の山師は、そもそも石見で働く気などなかったのだ。じゃから、まずは京まで戻ってきた……これがわしの考えるところである」

「何故にそう思われましょうか」

すると信長は、ますます思わぬことを言い始めた。

「商船の水夫頭（かこがしら）は、馬関から雇い主である宗久に手紙を出した。その水夫頭は、以前に田子の浦に寄港した時、盛んに湊に縄張りを施している普請奉行を遠目に見かけたことがあるそうじゃ。むろん、武田家の直臣であろう」

「………」

「また、その普請奉行をしばしば女郎屋の前で見かけたともいう。横顔も通りすがりに見た」

不意に長秀の中で、繋がるものがあった。が、まさかと感じる。信長の話はさらに容赦なく続いた。

「確証はない。何も確証はないが、普請奉行は小柄で、子供のようなきょとんとした顔つきをしておったらしい。十兵衛らが掻（か）き口説いたという山師に、ひどく似ておったということじゃ。商船の水夫頭は馬関に停泊した時に、ようやく普請奉行のことを思い出した。そこで念のために、宗久にその旨の文を書いた。次に宗久からこのわしに報告がきた。そういうことじゃ」

けれど、それでも長秀は言った。

「それを、信じられまするのか」別に光秀を庇うつもりもなかったが、さらにこう続けた。「武田の直臣が信玄を裏切るなど、それがしには到底信じられませぬ。また、もしそうであれば、明智殿も織田家を売っていることには相成りませぬか」

「十兵衛に関する限り、そうはならぬ」信長はあっさりと答えた。「あやつは将軍家の者だと相手に信じ込ませたと言った。おそらくそれは正しい。だからその久兵衛なる者は、そこまでの悪気は無しに金で転んだのかも知れぬし、そもそも金の誘いなど、なかったのかも知れぬ」

「……いかなることにてござりまするか」

信長は再び笑った。

「わしはの、既に武田家のことは湯之奥金山以外、相当に調べておる。近年の武田家中がどうなっておるかもだ」

「………」

「宗久からの報告を受けて、以前に甲斐に忍ばせていた草たちを、改めて呼んだ。つい昨日のことだ」信長の声はいつになく低くなった。「そして武田家の普請奉行の面々をもう一度報告させた。以前は気づかなかったが、面白い男が一人いた。普段は蔵前衆も兼ねているという小男だ。戦では何の役にも立たぬが、文吏としてはつとに有能で、算術に明るく、河川などの作事――特に金山の開発は尋常ではなく出来るらしい。だから、つい最近まで田子の浦の普請奉行を兼ねていたということじゃ。名を、土屋十兵衛長安という」

その名になんとなく引っかかりを感じた。案の定、信長もまたこう言った。

「光秀と同じ通り名、『十兵衛』である。だから、あ奴らは光秀と区別して便宜上『久兵衛』と呼ぶことにしたのではないか」

なるほど、と感じる。これはかなり確度が高い推測ではないかと長秀も思った。信長の言葉はさらに続いた。

「しかも、じゃ。この土屋は武田家代々の家臣ではない。親は大和の猿楽師で、信玄に招聘されたのを機に、その子供らは十代半ばで猿楽師から武士に取り立てられて武田家に仕えた。本姓は秦。祖先は渡来人であったのだろう。故に、武士としての規範や忠義心が薄くても不思議はない。二つの文吏を兼務している以上、金にも不自由しておらぬだろう。さらには女子二人を正式に家来とするような酔狂者で、家中の名物男でもあるらしい。単なる好奇心で石見まで付いて行ったことも充分に考えられる」

思わず長秀も、感じたままを付け足した。

「自らの資質を買われて信玄に取り立てられたのでしょうから、自負心も強いのではありますまいか」

そう口走った背景には、木下藤吉郎や明智光秀、滝川一益らのことが先ほど頭を過ったこともあった。いずれも才覚を信長に認められ、俗間から一代で取り立てられた者たちだ。当然、我が才を恃む気持ちも相当なものだと、彼らの素振りや言動から時おり感じることがある。

信長もうなずいた。

「おそらくはそうだろう。わしの見立てでは、土屋は身延山にて胡乱な動きをしていた明智十兵衛を見咎め、湯之奥金山の採れ高を教える代わりに、石見まで連れて行けとでも強談したのではないか。逆に言えば、あの十兵衛が進んで土屋に話を持ち掛けたとは、どうしてもわしには思えぬのだ」

「何故にございましょう」

信長は、不意に破顔した。

「あやつは、元をたどれば我ら尾張者以上の田舎者だからだ。美濃の草深い田舎で育っておる。そのような田舎者に、咄嗟の機転が利くとはとても思えぬ。現にわしの前でも、急な受け答えにはどん臭い時がまま見受けられる」

この初めて聞く光秀観には、長秀も正直驚いた。信長は光秀のことを、才能はあるが根は垢抜けない田舎侍だと思っているようだ。

ともかくも、改めて長秀は確認してみた。

「されど、その土屋なる者が久兵衛であるとは、まだ完全に決まったわけではないのですな」

「そうじゃ」と、信長はうなずいた。「だが、早ければ今日の遅くか明日中くらいには、はっきりとするだろう」

長秀は驚いた。

「そこまで早くでござりまするか」

「つい先ほど、一昨日集めた草どもに、瓜生山麓にある愚息の荒れ寺を遠巻きに見守るようにと命じた。そしてその久兵衛なる者が出てきたら、くれぐれも慎重に尾けよと命じた。なにせ愚息や新九郎は勘が鋭かろうからの。下手をすればその気配に気づく。それはともかく、久兵衛がこの洛中や堺へと下れば、それは単なる山師である。されど叡山を越え、琵琶湖へと抜けて南の大津なり対岸の草津に向かえば、それはほぼ甲斐入りのためだ。武田の家臣・土屋十兵衛長安ということになる」

少し考えて、長秀はこう質問した。

「もしその久兵衛なる者が、武田家家臣の土屋であったと致しましょう。その時、上様は明智殿をどうなさるおつもりでしょうか」

「別にどうもせぬ」信長は即答した。「あやつはこの一月ほどで見事な成果を挙げた。おぬしも言った通りだ。わしから言われもせぬのに、金と銀のそれぞれの地での兌換率まで調べて来た。それに万が一、織田家の者だと名乗っていたとしても、明智十兵衛から土屋に洩らせるほどの秘密は、我が家門にない」

「はて……多少はあるのではありますまいか」

「多少はある。が、それはほぼ全部――」と、自らの頭を指さしながら信長は笑った。「わしのこの中に入っておる。誰にも洩れぬ。故に当家に被害はない」

これには思わず長秀も笑った。

確かにそうだ。織田家に、そして織田領に格別の秘密はない。尾張と美濃は米と人が圧倒的に多く採れるだけだ。他国に秘密にするような貴重な産物は何もない。そして織田家の肝心な軍事方針は、いつも信長の頭の中だけにある。

その信長の言葉は、なおも続いた。

「おそらくあやつ、十兵衛はこう考えただろう。『久兵衛なる者の出自を正直に申し出れば、上様にひどく怒られる……』と。その気持ちも分からんではない。それに武田の家臣であれば、その久兵衛なる者は、湯之奥金山の採れ高と引き換えに石見まで行ったとは、死んでも甲斐では口に出来ぬはずだ。おそらく信玄には大和へ里帰りするなどと嘘をついている。じゃからますます当家に被害はない。得しかない」

「はい」

「だから、此度(こたび)は明智十兵衛が嘘をついていたとしても、それは不問にしてやる。嘘も方便としてやる」

長秀は、心中でほっとした。

しかし直後、信長の言うことは急転した。

「されど、この一事は覚えておく。明智十兵衛光秀なる者は、その必要があれば、時にわしを誤魔化そうとする男であることを。自らに都合の悪き話は、黙っている場合もあろうことを」

「……はい」

「かと言って、あやつが意図してわしを裏切るとは思えぬ。わしと同じように、宇内(うだい)を見る『窓』が高いところに開いている時もある。じゃからわしは、明智十兵衛が家臣として使える限りは、あやつを重用する。分かるか、五郎左よ」

一瞬躊躇(ちゅうちょ)して、長秀はうなずいた。

今、信長には口に出さなかった言葉がある。有能である限りは重用するが、無用になったら閑職に追いやるか、織田家自体から追放するのだろう。

最後に、信長はこう締めくくった。

「ともかくも、その山師の行く手次第だ」

4

陽が中天にかかった頃、新九郎たちは瓜生の寺に着いた。

土屋は本堂に寝転がって、扇子で顔を扇いでいた。その気楽な様子を見て、愚息がさっそく悪態をついた。

「我らが汗水垂らして洛中まで往復してきたと言うに、まったくおぬしは気楽な身分じゃのう」

「信長への報告は、そもそもがおぬしらの務めであったろう」土屋はなおも扇子を揺らしながら言った。「この暑さと同じように、わしのせいではないわい」

「確かにそうじゃ。が、そのような態度の奴には、信長がどういう受け答えをしたかは教えてやらん」

すると土屋は、扇子をたたみ、居ずまいを正した。

「これで良いか」

「胡坐もやめろ」

「板間であるぞ」土屋は口を尖らせた。「足の甲が痛くなる。端座するのは勘弁してくれ」

愚息は溜息をついた。

「やれやれ。こやつに改めて復唱してやるのが馬鹿らしくなってきた」

と、ここで洛中から共に帰ってきた光秀が口を開いた。

「では、わしから説明してやろう」

「頼む」

すかさず土屋が反応した。

光秀は話し始めた。

土屋は、自分が単なる山師であると報告されたことも、光秀たちが将軍家の者であると説明したことにも特に反応は示さなかった。

それでも湯之奥金山の採れ高の話になった時には、わずかに表情を引き締めた。さらに信長が、

「そやつは嘘をついておらぬ。わしが知っている二、三の金山と、採れ高はそう大きく変わらぬ」

と答えたと聞くと、大きく顔をしかめた。

「くそ……」

と小さく悪態も洩らした。自分で採れ高をばらしておきながら、信長がさらに詳しく他の金山のことを知っていたらしいのが、相当に気に食わぬらしい。

新九郎は思わず言った。

「おぬしのような者でも、武田家にはそれなりに思い入れがあるようじゃの」

「当たり前ではないか」やや憤慨したように土屋は答えた。「父も兄も、信玄公に見込まれて家来になった」

だが、そこに自分の名は入れなかった。自分にはその能力があったから、武士に取り立てられたのは当然だとでも思っているのであろう。新九郎はなにやら馬鹿馬鹿しいやら、おかしいやらであった。

光秀は次に、石見銀山の様子を話した時の信長の態度を口にした。さらに信長が、愚息にも石見銀山の町の様子を熱心に聞いていたことを付け加えた。

あ、と新九郎は思った。

信長は、おれには銀山町の様子を聞かなかった。そして土屋も、おれには信長の様子を報告してくれとは言わなかった。

信長は新九郎には、警備を強引に抜けて柵内に入ることは可能か、もう一度侵入することは出来るか、と聞いただけだ。

ということは信長と土屋の目には、おれは単なる剣術使いとして、荒事にしか能がない人物に過ぎぬと映っているのだ。

つい笑い出しそうになった。人を馬鹿にするにもほどがある。

光秀は、ちょうどその新九郎が答えた時の、信長の不満そうな様子を語っていた。

「銀山の話には、やけに熱心であるな」

土屋が感想を口にすると、光秀はこう答えた。

「これはわしの見立てであるが、おそらく上(うえ)――」と光秀は言いかけ、その呼び名を慌てて訂正した。「我が殿は、石見銀山に間諜を忍ばせようとして、成功されたためしがないのであろう。あの柵内の様子をほぼご存じなかった。だから、余計にご熱心になられたのだ」

「おそらくはそうだ」土屋もうなずいた。そして再び顔をしかめた。「対して我が甲斐には金山が十数カ所も散らばっている。どうしても山ごとの警備は手薄になる。間諜を潜ませ放題であろうな。現に武田家の『草』は、何度も身元不明の間諜を斬り殺している」

これは初耳だった。

光秀は、土屋を斬ればいいと言った信長の話はしなかった。そこを飛ばして、田子の浦と温泉津という二つの湊の話題を語っていた時の、信長の様子を語った。

この時は、土屋は終始無言のまま聞いていた。

さらに光秀の話が、田子の浦での金と、温泉津での銀の、それぞれの兌換率に移った。と、土屋がその話の途中で口を開いた。

「信長は、おぬしが兌換率の話を始めた時、そんなに嬉しそうだったのか」

ああ、と光秀はうなずいた。「殿はわしらが進んで兌換率まで調べていたことを、かなり嬉しがっておられた」

土屋は新九郎と愚息のほうを見た。

「おぬしらにも、信長が喜んでいるように見えたか」

「確かに喜んでいた」

そう愚息が答え、新九郎もうなずいた。

「わしにもそう見えた」

「ふむ……そうか」

光秀は次に、それぞれの兌換率の話に対して、信長がどのような反応を示したのかという話を続けた。その話を聞き終わった後、土屋は確認した。

「信長はこう言ったのだな。『田子の浦の金は、値付けが安定せぬ。しばしば需給に乖離が出ている。温泉津の銀に比べれば交易の量が、かなり少ないからだ』と」

「そうだ」光秀はうなずいた。「殿は、確かにそう言われた。話はそれで終わった」

「なるほど」

そう一言口にすると、土屋はしばらく黙っていた。ややあって堂内の隅から行李と菅笠を持ってきた。

「わしはこれより比叡を越えて、琵琶の湖へと出る。堅田から対岸に渡って東山道を甲斐まで戻る」

「そうか」

と、光秀たちはうなずいた。

「が、今日まで世話になった。お礼に、今わしが考えていることを教えて進ぜる。むろん、信長が武田の金と毛利の銀を比べて、どう思ったかということだ」

これには光秀が激しくうなずいた。やはりそこは光秀も相当気になっている。

「まず信長は、甲斐には相当に間諜を入れて、金山のことをよく調べているようじゃ。されど毛利家の石見銀山には、おそらくは我らが初めての潜入であった」

すると光秀が言った。

「毛利輝元より、信玄公の動きが気になっておられるからであろうか」

「おそらくはそれもある」土屋はうなずいた。「が、同時にそれだけでもなかろう。結論から申す。たぶん信長は毛利家より、我が武田家の方が与しやすいと考えたはずだ」

この答えは、新九郎には予想外だった。確かに武田の金は値動きが大きく、その産出量も貨幣換算では毛利家に劣るとはいえ、信玄は天下第一の名将であり、信長もその威勢を昔から恐れているとの噂もある。

そのようなことを光秀も口にすると、土屋はこう答えた。

「おぬしらも既に分かっている通り、我が国の金は売値が安定せぬ。それは武田家の採れ高もあるが、南蛮の例で見ても、金は銀に比べて産する量が異常に少ないからである。すなわち毛利と異なり、金の採れ高をすぐには銭換算できぬ。鉄砲や硝石などの戦費として正確に計算し直すことが、なかなかに難しい」

「何が、言いたい」

「つまり金――武田家の金は、それのみでモノを大量に買い付けるには不適当であるということが言いたい。希少性が高すぎるせいで、相場というものがないに等しいからだ。大事なことを言うぞ。だからこそ甲斐の国内でも、金は銭の主要な代替品としては流通しておらぬ。褒美や記念の品として家臣や同盟国に贈られているのが実情である。その事実に、おそらくは信長も気づいた。金を戦費として正確に換算出来ぬ限りは、対織田戦が長引けば、甲斐と信濃の地味痩せた土地しか持たぬ武田家は――いかに我が殿が軍神であられようとも――圧倒的な石高を誇る織田家の前に敗れる。が、毛利は違うだろう。採れた銀の量で、すぐに銭換算をすることが出来る。いかほどの戦費になるかを見込むことが出来る」

「信玄公でも、我が織田家の前に敗れるのか」

その光秀の問いかけに、土屋はうなずいた。

「金が戦費として確実に試算できぬ以上、少なくともわしの見立てではそうなる。武田家八十万石に対して、三百万石近くの勢力圏を持つ織田家である。しかも信長も馬鹿ではない。軽く三倍以上もの石高の差は、いかに我が殿が優れていようとも長期戦になれば耐えられぬだろう」

この数字上の違いに関しては、新九郎も素直に納得した。

「対して今、毛利家は年に千八百六十貫もの銀を算出する。彼の地での相場は銀十二匁で一石であるから、えぇ、と……石高で言えば十五万五千石となる。しかもこれは、純利での石高である。仮に毛利の取り分を五公五民とすれば三十一万石の封土に匹敵する収入で、さらに実際の領地を足せば、今の毛利家の実勢は百三十万石にはなる。織田家の半分近くまで迫ってくる。それなら毛利家にもまだ、戦いようはある」

　改めて突き付けられたこの石高換算には、新九郎もなるほどと思った。

「今の当主・輝元がいかに凡庸といえども、その下には元就の息子である両川（りょうせん）も控えている。また、その封土は中国地方の奥座敷にあり、京からは信濃・甲斐よりはるかに遠い。長期戦になることを思えば、織田家も迂闊（うかつ）には手を出せぬ。わしは戦には詳しくないが、それでも与しやすい相手から次々と屠（ほふ）っていくのは兵法の常道だと、いつか聞いたことがある」

　土屋はそこまでの推論を一気に語り、

「故に信長は、どちらかと先に戦わねばならなくなった時は、毛利家より我が武田家を選ぶであろう。そうなった場合、十中八九は武田家が滅ぶ」

　と、最後に繰り返した。

　新九郎たちは境内から、行李を背負った土屋が遠ざかっていくのを見送った。瓜生の里から叡山の杣道（そまみち）を通って、日暮れまでには堅田に着くつもりだと言っていた。

　そんな土屋の遠ざかっていく背中を眺めながら、愚息が呟（つぶや）いた。

「あやつ、存外に複雑な思いを抱きながら、武田家に仕えているようであるな」

新九郎もつい言った。

「もし武田家と織田家が戦いになった時、土屋はやがて、武田家を見限るのであろうか」

が、愚息が口を開くより早く、光秀がこう答えた。

「わしは、それはないと思う」

「何故だ」

「誰かに仕えた武士とは、妙なものでな。最初は当座のつもりでも、長く仕えるにつれて、その武門と主人には愛着が湧くものだ。ましてや相手は信玄公である。おそらくは土屋のような者であっても、最後まで武田家と運命を共にするであろう」


不幸にも、その光秀の予言は当たった。

これより四年後の元亀(げんき)四年(一五七三)四月、武田信玄は上洛戦の途中で病死した。

さらに二年後の天正(てんしょう)三年、長篠(ながしの)の戦いで土屋の兄が戦死する。それでも土屋十兵衛が甲斐を離れることはなかった。そして天正十年三月に武田家は滅亡し、そのわずか数か月後には信長も横死して、光秀も死んだ。

甲斐国は、織田家の領土から徳川(とくがわ)領となった。無類の信玄好きだった家康(いえやす)は、路頭に迷っていた武田家の旧臣たちを大量に召し抱えた。その中に、土屋十兵衛長安もいた。

土屋は、徳川家譜代の家臣である大久保(おおくぼ)忠隣(ただちか)の与力に任じられ、さらにはその稀有(けう)な有能さを見込んだ忠隣から姓を賜った。

これにて土屋は、大久保長安としてその後の人生を生きることとなった。

まずは荒れた甲斐国内の再建に尽力し、釜無川や笛吹川の堤の復旧や新田開発、金山採掘に精力を傾け、わずか三年ほどで甲斐国の財政を立て直した。

その後、家康が関東に移封になった時、大久保長安は関東の広大な封土の精緻な土地台帳を作るなど、ここでもその異能ぶりを存分に発揮した。そして武蔵国は八王子に、表高は八千石、実高は九万石の北条家の旧領を家康から与えられた。ちょっとした大名並みの待遇であり、かといって表高は一万石以下なので大名としての煩瑣な役目を負うこともなく、この前後から大久保十兵衛長安の名は、世にも稀なる立身者として徐々に世間に知られるようになった。徳川家に仕えた初期から、いかに家康から期待されていたかが分かる挿話である。

関ヶ原の戦いの後には、甲斐奉行と石見銀山奉行、美濃代官、さらには金が大いに採れ始めていた佐渡の代官や伊豆の金山総奉行なども次々と兼任、あるいは歴任した。ようはこの国の金山銀山の大半を司るようになり、初代の石見銀山奉行に就任した翌年――慶長七年（一六〇二）には、石見銀山からなんと四千貫もの銀を採掘した。

その最盛期の権勢は、主君の家康以外には並ぶ者なしとも評され、好色にもますます拍車がかかり、側室や遊女を七十人以上、常に引き連れていた時期もある。

慶長十八年に、大久保長安は亡くなった。享年は六十九。

その直後、故・長安には生前の不正蓄財の嫌疑がかかった。家康は、長安亡き後の大久保家は不要であると考えたようだ。

長安の息子たちは嫡男から七男までが切腹となり、同時に大久保家も断絶した。

〈主な参考文献〉

『天下統一とシルバーラッシュ　銀と戦国の流通革命』本多博之　吉川弘文館
『論集 代官頭大久保長安の研究』村上直　揺籃社
『江戸の金山奉行 大久保長安の謎』川上隆志　現代書館
『信長の経済戦略　国盗りも天下統一もカネ次第』大村大次郎　秀和システム
『ガイドブック 石見銀山を歩く』山陰中央新報社

本書は、「小説 野性時代」二〇二二年十二月号～二〇二四年二月号に掲載されたものを加筆・修正した作品です。

装丁　高柳雅人
カバーイラスト　チカツタケオ
地図作製　REPLAY

垣根涼介（かきね　りょうすけ）
1966年長崎県生まれ。2000年『午前三時のルースター』でサントリーミステリー大賞と読者賞をダブル受賞。04年『ワイルド・ソウル』で大藪春彦賞、吉川英治文学新人賞、日本推理作家協会賞の史上初となる三冠を達成。05年『君たちに明日はない』で山本周五郎賞、16年『室町無頼』で本屋が選ぶ時代小説大賞、23年『極楽征夷大将軍』で直木賞を受賞。その他の著書に『ヒート アイランド』『ギャングスター・レッスン』『サウダージ』『クレイジーヘヴン』『ゆりかごで眠れ』『真夏の島に咲く花は』『光秀の定理』『信長の原理』『涅槃』などがある。

武田の金、毛利の銀

2024年7月24日　初版発行

著者／垣根 涼介

発行者／山下直久

発行／株式会社KADOKAWA
〒102-8177　東京都千代田区富士見2-13-3
電話　0570-002-301(ナビダイヤル)

印刷所／大日本印刷株式会社

製本所／本間製本株式会社

●お問い合わせ
https://www.kadokawa.co.jp/（「お問い合わせ」へお進みください）
※内容によっては、お答えできない場合があります。
※サポートは日本国内のみとさせていただきます。
※Japanese text only

定価はカバーに表示してあります。

ISBN 978-4-04-111249-6　C0093